六界妖后 3

張廉

插畫／Izumi

Kadokawa Fantastic Novels DX

目錄

第一章　本娘娘的男人們

巍巍崑崙，連綿雲海。

嫋嫋清氣，紫氣東來。

曾經，我被壓在崑崙山下，不見天日，終日與黑暗相伴，孤身一人，分分秒秒受寂寞的折磨。

而今，封我之處成玉宇，崑崙群山踏腳下，仙尊對我唯命是從，崑崙弟子任我拿捏，本娘娘占山為王！

洞府之中，小竹、天水，還有焜翃無聲地分開坐著，當我踏入洞門之時，他們齊齊朝我看來，天水露出了安心的微笑，轉而看向了我身後的鳳麟，眸光帶出了一抹深思。

「主子！」小竹激動含淚地朝我撲來，撲入我的懷中，我一個趔趄撞在身後鳳麟的身上，鳳麟扶穩我的身體，欲伸手拉開小竹，卻傳來小竹哽咽的聲音：「主子……」

鳳麟的手就此停住，眼神之中也帶出一絲不忍，他收回手，神情平淡：「沒事了，小竹，沒事了……」

小竹緊緊抱住我，在我的肩膀上擔心地輕顫哭泣，他此時像個孩子。

焜翃長舒一口氣，雙手環胸地笑了：「沒想到妳這女人還真有點本事，美人計果然管用！」

「不准對娘娘不敬！」小竹登時轉身生氣大喊。

就在小竹大喊之時，鳳麟白色的身影已然到焜翃的面前，仙劍已經指在焜翃的喉嚨上，天水也沉沉盯視他，殺氣與寒氣同時升騰。

焜翃看看鳳麟的仙劍，瞇起雙眸，冷冷而語：「你什麼意思？」

「什麼意思？」鳳麟揚了揚唇，帶出一抹冷笑：「之前你對我師傅有用，我一直忍你，你殺我仙尊的帳，始終沒跟你算！念你助我們離開妖界，你攻我崑崙也是為了救母，我們不再與你計較，但是，你不得對我師傅不敬！」

焜翃看了看惱怒的鳳麟，再看了看沉沉的天水，微一聳肩，朝我看來：「喂，妳的人太正經了～～～」

「你閉嘴！」我冷冷瞥眸橫白他一眼，他倒是一時神情凝滯，微露一抹懼色，我雙手環胸：「他們都是我男人，這裡輪不到你挑剔他們。」

登時，整個洞府裡的空氣一陣僵硬。小竹在我身邊低下臉默默地笑了，天水的神情變得僵硬，鳳麟抽了抽眉放落仙劍撫額，那神情像是對我已經無奈到了極點。

焜翃的臉色登時發黑，陰鬱地白眼，雙手環胸地甩臉：「誰稀罕。」他雖然說不稀罕，可是卻有些煩躁地抓起髮辮甩過脖子，忽然轉回臉生氣指我：「我和長風現在也是豁出性命去幫妳。妳的這些男人——」他狠狠一個個指過鳳麟、天水、小竹，最後指在自己鼻尖：「都是我帶出來的……妳！」他煩躁地看向鳳麟，鳳麟放落撫額的手冷冷看他，他擰擰眉，癟癟嘴，側開臉：「老頭的事對不起，我也是被清華騙了，說我娘被關在這兒，你也知道，我們妖族和你們劍仙一直敵對，自然要拚個你死我活的……」

鳳麟微微擰眉，不看焜翃，也不想再說話。

天水看鳳麟片刻，沉臉看焜翃：「我們知道了，但是，仙尊的事我們不會原諒你。從此我們井水不犯河水，只為師傅辦事。」

「行！」焜翃爽氣地答應。

天水擰擰眉，似是還有話未說完：「還有，我們……不是師傅的男人，你不要誤會。」天水像是要清清楚楚解釋一下，他的神情變得格外認真：「我和鳳麟是師傅的徒弟，小竹是她的僕從，所以我們不是……」

「你們都是男人嗎？」我受不了地反問，凡人就是矯情，一旦關乎他們清譽，非要解釋個清清楚楚，明明白白。

天水和鳳麟一起轉向我，鳳麟的臉微微一紅，目露氣鬱：「師傅，妳這樣說話真的很容易讓人誤會！」他的眸光裡帶出了一分陰鬱，更像是霸道的警告，宛如不准說其他男人是我的男人。

我邪邪地笑，壞壞看他：「麟兒，做我男人就這麼不願意嗎？」

鳳麟的臉登時炸紅，擰眉再次撫額，似是已經無力跟我爭辯。

天水登時看他，鳳麟感覺到這點，匆匆側開臉避開他的目光，天水微露一抹吃驚，朝我看來，我瞥眸壞笑看他一眼，他怔了怔，垂下臉擰眉輕嘆。

「我願意做主子的人，無論是什麼！」小竹一把握住了我的手臂，目光堅定。

我笑著輕叩小竹的下巴，他帶一抹綠色的眼影與唇色讓他豔麗如同山間碧水翠竹：「果然還是小竹最乖～～」

「師傅！」鳳麟赫然開口，抽眉擰眉不看我：「請自重！」

「哼……」我放開小竹，勾唇壞壞地笑了，看得焜翃呆滯不已，閃閃的紅瞳裡不知在想些什麼，忽然間，他的鼻孔裡流下了一抹鮮紅的鼻血！

登時，天水一驚，看一眼鳳麟，立刻抬手捂住焜翃的鼻子。焜翃回神，匆匆低頭擦鼻血。我擰擰眉，嫌棄地看他一眼，轉臉正色看眾人：「崑崙已經被人發現了！」

「什麼？」大家終於露出同樣的神情，異口同聲。

「主子！」小竹擔心地握緊我的手臂，我勾唇落眸看他：「別擔心，對方也不想讓我察覺。」

小竹愣住了神情。

「師傅，妳之前說有人來到崑崙，是指這個嗎？」鳳麟執劍走到我身前，天水立在遠處靜靜地看著我們，目露憂慮。

「不錯。」我轉身走向鞦韆，坐在上面面朝洞外雲天悠閒地擺動，鳳麟走到我的身側，我勾唇而笑：「來的，不是他們真身，所以，他們沒有帶上神力，我們無需太過擔心。天水，你過來。」

身後靜了片刻，才傳來天水的腳步聲。他走過我身側，站在我身前，目不斜視，與我始終保持男女之間應該有的距離。他朝我一禮，我看向他：「太遠了，過來。」我向他伸出手。

他眨眨眼，微微蹙眉，餘光看了看鳳麟，上前三步，與我一尺之隔。我抬手食指點上他的眉心，喚：「紫垣來見。」

登時，天水眉心紫光顯現，焜翃驚奇地跑來，紅眸圓睜地看。

天水的黑眸漸漸被紫色吞沒，他緩緩垂下臉，提袍單膝下跪在我腳前，對我恭敬行禮：「娘娘。」

我看落他：「小紫，去看看神界誰在沉睡，小心，別讓他們發現。」

「是。」他沒有看我，也沒有多言，比之前更加恭敬，更加莊重，似是上次的事讓他依然尷尬不安，無顏面對我。

我看他片刻，說：「小紫，上次的事我不在意。」

他一怔，緩緩抬起了天水的臉，但是臉上，卻是紫垣羞愧的神情：「娘娘……」

我笑了，讓他可以更加放鬆：「還有，八翼現在是吃不飽，你可與他照應。」

他的紫眸中湧出了喜悅：「是，娘娘！紫垣去了，娘娘小心！」他話音落下，紫色已經退出了天水的眼睛，他怔怔站起，眨著眼睛，宛若沒有回神。

「紫……紫垣！紫微星君？」焜翃驚呼，再次呆愣看我：「妳到底是誰……」

我揚唇悠然而笑，邪氣開始纏繞全身，我雙手握在鞦韆上，瞇眸看洞外雲起雲落。想跟我玩這遊戲的人，應該不多。

從嗤霆與帝琊的關係來看，他絕不容忍我繼續活在他眼前，他不會那麼有耐性隱於我身旁，故作神祕。

想找出此人不難，一點也不難~~~

因為我太瞭解他們了。

「師傅，到底怎麼回事？」鳳麟擔憂地到我鞦韆前，伸手自然而然地握住了我握在鞦韆上的手，擔憂看我。

天水回神緩緩起身，無意間看到鳳麟握住我的手若有所思。

小竹也擔憂地看我。

「哼。」我輕笑一聲：「有人想跟我玩一種叫躲貓貓的遊戲，他的元神已經來到了崑崙，應該已經進入崑崙弟子的體內。」

「是神族？」小竹擔心追問。

我瞇眸點頭：「因為只是元神，所以他的真神還在神界，他不能動用神力，他只能控制現在這個凡人的身體。」

「他為什麼要那麼做？」小竹不解：「他們不是想捉主子嗎？」

我邪邪地笑了：「這個嘛……」我看鳳麟一眼，他的神情已經因為擔憂而越來越凝重，我收回目光，心思一轉，說道：「就像貓捉老鼠，直接捉我，就沒意思了。」可不能讓麟兒知道那個遊戲。

「我不管那些神族是不是來了這裡。」焜翃大步到我面前：「娘娘，妳說好會幫我救我娘的，妳讓我做的，我全做了，我只求妳救我娘！」他掀袍就要跪，小竹忽然上前用力推他：「出去！主子才回來，需要休息！娘娘都已經幫你找到你娘的位置在蜀山，你自己去救！」

焜翃氣悶地看小竹：「蜀山有結界，我進不去！」

「出去！出去！」小竹一下又一下用力推他：「主子該休息了！出去！」

焜翃被小竹一直推到門口，氣悶地轉身蹲下，甩起紅色的辮子，那神情像是要債的死賴不走。

天水看鳳麟：「鳳麟，我們也該回去了，不然潛龍他們會起疑。」

鳳麟擰擰眉，依然不放心地看我一眼，我對他淡笑揚唇：「去吧，那人一時半會兒也還找不到我。」

鳳麟這才點點頭，和天水離開。

小竹靜靜看他們一會兒，渾身綠光隱現，他化作綠色巨蟒，盤據在我的腳下，巨大的腦袋枕上我的腿，宛如撒嬌一般。

整個玉宇陷入安靜，只剩下小竹和蹲在門口背對我們生悶氣的焜翃。

我抬手撫落他冰涼的腦袋：「放心吧，娘娘我不會有事。」

我知道小竹在擔心我，我也沒想到有人會這麼快隱伏在我的身邊。但是，可以知道，他不想讓別人也知道我在這裡，因為，他不想讓別人與他競爭。

哼……會是誰？

不會是嗤霆，也不會是廣玥，廣玥不屑做這種事情。但是……他好像……我陷入深思，再見廣玥雖然看似沒有變化，但是，他的一些細微神情，以及在殷剎護我時，他並未強行攔阻，這點十分可疑。

廣玥到底在想什麼？

如果聖陽的下落連他都不知，那真是無人可知了。

聖陽是那麼愛他，與他之間從未有祕密。

我還記得那時我們三人常常一起，他雖然對別人都那副臭臉，不可一世，但是，他會跟我們坐在一起，靜靜撫琴。

最近，因為再見到他們，神界的記憶被一一喚起，雖然，我對他們的恨，是來自於他們對我最初的愛。他們當中雖然有人和嗤霆一樣，一開始並不接納我，可是最後，他們認我為妹妹，教我神族各種神術。

他們是我的哥哥，亦是我的師傅，他們培養教導了我，最後，卻是毀滅了我。就像廣玥如果覺得製造出來的東西不滿意，他會毫不留情地毀滅它，簡直就像那東西不容於世，有損他的顏面。

我閉眸深深感應，來人共有兩人，那個女的又是誰？

難道是……

我勾唇而笑，只有可能是她了，因為，現在最迫切除掉我的女神，只有她。

我能感覺到他們的降臨，但也一時無法感覺到他們在誰的體內，而他們，也是同樣。離開真身的他們被凡人的肉身凡體限制，無法施展神力，所以，他們一時半會兒不會知道我在誰體內。因為我和聖陽一樣，是天地之子，融於自然萬物，只要我們不動用較大神力，可以在自然中無聲無息，無人能覺。

但是無論是誰，只要確定我是哪個崑崙弟子，他們一定會接近我，因為，他，要讓我愛上他。

而她，要除掉我。

一抹憂慮浮上心頭，嫣紅必然會引起他們的懷疑。

我微微擰眉，思索片刻，邪邪地笑了，與其如此被動，不如主動。鞦韆在身下拉長，變寬，我慵懶地側身躺下，面對洞外水簾，揚笑閉眸。

「主子，星君大人什麼時候有消息？」小竹擔心地問。

我閉眸懶懶地答：「仙界一日，人界一年，小紫可能不過走了幾步，但人間沒準已過七天，不急，不急。」因為，我心中已然有了答案，讓紫垣去查看不過是確定，以防是廣玥。

若是廣玥，可就真的難纏了。

漸漸的，夜幕降臨，崑崙陷入安靜，薄薄的雲霧從洞門口流過，只有水流潺潺的聲音。

崑崙，是個休憩的好地方。

我從鞦韆上醒來，先看到的是焜翃。他靠坐在洞門邊，已經睡著了，單腿曲起，髮辮垂在身邊的地上，寧靜的夜色裡，是他輕輕的鼾聲。

「主子醒了？」小竹走到我的身旁，手裡端著木盆。

我從木盆中提出布巾，擰得半濕，蓋在臉上，清涼舒適，還帶著崑崙清水的甘冽與清甜。

我雙手撐在身體兩旁，仰天深深吸入這泉水的芬芳，雙腳悠閒地輕晃：「舒服……」

「主子，下午我出去，聽聞蜀山仙法會就要開始，崑崙七子都會去參加，主子會去蜀山嗎？」

小竹在我身前輕輕地問。

我緩緩拉下面巾，伸手，面巾落回小竹手中的水盆，砸碎水盆中的平靜，嘴角已經開始不受控制地邪邪上揚：「當然要去，這種熱鬧不湊怎行？」

小竹沒有表情的臉上也浮出了一絲興奮之色，他們妖族在凡間修練，對仙法會十分好奇。

我輕盈躍落鞦韆，待落地之時，已經化作一隻黑貓，我懶洋洋地伸了伸四肢，打了個哈欠：

「喵～～～～」

「主子要去哪兒？」小竹低下臉看我。

我伸伸筋骨：「去看看清華那個老頭。」我輕巧敏捷地躍過蜷縮在洞邊睡覺的焜翃身體，停在洞口扭頭看他睡得有些不安穩的臉：「給這孩子蓋條毯子？」我淡淡地說。

小竹面無表情：「主子為何關心他？」

我瞇起一雙黑貓眼睛，注視焜翃酣睡的臉。他是個很真的少年，這樣的男孩也有點不知變通，所以，在他的心裡只有一個目的，就是救出自己的娘親。

「因為他的母親，和我，同病相憐。」我們都是被男人拋棄和關押的女人。

小竹沒有再說話，他默默取來了毯子，蓋落在焜翃的身上。焜翃的睡顏在月光中越發安詳，連那輕微的鼾聲也在小竹蓋落毛毯時，消失在夜風中。他自然而然地貼上毛毯，身體從洞門邊緩緩滑落，我甩出貓尾微微拖住他下墜的身體，然後將他緩緩放落地面。

我收回貓尾，在身後擺了擺。

「主子。」小竹輕輕喚了我一聲，我扭頭看他：「什麼？」

小竹翠綠的眼睛在月光中染上了動人的華光，如同在夜間閃亮的翠玉珠兒。他猶豫了片刻，才說：「主子這次回來變溫柔了。」

我一怔，歪臉看看焜翃，冷冷一笑：「哼，因為主子我也不是一開始就是瘋的。」心中劃過絲絲寒涼，我直接躍出了洞府。

哼，有功夫哭哭啼啼，自怨自艾，我更喜歡用直接的方式，就是——以牙還牙！

我躍落雲層，站立在無極殿的門前，陰陰沉沉看一會兒，躍上房檐，在月下輕輕行走，蒼冷的月光將我黑貓的身影照射在屋簷上。

我躍落院子，清華正在房內盤腿清修。我緩步進入，黑氣隨我一起慢慢潛入這個房間，我刻意放出黑貓的腳步聲。

他聽到腳步聲立刻睜開眼睛，視線與我黑貓的視線相撞。黑氣繚繞我的全身，我在搖曳的燈光中一步一步現出人形。

他驚詫地立刻趴伏地面：「恭迎尊上！您回來了！」

「崑崙最近可有反常？」我走到他的身前，裙下黑氣繚繞。

「反常？」他細細思索：「小人未發覺反常。」

「崑崙七子呢？」

他又細細想了想：「在天水和鳳麟隨尊上離開後，他們倒是來過，是問天水和鳳麟去了何處，我知道此事對尊上很重要，所以用高階任務給打發了。」

「很好。」

「哦，對了，潛龍還特地問了嫣紅去了何處，潛龍這孩子似乎對嫣紅……不不不，是對尊上有了非分之想，小人會給予警告！讓他遠離嫣紅，以免壞了尊上的大事！」清華極為鄭重的說，看上去似是為我，實則，是為潛龍。

潛龍是他的關門弟子，他自然更希望潛龍能潛心修練。

「哼，隨你~~~這是你的事。」我悠然拂袖，黑色的蝶袖掃過他的面前：「最近你不要去洞府了，有事我自會找你。」

「是，是，謹遵尊上命令。」

我揚手，仙丹浮現，我放落手，仙丹滾落我的手心，懸浮在清華面前，他微微抬臉，已是滿臉的欣喜。

「拿去吃吧。蜀山仙法會本尊也會前往，你不必擔心了。」

「是，是！」他雙手小心翼翼地包裹仙丹，雙眸已經放出金光。

「哈哈哈哈——」我轉身拂袖而去，黑氣纏繞全身之時，我再次化作黑貓躍出，清華的貪念會讓他自食其果！

我立於高高的無極殿的飛簷上，翹首遠眺，夜色中的崑崙萬籟俱寂，散發著特殊的神祕。呼啦啦！一排仙鶴從飛簷邊飛過，牠們的毛又長回了。

我躍上其中一隻仙鶴，牠們帶我在夜空下飛翔。

牠們掠過了已經完好無缺的鎖妖塔，我俯看下去。想找一個人，就要從她最初離開的地方去尋找線索。

定是有人再次去了封印我之處，發現了我的玉宇，知道了我藏在崑崙。

為了不暴露身分，不讓我發現，而採用元神離竅之法。

他們卻不知，我能和聖陽一樣，對他們元神的降臨會有所感應。

仙鶴落在鳳麟他們的浮島上，空氣中飄來陣陣酒香。我看過去，只見浮島的一邊髮帶飄然，四個身影並排而坐。

我躍落仙鶴，躍上他們身後不遠處的大樹，慵懶地趴下，俯看樹下，那幾個偷喝酒的傢伙已經映入我的眼中。

美酒飄香，四個人並排坐在浮島邊緣，雙腿悠閒地懸掛在外，夜風揚起了他們天蒼色的衣襬，與他們的髮帶一起飄向同一個方向。

鳳麟和天水身上的仙衣已恢復崑崙道服的式樣。天水鄰鳳麟而坐，鳳麟身邊，卻是潛龍，潛龍龍眉鳳目，漂亮的鳳目含笑，讓他多出一分少年的不羈與狂傲。

他的身邊，是手提酒壺的麒恆，桃花眼因為酒醉而微微瞇起，迷離的眸光讓他多了分嫵媚。

麒恆優哉游哉地靠在潛龍的肩膀上，潛龍伸手攬住了鳳麟的肩膀，眸光裡多一分狡黠：「你和大師兄到底去了哪兒？什麼祕密任務連我們也不能知道？」他看似調笑的目光裡卻是絲絲深沉。

鳳麟垂眸淡淡微笑，天水輕笑一聲拿起酒壺自飲，也是淡笑不語，這讓兩人顯得越發神祕。

「你們兩個真是太過分了！」麒恆靠在潛龍肩膀上大聲抗議：「虧我們還給你們準備了酒，你們還把不把我們當兄弟了！」

天水垂眸淡笑，看了一眼鳳麟。

「沒什麼，只是去其他地方刺探一下敵情。」鳳麟忽然給出了答案，轉臉對潛龍富有深意地一笑。

潛龍盯視他片刻，鳳眸登時圓睜，揚起執酒壺的手指向鳳麟：「你是說！」他眸光閃閃似是已經知道鳳麟和天水的任務。

麒恆也從潛龍肩膀離開，驚訝看鳳麟和天水：「你們去蜀山和蓬萊了！怎樣怎樣？對方實力如何？」

鳳麟故作神祕，轉臉看向天水：「這個嘛，要問大師兄了。大師兄，怎樣？你覺得他們厲害嗎？」

天水一愣，手執酒壺一時呆愣地看著前方。

我趴伏在樹枝上，俯看鳳麟揚起的唇角，他喜歡捉弄天水，之前他還刻意變成月靈，但他心裡最重視的兄弟，也恰恰是天水。

這兩人前世到底有什麼羈絆？

「大師兄，到底怎樣？」麒恆迫不及待追問。

「厲害。」天水眨眨眼，也揚起淡淡的笑，看向潛龍與麒恆：「我勸你們還是不要輕敵的好。」

「嘶——」潛龍瞇起鳳眸：「看來我們這次要拿出真本事了。」

「對手強才有意思，不然也太無趣了～～」麒恆再次靠回潛龍的肩膀，桃花眼中忽然閃過一抹銳光：「我一定要讓所有人大吃一驚，哼！」他勾起唇，拿起手中的酒壺仰脖又喝一口。

「呵……」天水垂眸笑了笑，抬眸看一眼鳳麟，鳳麟攬住他的肩膀搖了搖。天水眸光含笑地看向了別處，拿起酒壺放在嘴邊。

「那嫣紅呢？你們又把她藏哪兒去了？」忽然，潛龍問。

「咳！咳咳咳。」天水一口酒嗆到，側開臉重重咳嗽，咳得面紅耳赤，像是真的做了什麼虧心事。

潛龍瞇起眸光將一切收入眼底，不放過分毫的可疑。

鳳麟鎮定自若地一邊拍天水後背一邊看潛龍：「你別亂說，嫣紅師妹沒有跟我們一起。」

潛龍眯眸細細盯視鳳麟。鳳麟泰然自若地笑看他：「不信，你可以等她回來去問她。」鳳麟依然坦然笑對，眸中沒有半分的掩藏。

但潛龍依然不信，再次指向鳳麟眉心：「我不信你們不知道她去了哪兒？哼，你們一定知道！」

潛龍瞇起雙眸緊緊盯視鳳麟，鳳麟淺笑盈盈，天水順了順氣，微垂眼瞼看手中的酒壺。

「潛龍～～～為了一個女人有必要這樣嗎？」忽然，麒恆冷冷開了口，語氣很是不屑，他抬手轉動手中酒壺：「那個嫣紅我覺得有古怪，你還是小心點好～～～」

潛龍勾唇揚笑，不看麒恆，反是繼續盯視鳳麟：「鳳麟，我倒是覺得嫣紅變得古怪才更加迷人，你覺得呢？」他微微挑眉，挑釁的神色已從眼中而出。

鳳麟的目光登時收緊，唇角的笑意被寒氣漸漸覆蓋，他再看潛龍之時，已是眸光冷如寒霜：「潛龍，我說過，不准你靠近嫣紅。」

潛龍在鳳麟警告的盯視中微微揚起了下巴：「你終於有幹勁了，很好，這樣我才不會覺得無聊。」

兩個人四目相對時，目光在月光中染上了森然的寒意。鳳麟這一次不再是警告潛龍因為我危險而不要靠近，而是真正的，不准任何男人靠近我的霸道目光。

天水在鳳麟身旁微微側臉，雙眉擰起，已露憂慮之色，看到他那張像是擔憂鳳麟會被我害死的臉，我就莫名火大。

而麒恆也在潛龍身旁看著他與鳳麟，眸光微沉，輕輕嘟囔：「都是嫣紅鬧的。」

鳳麟與潛龍的對視因為有人前來而打斷，他們忽然間竟是相視一笑，各自拿起酒壺在月光下輕輕一碰，「叮」一聲，宛如方才劍拔弩張的氣氛，不過是一場幻覺。

仙劍一一落下，竟是朝霞、霓裳和月靈。

朝霞看見他們三人就擰眉：「你們怎能偷偷喝酒？仙法會就要開始了！」

潛龍拿起酒壺：「朝霞，妳可以不要像我們的娘嗎？」

「你……！」朝霞生氣地轉開臉。

麒恆壞壞地笑看月靈和霓裳：「妳們怎麼突然來了？這難道是……幾日不見如隔三秋？」麒恆說完，刻意看向天水和鳳麟。

霓裳的臉立刻緋紅，但是月靈卻比之前冷靜許多，她沒有看天水，也沒有看任何人，只是微微擰眉不悅地轉開臉龐。

她……沒有看天水……

難道上次的事情奏效了？

雖然月靈沒有看天水，但是天水還是看了她一眼，見她不看自己，他靜靜收回目光，反而露出了一抹輕鬆的淡笑，拿起酒壺再次一旁靜靜自飲。

霓裳羞澀地看向鳳麟：「天水師兄、鳳麟師兄，你們回來了。」

「妳瞎子嗎？」麒恆又開始嗆聲：「他們不回來能在這兒跟我們喝酒？」

「麒恆！」朝霞終於發怒了，大師姐的威嚴立刻顯現，立於仙劍俯看麒恆：「你就不能好好說話嗎？」

麒恆似是有了些醉意，晃晃悠悠起身，提起酒壺勾唇壞笑：「你們嫌我嘴臭？好，那我就去洗洗。」說完，麒恆竟是扯開了腰帶，立刻驚得朝霞、霓裳花容失色。

「啊！」霓裳驚叫一聲躲在月靈身後，月靈擰擰眉冷臉轉開。

「你、你要做什麼？」

麒恆扯開腰帶在風中輕甩，顯得放浪而輕佻：「要做什麼？沐浴啊。妳不懂啊，就是洗澡，脫光光～～～妳們要看嗎？要看嗎？來！兄弟們，一起脫！」他說完真的脫下了罩紗，看得潛龍、鳳麟和天水也一時傻了眼。

「你……你這混蛋！」朝霞惱羞地拂袖而去，月靈和霓裳也緊跟其後，面紅耳赤。

麒恆還在甩腰帶：「不送～～～～～～」他一邊喊，一邊伸手扯開了衣結。潛龍、鳳麟和天水依舊拿著酒壺，呆呆看他。

我原以為他只是嚇唬嚇唬，捉弄捉弄朝霞她們，卻沒想到他拽開衣結，雙手抓住衣襟打開之時，衣物全數滑落肩膀，立刻露出了雪白纖柔的後背！

我的貓眼登時瞪大！

這是發酒瘋脫衣服啊！

「女人真是煩死了。」麒恆因為酒醉而趔趄了一下，雙手垂落之時，絲滑的衣衫順著他的手徹底滑落，撲簌墜落在鮮嫩的草葉上。月光中完全露出了他赤裸的後背，柔美的線條若非中間那條深凹的線條會以為是女子的後背。

格外窄細的腰肢，宛若扶柳搖搖欲斷。光潔的皮膚在月光中更是帶出一層朦朧的光澤，水潤如水中露出的新荷。

他抬手把長髮挽了挽，用髮簪固定，然後轉臉下巴高抬地看潛龍、鳳麟和天水：「來不來啊？」

麒恆的語氣像是他們經常做接下去的事情，到底是什麼？

我忽然也來了興趣，我想多瞭解瞭解麟兒，不是通過神印去窺探，而是在現實裡看看他會做什麼、說什麼、和他的兄弟們玩些什麼。

只見潛龍、鳳麟和天水全數回了神，竟是同時笑了，紛紛起身扔了酒壺。接著，他們三人竟在明麗皎潔的月光下一起脫了衣衫！

嘩啦！煙灰的罩紗和天蒼色的仙袍在月光中飛起，緩緩飄過我的眼前，浮現出四具男人的赤裸身體。他們並排站在浮島邊，少年勻稱的身姿在月光中玉樹臨風，英姿勃發。

他們齊齊挽起長髮，髮帶飛揚，髮簪閃閃。

我揚唇而笑，慵懶地伏在自己交疊的雙手上。眼前風景美如畫，此情此景，怎捨凡間逍遙生活？

就在這時，麒恆忽然又開始脫褲子了！

我還沒回神，他的長褲已在月光中滑下同樣白淨光潔的雙腿，月光照在他凹凸有致的腰線和臀線上，竟是勾勒出了一種男人的婀娜嫵媚。

我登時岔了氣。麒恆的屁股極為挺翹，被月光染上銀霜後，如一輪小小的明月在夜色中極為惹眼。

就在我岔氣之時，鳳麟解褲腰帶的手停住了。

不好！我收住氣息，鳳麟發現我了！

「怎麼了？」天水一邊解褲帶一邊看鳳麟。

潛龍在天水問時，也將目光轉向鳳麟，沒有繼續脫褲子。

鳳麟垂眸一笑：「褲子今天還是別脫了，萬一朝霞她們……又回來了呢？」

天水聽罷點頭：「嗯，有理，她們還沒睡，我們還是小心點好。麒恆，把褲子穿上。」天水探身看麒恆，微微皺眉，從他光溜溜的身上收回目光。

果是被發現了。

我無趣得打個哈欠，眯起了眸光，這樣就沒意思了嘛～～～

「你們怕什麼？水下誰看得清，穿褲子你們不嫌彆扭？」麒恆白了他們一眼：「我就這樣了，隨你們，我先跳了！」麒恆話音一落，竟是抬腳就躍出了浮島邊緣。他高高躍起，柔媚的曲線在月光中劃過一個迷人的弧度，然後在漫天星光中攤開四肢，任由自己撲向下方。寧靜的夜空裡，響起他興奮的呼喊：「呀呼——」

潛龍笑了笑，也起身躍出了浮島，雪白的褲子在風中飛揚，如同一抹流星劃過夜空，然後消失在浮島邊緣。

天水低頭看褲子，似還在糾結：「鳳麟，要不還是脫了吧？褲子沾水不舒服。」

鳳麟突然一把握住天水要脫褲子的手，停在天水的小腹之前，眸光銳利地朝我的方向看來。

天水看向他：「怎麼了？」

他依然凝視我隱藏的方向：「師傅，請自重！」

「師傅？」天水愣了愣，下一刻從鳳麟手中抽手，轉身，腳步旋轉，轉入了鳳麟身後，微微遮住自己赤裸的身體。認識天水到現在，他今天的動作最敏捷，也最行雲流水。

我從樹枝上站起身體，緩緩走出陰暗，走上面前樹枝的樹梢，樹梢正好在鳳麟的面前，月光開始灑落在我身上。我立於樹梢，冷冷俯視鳳麟片刻，瞥眸看別處：「是你們自己要脫的。」

「那妳就不知回避嗎？」他生氣扠腰，臉陰沉到極點。

我瞥眸看他一眼，再次看別處：「有什麼關係？我當初降世之時，也是一絲不掛，聖陽和廣玥在聖池中撈起我，難道我還要去戳瞎他們的眼睛嗎？」我瞥回眸看鳳麟，他的眸光更深一分，我眨眨眼，再次說道：「御人造人時，我也有相助，男男女女的身體不知捏了多少……」

「師傅！」他厲喝打斷，我直接回頭瞪視他：「我只想看看你不在我身邊時做些什麼，只想多瞭解瞭解你！」

他抽了抽眉：「然後順便再瞭解瞭解別的男人嗎？」

我咧開嘴壞壞地笑了：「原來是吃醋啦～～～放心，師傅對別的男人沒興趣～～～就算他們脫光光也沒用～～～」

天水在鳳麟身後登時後背緊繃。

「那妳還看？」鳳麟仰起臉狠狠瞪我，像是興師問罪。閃亮亮的月光讓他的清澈雙眸寒光閃閃，宛若想要殺人。

我也俯看他，與他四目相對，視線相纏。

「我……先走了。」天水尷尬地說。

「等等！」鳳麟氣鬱看我一眼轉身，聲音放柔：「我跟你一起去。」

「你……」天水在他身前看我一眼，微笑看鳳麟：「還是陪陪師傅吧。」

「不用！」我沒好氣地甩臉：「回去了，真掃興！」

「師傅……」鳳麟轉回身無奈地喚我，我轉回臉，他深深地凝視我的眼睛，眸中帶出了他的霸道與專制：「妳只能看著我，不准看別的男人！」

我怔怔立在樹梢上，天水默默看我們一眼，微微側開了臉，月光中微帶一絲蒼白的臉開始陷入失神的神情。

鳳麟輕嘆一聲，轉身拉起天水的手臂躍向了夜空，然後緩緩墜落……

我慢慢回神，躍落浮島邊這些男人的衣物之間。他們到底要做什麼？

我探出頭，遠遠看到下面是另一個浮島，浮島在月光下如同明鏡，波光粼粼——是一座仙池。仙池的另一邊有一掛瀑布，從另一座浮島上落下，美輪美奐。原來他們真的是去沐浴。

對月品酒談天，酒後月下沐浴，真是人間逍遙莫過這些崑崙少年。

不行，我還要去看看，萬一他們當中真有人不喜歡女人，喜歡男人呢？

我家麟兒長得那麼可愛，可別給男人拐了。

這次我得小心點，別給麟兒發現。他對我的感應越來越強烈，除了愛可以解釋，我也一時找不出其他的原因。

我沿著浮島邊的樹木小心翼翼地躍落，站在高高臨於湖面上一根橫生的樹枝上，靜靜看在湖水中歡鬧的少年們。水光瀲灩，水滴如珠，顆顆晶瑩剔透，伴隨著少年們的歡笑聲四散飛濺。

「你們現在才下來？」麒恆游到鳳麟和天水身旁，池水因為反光，無法窺見他們水下的身體。

天水淡淡微笑：「是我，我還在想褲子的事情。」

「天水大師兄你就是做人太猶豫。」麒恆壞笑地勾住了他的脖子：「所以你才選不好哪個女孩兒是不是？」

天水輕笑搖頭：「麒恆，你就別取笑我了。」

「麒恆沒說錯。」

嘩啦！潛龍從水中躍起，帶起一串閃亮的水珠，池水從他身上流下，化作一注注銀色的水流，他微揚下巴桀驁地看天水：「天水，你猶豫太久了，你到底喜不喜歡月靈？」

天水的雙眉登時簇起，抿唇似是不想再談。

鳳麟到天水身前，沉臉看麒恆和潛龍：「你們別再提月靈了，天水師兄只想潛心修練，月靈和其他女孩喜歡他，那是她們的事，天水師兄只是不想傷害她們。」

麒恆放浪地掃過鳳麟義憤填膺的臉：「你這是站著不腰疼啊。鳳麟，你現在跟嫣紅卿卿我我、你儂我儂的，要大師兄潛心修練？你好意思嗎？」

鳳麟一怔。

潛龍勾唇輕笑，雙手環胸轉臉看鳳麟：「鳳麟，我們都已經不是小孩了，男歡女愛誰不想試試？我就不信大師兄想清修百年，他一定是還沒遇到自己喜歡的女孩。」

天水在鳳麟身後輕嘆一聲，直接轉身，似是不想再聽。

麒恆探臉看看天水，壞壞一笑：「崑崙女弟子本就不多，朝霞、霓裳和月靈，現在加上嫣紅，正好四個，天水、鳳麟、你、我也正好四個，大家一人一個不好嗎？」

「你說什麼？」鳳麟和潛龍同時沉臉，異口同聲！

他們沉沉看麒恆，殺氣騰騰。

麒恆笑彎的桃花眼帶出一抹油色：「好，好，你們兩個一個，我一個人兩個，好嗎？別為女人傷兄弟和氣。來來來，我這次出任務，買了個新奇的東西，給你們開開眼界～」

鳳麟和潛龍在麒恆的話音中紛紛收起寒冷的目光，看向麒恆。

麒恆大步到瀑布邊，伸手從瀑布後取出了一個黑色的雕花盒子。大家好奇看來，他神神祕祕地打開，裡面是一塊棗色而微微透明的糕。

麒恆從盒子裡輕輕拿出：「這玩意叫皂糕，是洗澡用的，據說用了洗得特別乾淨，身體會像女人一樣滑嫩～來來來，試試。」說完，他抓起潛龍的手，把皂糕往水裡沾了沾，塗上潛龍的手臂：「摸摸。」麒恆笑看潛龍，桃花眼半彎時，帶出一種女人的媚態。

潛龍好奇地摸了摸，鳳麟和天水也上前觀看。潛龍目露新奇：「真的很滑。」

鳳麟和天水也好奇地摸了上去。

麒恆得意洋洋地拋皂糕，忽然，皂糕手中打滑，咚一聲掉進水裡了。麒恆大呼：「我的寶貝！快，快幫我找找！」

四個光溜溜的男人立刻開始在水裡找那塊皂糕。

「我踩到了！」潛龍僵直身體，麒恆立刻緊張：「別動！我去揀！」

然後，就看見麒恆的腦袋埋入潛龍身下。

我擰起眉，什麼鬼！真受不了。

嘩啦！麒恆揀出了皂糕，笑嘻嘻看幾個男人：「來，我幫你們擦背。」他笑咪咪地看天水和鳳麟：「按輩分，大師兄你先來。」麒恆笑呵呵上前，拿皂糕擦上天水的後背，天水還有點緊張：「要不要洗乾淨？」

「當然。」麒恆探臉：「一定要洗乾淨，不然會癢癢。」麒恆說完，一手撐住天水的肩膀，一手給他後背擦皂糕。他擦了一會兒，目露疑惑，看看天水的後背，撐在天水肩膀的手緩緩收回，迷惑地看了看：「大師兄，你的身體怎麼這麼冰？」

天水登時一怔，鳳麟眸光閃爍了一下，淡笑：「天涼。」

「是嗎……」麒恆疑惑地又看天水一眼，眸中是滿滿的不對勁，他緩緩伸手探向了天水修長的脖子。我登時眸光一緊，直接飛身躍落，落在天水肩膀之時，直接揚爪撓向麒恆！

嘶！利爪劃過麒恆的手背，登時三條血痕。

「啊！」在麒恆呼痛之時，我的腳竟是在天水的肩膀上沒站穩，好滑！什麼鬼皂糕，簡直像是在人身上塗了一層黃鱔的黏液！

我直接從天水赤裸滑膩的身上滑入水中：「喵！」

撲通！我沉入四個男人之間，一隻手頓時撈住了我的身體，把我從水中撈出，面前浮現出了麒恆燦爛的笑臉：「雖然妳老是抓我，但我還是覺得妳很可愛，咪咪～～～」他溫柔寵溺地看我，托住我的身體，打算要來親我。

突然，我的身體被人抱走，貼上了水濕的肌膚，池水的倒影中是鳳麟陰沉的臉：「不要隨便碰她，她很凶，會再抓你的。」

麒恆勾笑看看手上的爪印，吹了吹，舔舔唇，笑看鳳麟：「我不在乎。而且這好像是大師兄的貓吧，大師兄說了算。」

天水擰擰眉：「咪咪……確實不喜歡別人碰她，鳳麟，我帶咪咪上岸，你們繼續玩吧。」天水朝鳳麟伸手，鳳麟抱緊我轉身：「我帶她上岸，你好好看著，別讓她再下水抓人。」鳳麟說罷，朝岸邊走去。

天水在鳳麟轉身時，有些尷尬地收回手。潛龍瞇起眸光一直看我，他深黑的視線鎖定在我身上，我躺在鳳麟的懷抱中瞇緊眸光。

麒恆壞笑地看天水：「大師兄～你的咪咪要被鳳麟搶走了～～」

天水的睫毛顫了顫，微微垂落眼瞼遮住眸光轉身到瀑布下，仰起臉閉起雙眸讓清冽的瀑布沖刷他的全身。他立於瀑布之中，身影變得朦朧，男子的線條在水流中若隱若現。

他抬起雙手撫過自己的額頭，順著髮髻而下，然後他甩了甩頭，額前的劉海甩起晶瑩的水珠。秀美柔和的五官比這裡的人多一分沉熟穩重。

鳳麟抱我已到岸邊，輕輕放落，他灼灼俯視我，重重按住我的肩膀：「師傅，妳看夠了沒？」

「呿。」我橫白他一眼，瞥眸看他：「我心如止水，介意的是你。我得看著，不能讓別的男人碰你。」我也灼灼看他，他的臉色登時發黑，滿臉的彆扭：「師傅，妳到底在瞎想什麼？」

「哼，反正你管不著我，我就要在這兒看著。」我撇開臉，再給他一個白眼。

「鳳麟，你真捨不得咪咪被抱著一起洗啊～～～」麒恆在後面壞壞叫，鳳麟墨眉擰了擰，滿臉的抑鬱，鬆開我的身體，再次目露警告：「別再亂走，讓我看得見妳。」

天水朝我們走來。鳳麟站直身體，轉身正對天水低語：「師傅交給你了。」

「嗯。」天水淡淡應了一聲，和鳳麟擦肩而過，鳳麟再次走入池水中，天水靜靜看他一眼，沒有看我地坐在我的身旁，似是在刻意回避我。

我扭臉看他，生氣道：「下次不准再用那什麼鬼皂糕！害我掉水裡！」

天水微微蹙眉，側開臉：「是。」

「為什麼不看我。」我奇怪看他，起身走到他面前坐下，背對整個水池：「既然你把我當你師傅，我跟你說話你要看著我的眼睛！」

他目光閃爍了一下，擰擰眉轉落視線在我臉上，雙手交握在身前，赤裸的身上是未乾的水漬，雪白的長褲也因為水濕而變得有些通透，微微映出他褲下的長腿。

他看著我依然有些閃爍，目光始終無法落在我的臉上。我看看他，瞇起了眸光：「說，你之所以不喜歡女孩子，是不是因為喜歡男人？」

他登時一驚，目光終於落在我的臉上，久久呆滯地看我，那臉上僵硬的神情已經給出了答案。

感覺到鳳麟朝我看來的目光，我冷睨他一眼，他也感覺到鳳麟的目光，抬眸看一眼我的後方，隨即匆匆尷尬地側開臉，還是沒有說話。

我起身走到他腿邊坐下，他側開臉輕嘆，嘆著嘆著，他竟是笑了出來：「呵……」那像是又好笑又好氣的笑聲，在夜風中帶出了絲絲無語。

「笑什麼笑？」我懶懶地趴下身體，水中的鳳麟依然時不時用餘光朝我和天水看來，像是怕我到水裡占別的男人便宜：「你們四人中，你對修仙最執著，也最認真。為了修仙放棄七情六欲，為了修仙而努力向善，一切都是為了修仙。」

他變得更加安靜，微乾的髮絲在夜風中輕輕飛揚。

「可是，你跟我那麼久，難道還沒看穿看透修仙這件事？沒有經歷過，又怎知如何為神？不知人間情愛，又怎能去愛世人？」

「那聖陽大帝呢？」他忽然問，我的心登時不悅，我沉臉轉過來看他，他不看我，低下臉龐：「聖陽大帝愛世人，但妳還是恨他。」

我瞇了瞇眼，殺氣已經纏繞全身。他依然沒有看我，擰眉抿唇，為他心底的是非對錯而堅持。

我忍下心中的怒意，讓自己恢復理智與冷靜，低沉說道：「不錯，他愛世人，所以他得到世人之愛，恨他的，不過只有我一人。他沒有錯，是我錯，是我選錯了人，愛錯了人。」

天水微微吃驚地朝我看來：「師傅，妳……」

「什麼？」我冷冷瞥眸看他，看到他淡淡吃驚的視線：「師傅……妳今天沒罵我？」

我瞇了瞇眸光：「是不是我沒打你皮癢癢了？」

他愣了愣，溫溫柔柔地笑了，柔和溫暖的笑容在皎潔月光中染上了聖潔安詳的光芒。他一直溫柔地在月光中注視我，暖暖的笑容之中，漸漸浮出了大愛一般的寵溺。

聖陽的笑容倏然掠過腦間，我終於還是忍無可忍地躍上他曲起的膝蓋。他的目光隨我而動，雙手自然而然地輕輕包裹我的身體，似是怕我落下他的膝蓋，我毫不猶豫地直接揚起手抓，啪！

打過他的臉。

他一怔，他蒼白水濕的臉上，留下我三條紅紅的爪印。我沒有撓他，他會自癒，不能讓別人懷疑。

「以後不准對我這樣笑！」

他愣愣看我片刻，噗嗤一聲笑了，雙手依然輕扶我的身體：「是……」

「大師兄～～看來你的貓確實很野，連你都撓嗎？」身後傳來麒恆的喊聲，天水仰起臉對他柔柔而笑，絲毫不介意自己被抓傷，宛如我真的是一隻小野貓，他可以寬容我對他的一切傷害。

我扭臉冷視，正對上鳳麟忽然變得深沉的目光，他的劉海微微遮蓋他的眉眼，隱藏在劉海之後的深沉視線直直落在天水輕扶我的雙手上。

與此同時，潛龍也看了過來，眸光深邃。

天水沒有察覺到鳳麟的視線，輕輕抱起我，把我再次放落身邊，麒恆扠腰笑看他：「大師兄你就是心善，她這樣對你，你也不怪她。」

天水輕笑了一聲，仰起臉躺落我身旁，單腿曲起，雙臂交握枕在腦後，微笑地望向漫天星辰。

我看著立於水中逍遙快活的少年們，淡淡說道：「該愛還是去愛吧，你跟著我，不知哪天就灰飛煙滅了，別讓自己的人生留下遺憾。」很久，真的很久，我沒有對任何人說過這樣的話，即使是麟兒。

那時……

我的心裡只有恨。

是麟兒再一次喚醒了我的愛，讓我可以更加公平公正地對待天水這個徒弟，這個人。

天水不像麟兒是因為愛我，所以用生命守護我。他僅僅只是因為麟兒留在我的身邊，他沒有守護我的使命，也沒有為我捨棄生命追隨我的義務。

但他還是留下了，為我擋下了帝琊那足以讓他灰飛煙滅的神光。

我不想對他生太多情，但是，我也不想虧欠他。

我不想欠任何男人的人情。

天水還是沒有說話，他靜得……讓人感覺到一絲心疼。輕輕地，他發出一聲苦澀的輕笑：「我不人不鬼，還有什麼資格去喜歡別人……」

「呿。」我好笑轉臉：「跟我那麼久，什麼神怪沒見過，他們就不愛了？最差勁的就是凡人，一碰就死，你不滿意現在的身體嗎？我告訴你，你現在不比哪個神仙差。是你心裡對凡人那具肉身還太留戀，人死不過是坨灰，肉身有何留戀？」

他沉默了，不再說話，應該還是不能苟同我的看法，但是，他現在也不會再駁斥我。

我轉回臉繼續看水池裡的少年們，麒恆正朝著我眨眼，那神情輕佻得像是向一個女孩兒拋媚眼。然後，他看向潛龍：「潛龍，我幫你擦背。」

潛龍看了我一眼，轉開目光看麒恆：「好啊。」

潛龍轉身，麒恆開始給潛龍擦背，鳳麟看看他們，沉沉說：「我去拿衣服。」他臉上已露不悅。他在生我的氣。

「好，你去吧。等你回來，我給你也擦擦。」麒恆一邊給潛龍擦後背一邊說。

鳳麟直接躍起，水簾在他腳下劃過夜空，化作一串墜落的星光，他輕踩樹枝而上，潛龍半瞇眸光看鳳麟，麒恆的手也在潛龍身後頓住，揚起臉看向上躍去的鳳麟：「奇怪，鳳麟的劍呢？他怎麼不用仙劍？這樣跳上去太費勁了。」

我仰天看了一會兒，趴在自己交疊的前肢上，鳳麟的劍斷了，我要給他弄把武器。

「可能斷了。」潛龍說。

麒恆聽罷，瞇起漂亮的桃花眼：「劍在人在，鳳麟去蜀山蓬萊查探，怎會斷劍？」

潛龍微微側臉看他。麒恆忽的又不正經地笑了起來：「八成是跟哪個小師妹約會，落在人家那兒了吧，哈哈哈～～」他一邊笑，一邊用皂糕擦過潛龍結實的後背，皂糕在潛龍的後背上留下一抹抹細細小小的泡沫，那泡沫順著潛龍的後背緩緩滑落，像是口水留在他後背的痕跡。

潛龍也笑了笑，玩味地附和：「沒準真是如此。」

麒恆笑而不語。皂糕在麒恆的手中越來越小，已經幾乎被他秀麗的手指完全包裹，在他沾滿泡沫的指尖若隱若現，遠遠看去，只見麒恆的手一下又一下撫過潛龍的後背。他一手撐在潛龍的肩膀上，讓他的鎖骨更加明顯，那纖柔精緻的鎖骨在月光下水光盈盈，宛如一碗美酒倒入其中，誘人品嘗。

纖細的水流與淺淺的泡沫一起從麒恆上下擦動的手臂上緩緩流下，也流上了他的身體，點點細沫點綴在他白皙的身上。鮮嫩的茱萸在細沫中淡粉若桃，恰似兩片桃花不經意地貼在他的胸前。

他壞笑地看潛龍：「要不要我給你前面也擦擦？」麒恆拿著皂糕的手直接往潛龍前胸擦去。

潛龍立刻一把將他推開，笑看他：「滾！你該不會是飢不擇食了吧？」

麒恆壞笑揚唇，雙手突然朝潛龍胸部抓去，潛龍立刻閃身，但臉上是嬉鬧的笑意。麒恆笑岔了氣，又朝潛龍腹部以下抓去，潛龍驚得後退，正看到麒恆的手伸入水中時，忽然，一件衣服從上而下徹底蓋住了我，完全遮住了眼前的一切，只剩下滿滿的鳳麟氣息，和麒恆、潛龍嬉鬧的聲音。

「你別亂抓！」

「哈哈哈……」

「看我的！你有種別跑！」

「嘿！抓不著！」

「哈哈哈……」

原來……凡人的男人……這麼無聊……

「喵～～」我把鳳麟的衣服從頭上撓開，身體已被人抱起，放在他起伏的胸膛上。是鳳麟，我想起身，他卻按住了我的身體，不准我再離開。

我乾脆四肢攤開，趴在他起伏的胸膛上。

他躺在天水身旁，和天水一起仰望崑崙山上空一望無垠的絢爛星空。

嘩啦嘩啦！水聲響起，麒恆和潛龍也走上岸，躺在鳳麟身邊，四周一下子變得安靜下來。

「我們七個人從小一起長大……」星光燦爛的夜空下，傳來麒恆淡淡的、透著一絲正經的聲音：「如同兄弟姊妹，我真的不希望我們散了。」

「哼，你難得也會說這種肉麻話？」潛龍調笑他。

麒恆凝望夜空：「自從崑崙大劫後，我看穿了，我們不知哪天就被妖怪吃了，或是殺了。我不想在我死的時候，還是個處男，那還算是男人嗎？」他騰地坐起，像是鄭重地問所有人。

鳳麟放落我身上的手一緊，微微側開臉。

「大師兄？你想嗎？」麒恆開始點名。

天水的臉微微一紅，擰眉起身：「麒恆，別說了，不妥。」

「不妥什麼？」麒恆奇怪地看天水：「這兒又沒有女人，我們私底下說說怎麼了？鳳麟、潛龍，你們肯定不想，不然不會都追著那嫣紅不放。」

鳳麟抱住我也是猛地坐起：「你說你的，總提嫣紅做什麼？」

「心虛了？」潛龍挑眉起身，勾唇看他。

「你們真要為那嫣紅爭到底？我真的奉勸你們一句，那嫣紅有古怪，一定有問題！說話狂妄囂張，不把我們所有人放在眼裡，有機會我一定要揭穿她的真面目，讓你們好好清醒清醒！」

我登時冷冷瞥眸看麒恆，寒氣開始在身上繚繞，好大的口氣，想教訓我？哼。

鳳麟抱緊我的手登時一緊，天水也神色微微緊繃地看我，像是擔心麒恆被我灰飛煙滅！

麒恆還在那裡說著：「你們真是被那嫣紅迷了心竅，那女人像妖精，我覺得你們駕馭不了，女孩子還是賢慧淑德一點比較好。對了！最重要的一點，要聽男人的話，哈哈哈，像朝霞師姐就很賢慧，大方得體，霓裳妹妹呢，乖巧聽話……欸？你們明明知道朝霞、霓裳喜歡你們，不如選她們，別選那個嫣紅了……」

「你說夠了沒？」潛龍忽然捂上麒恆的嘴，直接把他壓躺回地面。潛龍巨大的動作更像是要掐死麒恆，麒恆的桃花眼登時圓睜。

鳳麟擰擰眉，抱著我原地躺下，煩躁地白了一眼麒恆的方向：「我累了。」

天水也看看麒恆，嘆氣搖頭：「今晚你真是喝多了。」說罷，他也背對麒恆躺下。

麒恆瞪向他們，一把拉開潛龍的手。潛龍狠狠瞪他：「別再說朝霞喜歡我，你那麼在意，是不是你喜歡朝霞？喜歡就去追！」潛龍說完，也轉身躺下，背對麒恆。

麒恆正好坐在潛龍與鳳麟之間，大家都背對他。他看看潛龍，再看看鳳麟，忽的，他朝鳳麟挪近，一條腿架在鳳麟的腿上，赤裸的上身貼上了鳳麟的後背，鳳麟登時抽眉，擰緊雙眉斜睨身後。

麒恆伸手包覆鳳麟的肩膀，探臉在鳳麟耳邊壞壞一笑：「鳳麟，你跟那嫣紅到哪一步了？」輕喃般的話語吹拂鳳麟耳邊的髮絲。

鳳麟的雙眉登時抽緊，我陰沉地看麒恆那隻不老實的手。他還不依不饒地伸指勾開垂在鳳麟耳邊的髮絲，宛如那些髮絲遮住鳳麟的耳朵會妨礙他說話。

「喵！」我直接揚起手爪。我讓你摸我男人！

麒恆嗖一下，退開鳳麟後背，對我壞壞勾唇：「咪咪，這次沒撓著～～～」

我登時瞇起眼睛，殺氣繚繞全身，鳳麟忽然抱住我的身體，把我緊緊抱在胸前，像是擔心我把麒恆一巴掌拍死。

雖然我想拍死麒恆被鳳麟阻止，但這桃花眼死定了！

我忍住殺氣待在鳳麟懷中，等麟兒睡著再教訓那朵爛桃花。

「你們手拉了沒？」麒恆又開始問了，我看他真是春心動了。

「手一定拉了，哼哼，嘴親了沒？」

「麒恆！」潛龍忽然受不了地大喝，鳳麟沉著臉不說話。他的身旁是同樣背對他的天水，天水輕嘆一聲，搖了搖頭。

「嘿嘿，有人受刺激了？」麒恆壞壞的話音再次傳來：「好～～～我不說了～～～～」

麒恆終於消停下來，整個世界安靜得第一次讓人感覺舒心暢快。

嘩……嘩……

夜的寧靜漸漸覆蓋水池邊的草地，只剩下了輕輕的水聲，和崑崙這四少的呼吸聲。

「呼……吸……呼……吸……」麟兒也像是累了，片刻間，陷入沉睡。

「呼……呼……」而在他背後，是麒恆低低的喊聲，一絲酒味飄散在空氣裡，那爛桃花真是喝多了。

窸窸窣窣，天水在我面前翻了個身，仰天繼續靜靜凝望星空。他雙手枕在腦後，耳邊髮絲與臉邊細草一起在夜風中起起伏伏。

他靜靜地，靜靜地看著，呼吸著，臉上安靜淡然的神情帶出一種與世無爭的安寧與祥和。他眨著眼睛，睫毛在月光中如含羞草一般，慢慢閉合，又慢慢打開，時間彷彿在他身上變得緩慢。他的嘴角浮起一抹淡淡微笑，被月光染上月牙色的視線柔柔地注視在夜空中慢慢流轉的星河。

他在想什麼而無法入眠？

又是在想什麼而讓他唇角帶笑？

修仙子弟，從小上山，無親無故，寂寞哀傷之時，只要這抹微笑，就能溫暖他們孤獨的心。天水，是他們心中的太陽。

而聖陽，是這個世界的太陽。

萬物被造出來時，恐慌，害怕，但是，只要看見聖陽臉上那抹溫柔的微笑，便會安靜，心中充滿暖意，為他屈膝，獻上自己所有的虔誠。

他們信他，愛他，因為聖陽的大愛而被感化，一心向善。

可是，世事變遷，人心不古，即使神族，也漸漸發生了改變。

當男神們發現，聖陽因為大善而包容任何人的錯，便開始肆無忌憚，開始恣意放縱。

當女神們發現，聖陽無論對任何女神，皆是溫柔微笑，關愛寵愛，她們開始為彼此能獲得聖陽更多的寵愛而勾心鬥角。

聖陽的大愛曾經讓人們紛紛向善，可是最後卻一一向惡，為什麼？

我困惑了許久，也厭惡了許久。我當時是那麼地愛他，崇敬他，毫不在意他對別的女人也聖潔微笑，因為，我那時知道，愛一個人，是無私的，是包容的，這是他教會我的。

但是，他卻信了別人的讒言，信我會危害六界蒼生，會誅滅六界之神，將我封印……

那一刻，他的淚水讓我噁心，他的痛苦讓我憤怒，他的聲聲對不起更讓我作嘔！

他不愛我。

愛我，就該信我，他甚至連讓我解釋的機會都沒給我。

我不需要一個神做我的男人，我只要愛我的男人，信我。為何，這簡簡單單的信任二字，卻連一個創世之神都無法做到。

所以，我不後悔我愛上了別人，因為聖陽已經不值得我再去愛。

第二章　再塑滅殃

我不知道自己出神了多久。回神的時候，天水已經不在我身前，而水池邊，再次傳來嘩啦嘩啦的水聲。

我從麟兒的懷抱中輕輕走出，轉身端坐時，看到了天水在水池邊為大家洗衣的身影。

大家全都睡了，而他，卻在為大家洗衣。

他半蹲在池邊，手中是相同的天蒼色衣衫。他的長髮在月光中披散，被皎潔乾淨的月光染上了一層月牙黃般的暖光，長長的髮絲只用髮帶隨意地在中間束起，鬆鬆散散，在臉邊掛落一個優美的弧度，更添他一份柔美。這份柔美多一分嫌陰柔，少一分太過剛硬，這恰到好處的柔美讓他如冬日的暖日般給人絲絲暖意，只是這樣靜靜地看著，也會感到心底寧靜溫暖。

夜風徐徐吹過，揚起他臉邊散落的纖纖髮絲，如同銀絲一般，在月光中輕顫。時間宛如在這一刻靜止，讓他和水中的倒影一起化作一幅讓人心動的夜畫。

天水，精美如畫。

他洗得很認真，把每一件衣服的汙處都努力搓洗乾淨，但是，動作又很輕柔，像是深怕動作大了，會把衣衫搓破。

嘩啦！嘩啦！他的唇角依然掛著淡淡的微笑，將乾淨的衣物從水中提出，輕輕擰乾，一甩，衣衫在月光中閃過點點水光，在夜風中揚起，又甩出細如瓢蟲的水珠。

忽然間，我感覺到了月靈的氣息，但是，天水似是因正在聚精會神地洗衣而沒察覺。

他把濕衣甩開，正在認真檢查還有無汙處。確認沒有後，他滿意微笑，長髮在夜風中揚過他的唇瓣。

我躍上麟兒的身體順著感覺凝望天空，拉長視野之時，看到了遙遙星空中停落的一點身影。那樣的距離，天水是無法察覺的。而且，以月靈的修為來說，更是無法看清天水的。但是，我卻能看見她的眸光，正落在天水的身上，她喜歡天水，這樣偷偷回來看他也是正常，但是，我卻在她的眼裡，看到了驚訝，那像是看到故人，甚至是曾經自己所深愛著的男人的驚訝。

我瞇起了眼睛，邪邪而笑。

天水開始在樹枝上認真晾曬衣服，把每一件衣服都拉扯得沒有一絲皺褶。他放落手，靜靜地站著，看著那幾件同樣的天蒼色衣衫和煙灰色罩紗，目光中浮出絲絲柔和，似是在回憶他們四個人在崑崙一起修練的點點滴滴。由心而發的微笑自然而然地浮出他的唇角。

他看了許久，直到，一陣猛烈的夜風打斷了他。

呼！夜風掠過水池，也掀起了層層漣漪。

洗淨的衣衫在他面前飛揚起來，他似是想起了什麼，微微蹙眉，轉身折回岸邊，撿起自己和鳳麟的仙衣，輕輕到潛龍和麒恆的身邊，給他們輕輕蓋落。

他半蹲在麒恆身邊，微笑地看他一會兒，眸光裡是像大哥哥對少不更事的小弟弟的包容與寵愛。麒恆的臉因為酒醉而潮紅，他微露擔心地伸手撫上麒恆的額頭。

在他擔心地摸上麒恆的額頭時，我看到高空中的月靈眸光顫動起來，裡面浮出了絲絲月光。我咧開嘴角收回遠視的目光，原來是妳，哼哼哼，她還沒發現我，我該怎麼殺她？現在的我，無疑不是她的對手。

天水走到了鳳麟身旁，也想給鳳麟蓋上衣服時看到了我，略微驚訝：「師……」

「噓！別說話！」我的心語登時而出：「有人在看我們，自然點！」

雖然讓他自然點，他還是緊張起來，背對天空看我的目光裡像是在問是誰？

哎，這個徒弟就是演技不太好。

我躍落他腿前，看看他，軟軟倒上他的小腿，心語隨即而出：「摸我。」

「啊？」他目瞪口呆。

「少廢話！摸我，當我是貓一樣摸我！」我命令，隨即我像貓兒祈求寵愛一般蹭上他的小腿：「喵～～～喵～～～」

但是，他還是僵硬著，怔怔看我，眸光裡是各種掙扎與猶豫，這孩子演技真的很不好！

「喵～～喵～～～」我只有繼續蹭。

我在他的小腿邊上下蹭，黑色的尾巴纏上他的小腿。喵喵地輕叫，漸漸的，他的眸光終於放柔下來，溫溫柔柔地注視我片刻，緩緩地抬起手，輕輕地，放落在我黑色的頭上。溫暖的手心讓我一怔，心中猛地扯過一抹撕扯一般的痛，我彷彿看到自己的鮮血正從心上撕裂的傷口中緩緩流出。

他的臉上是如同聖陽的溫柔笑容，恰似冬日化冰一般，浮上他溫潤如玉的臉龐。這個微笑如同春暖大地，百花在春風中瞬間齊放般讓人的心為之停滯。

這是一種特殊的、無法比喻的美，這種能給人帶來溫暖的聖潔美，讓人留戀，讓人上癮，也讓人不知不覺地沉溺在他的撫摸、他的微笑和他的溫暖中。

我感覺我快要吐了。只有看向空中的月靈，讓自己可以從聖陽的回憶中抽離。

高空中的月靈眸光瞬間凝滯，無法再從天水的微笑中移開目光。

我彷彿感覺到她的呼吸也凝滯了，若是我第一眼便覺天水像聖陽，那麼別的女神更會深陷得無法自拔。

她們絕對無法從這個神似聖陽的男人身上移開目光，而現在，這個和聖陽神似的男人不屬於任何人，更沒有被別的女神發覺，這是獨占這個神似聖陽的男人的好機會。即便他的容貌與聖陽差之千里，但是，女神們不會介意，她們要的，只是那份神似，一個聖陽的替身。

更別說聖陽消失了三千年。

沒有了聖陽，有個替身，也可慰藉自己寂寞的心和痴愛之情。

月靈的眼中漸漸帶出了淚光，她像是無法接受般掩唇轉身。她回頭再看天水一眼，眸中卻又流出了又驚又喜的複雜的淚光，她深吸一口氣，轉身消失在夜空之中。

我瞇眸一直看著她徹底消失，然後，忍不住乾嘔出來：「嘔！」

「師傅妳怎麼了？」天水擔憂地將我抱起，我揚起手拍開他的手：「別碰我！」

他怔了怔，臉上的擔憂被窘迫和難堪替代，輕輕放落我的身體，側開了臉。

我獨自走到池邊，喝了一口水，看池中自己黑貓的倒影：「我不是針對你，只是現在想起聖陽，我就會噁心。」我氣鬱地轉開臉：「你怎麼能那麼像聖陽！」我閉起雙眸，深深呼吸，想讓自己平靜，以免忍不住揍他。

「我發誓，我不是聖陽！」他在我身後側，鄭重地說，像是已經沒有任何辦法證明自己不是聖陽，只能用起誓來讓我相信：「若師傅發現我是聖陽，我甘願被妳灰飛煙滅，反正我這條命也是妳給的。」

顫顫的水面映出了他支離破碎的倒影，他側開臉，臉上，也像是帶出了一絲對自己像聖陽的厭惡。

說罷，他站起身，直接躍起，消失在我的面前，像是不想讓我再對著他，想起那個傷害過我，叫聖陽的男人。

我凝視水中的自己被水紋切碎的倒影，心中煩躁。

「呼——呼——」麒恆越來越響的呼嚕聲，更讓我煩躁。

我陰沉轉臉，正好本娘娘心情不爽，你敢對我說三道四，對我的男人動手動腳，哼，好，娘娘我就讓你喜歡男人！賜你一場春夢！

我轉身，一步一步走向麒恆，輕輕地躍上他赤裸的胸膛，站在他高高起伏的胸脯上陰沉俯看他。

他擰擰眉，像是本能地感應到危險從深眠中醒來，微捲的睫毛輕顫，那雙桃花眼在月光下緩緩打開。

迷濛初醒的眼睛如日光下泛著水光的桃花池水，朦朦朧朧，他迷迷糊糊看我一眼，閉眼笑了：

「原來是咪咪……」

哼，我邪邪一笑。

「呼……」我俯下臉，朝他的鼻息長長吹了一口氣，他微微擰眉，昏昏沉沉地陷入夢境。我輕輕一躍，化作一縷黑煙躍入他的夢境。

波光粼粼的水池邊，他獨自一人躺著，月光朦朧，水光迤邐。我看了看，躍落水池一旁，隱入空氣。

呼～吹出一縷黑氣化作黑貓浮現在麒恆身旁，黑貓躍上他起伏的身體，一步一步走向他，立在他的胸口，看他一會兒，俯下臉，伸出軟軟的小舌緩緩舔過他胸脯之間。小黑貓舔得很慢，一點一點舔上他的鎖骨之間，舔上了他的喉結。

他的喉結咕咚上下移動了一下，他緩緩醒來，如方才一般迷迷糊糊看黑貓一眼，揚唇壞壞一笑：「咪咪啊，怎麼，想投入我的懷抱嗎？」

「喵～～～」小黑貓伸出小舌頭在他的胸口輕輕一舔，他一怔，小黑貓轉身，貓尾緩緩掃過他的下巴，一步一步走落他的身體，麒恆有點發懵地坐起，看著婀娜走向水池邊的小黑貓。

仙霧開始在池水中緩緩浮起，小黑貓慢慢走入此起彼伏的仙霧之中，身姿妖嬈，黑色油亮的身體柔軟地如同少女曼妙的腰肢。

緩緩的，他在仙霧中站起，一頭黑亮的長髮直垂而下，遮蓋他的身影。麒恆看得目瞪口呆，眸光如同粼粼的波光般顫動。

小黑緩緩抬起手，伸向自己腦後，慵懶地撫過髮根，絲絲長髮登時如黑色的珠簾般傾瀉滑落小黑雪白通透的藕臂。髮絲被掀起時，他纖柔光潔的胴體，和曼妙的身姿也在長髮下若隱若現。細細的腰肢，飽滿小巧的翹臀，還有，赤裸的雙腳。

他一步一步走入水池之中，黑髮立刻飄散開來。他微微側臉，露出了雌雄莫辨的比小竹還要小巧精緻的頸子。

嘩啦啦……他輕輕撩起晶瑩的池水，緩緩澆落自己的藕臂，晶瑩的水流撫過那飽滿、吹彈即破的肌膚，讓人瞬間熱血沸騰。

麒恆怔怔地站起身，桃花眼中已是春水盈動：「你……到底是男的還是女的？」

小黑微微側臉，嫵媚一笑：「哥哥，你的那塊寶貝在哪兒？能借我用用嗎？」雌雄莫辨的聲音，酥中帶啞，讓人如同吃了酥糕般全身酥軟，無力反抗他任何要求。

麒恆怔了怔，點點頭：「好。」

他一步一步也走入池水之中，一片荷葉載皂糕而來，他拿起皂糕呆呆地看著小黑在月光下迷人的黑髮，情不自禁地撫上，髮絲在他的指尖遊走，讓人愛不釋手，無法放開。

一條藕臂伸在他的面前，他自然而然地替他擦上了皂糕。小黑在水中輕移腳步走到了麒恆的身後，用自己赤裸扁平的胸膛貼上了麒恆同樣光潔的後背，麒恆的胸膛大幅度地起伏，呼吸變得急促，眸光閃動地越發厲害。

小黑伸出了舌頭，輕輕舔過麒恆的頸項，麒恆的臉登時通紅起來，手中的皂糕險些掉落。小黑輕輕握住了他的手，在他自己的胸前緩緩打圈擦拭，時不時掠過那兩朵粉嫩的桃紅。

仙霧漸漸覆蓋他們的身體，我邪邪地咧嘴笑了，耳邊是麒恆漸漸粗重的喘息。

「呵……呵……」

「嗯……嗯……」

能讓娘娘我賜你一夜春夢，也是你幾世修來的福氣了。

清晨漸漸降臨，清新的仙氣像淡淡的花香一樣好聞，沁人心脾。

我在麟兒胸膛上伸伸四肢，打個哈欠，只見麒恆正抱著潛龍。

潛龍似是快醒，被麒恆抱得緊，不舒服地轉身，後背對著麒恆。忽然，他猛地起身，一臉鐵青，轉身就給麒恆一腳：「你給我起來！」

麒恆被一腳踹醒，潛龍的喊聲也吵醒了鳳麟。鳳麟揉著眼睛起來時，麒恆已經憤怒起身，指著潛龍：「你找死啊！我正作美夢呢！」

「美夢？」潛龍哭笑不得地雙手環胸，然後無比嫌棄地瞄麒恆身下：「我看是春夢吧～」

麒恆一驚，低頭一看，下身的褲子被高高撐起，登時他面紅耳赤地匆匆捂住下身。

鳳麟一驚，想也不想地伸手捂住了我的貓臉，抱住我起身背對他們。

呿。

「麒恆！我警告你！下次你再頂著我，我給你就不是一腳，是一刀了，哼！」潛龍放了狠話。

鳳麟擰眉嘆氣，抓起衣衫，抱起我直接躍起，蹭蹭蹭躍上橫生的樹枝，他不能在崑崙弟子前不用仙劍而飛。

我從鳳麟手臂裡探出臉，下方潛龍氣鬱地抽走昨晚天水晾曬在樹枝上的衣服穿起，麒恆尷尬地走到一旁，滿臉灰黑地穿衣，然後，仰起臉似是看向鳳麟，卻看向了我。我邪邪而笑，他登時全身一緊，臉上還帶著夢中的潮紅，他眨眨眼，匆匆低下臉，深吸一口氣。

哼哼哼哼，讓你從此無法直視男人！看你還敢在我的男人身上亂摸。

鳳麟抱著我躍上懸崖，卻正好看見天水坐在昨晚的樹下。天水似是聽見動靜剛醒來，正揉著眼睛探臉看島下。

鳳麟一愣：「大師兄？你怎麼睡在這兒？」

天水神情微微一滯，眼神閃爍了一下，繼續看著下方說：「我昨晚收拾一下，就在這裡睡著了，對了，下面發生了什麼？」

哎，天水的演技還是不好，說謊讓人可以一眼看穿。

鳳麟聽罷，瞇眸靜靜看他片刻，眸光之中已然看出天水在搪塞什麼，但是，他沒有追問，而是揚唇一笑：「沒什麼，麒恆睡相不好，吵到潛龍了。」

正說著，潛龍飛了上來，手裡是天水的衣衫，滿臉的陰鬱。看見天水便把衣服扔給天水，隨即落在一旁拍打後臀，像是屁股後面沾了一坨屎般讓他噁心：「真晦氣，被麒恆頂了。」

天水的神情登時一僵，朝鳳麟看來，鳳麟尷尬得側開臉握拳放到唇邊：「咳。」

「咳。」天水看我一眼，也是側開臉輕咳，樹下的氣氛變得尷尬而詭異。

潛龍看看他們，也是一臉的灰黑：「喂喂喂！你們可別亂想！我和麒恆雖然住在一起，但我們不是！」

「不是什麼啊～～～」麒恆居然也飛上來，還黏到潛龍身邊親暱地一把攬住潛龍的肩膀：「親愛的，別解釋了，你已經是本少爺的人了～～～～」

哼，麒恆這小子倒是很會化解尷尬，乾脆破罐子破摔，一騷到底了。

「滾！」潛龍轉身就給麒恆一腳，麒恆嬉笑躲開。藍天白雲之下，是少年飄然的身影和煙灰色飛揚的罩紗。

鳳麟和天水也在一旁笑著，兄弟的情意再次綿綿，讓人暖心。

我伏在鳳麟懷中瞇眸看，至少，可以確定麒恆的身體裡沒東西。但是，昨晚月靈來了，她已不是月靈，她來看的，也必定不是天水，若是麒恆不是那個她要找的人，只有……

我看向潛龍，潛龍和麒恆繼續打鬧，他的眸光朝我瞥來時，雲天之中傳來鐘鳴。

噹——噹——

崑崙的一天，又開始了。

崑崙山上的生活很平靜，吐納、修練、習武，休息，日復一日，年復一年。

但是，一下崑崙山，崑崙弟子面對的將是世間最險惡的妖魔鬼怪，常常危及性命或是重傷而回。

在我眼中，妖魔鬼怪根本不算什麼，它們的善惡掛在臉上，而讓人真正揣測不透的，卻是人心。

正因為神族過於自負，當年，才輸給了凡人。

我想做凡人，人心險惡，但正因此，才使世界變得精彩。試想你總是能讀到對方心思，生活又有何意思？

麒恆雖然嘴賤，但他的觀點我很欣賞，他想要男女之情，不想在死時還是一個處男，這樣，豈非此生白來一回？

紅毛一直沒有離開我的玉宇，只是守在門口也不說話，他想讓我幫他救他母親。他心性浮躁，但為了救他母親，他堅持了下來，讓我也不由有些感動。

幾日後，崑崙鐘鳴，所有人至無極殿集合。

我走下床，全身上下化作嫣紅的模樣，時候到了。

「娘娘！」焜翃又在我身邊一拜：「求娘娘救救我娘吧。」

「好。」我淡淡地答，一邊整理崑崙的裙衫。

焜翃呆呆看我，小竹也微露吃驚。

我瞥眸看還跪著的焜翃：「呿，還跪著做什麼？」

「娘娘……真的願意救我娘？」焜翃不可置信地反問。

我昂首白他一眼：「再問就不救了。」

他驚了驚，立刻起身，緊走兩步跟在我身邊：「娘娘您沒有玩我？」他朝我說話，登時撲鼻的臭氣襲來。我擰眉扇了扇：「去去去，去把自己的嘴洗乾淨，然後我們出發。」

「去哪兒？」他激動地看我。

我好笑地看他一眼：「還能去哪兒？你不是要去蜀山嗎？」

「真的！太棒了——」他興奮地大喊起來，小竹站在一邊看著我目露擔心。焜翃喊了一會兒，似是想起了什麼，擔憂地看我：「可是娘娘，您還沒恢復神力，怎麼救？」

「嘖嘖嘖，你也會關心我了？哼哼哼哼～～～」我手拿蛇鞭站在洞門口輕敲蛇鞭，俯瞰崑崙山雲海之下，邪邪而笑：「所以……覓食時間到了。」

焜翃和小竹站到了我的身旁，休息夠了，該……拆骨了。

抱歉，讓你們等久了，你們的骨頭，一定……癢癢了吧～～

哼哼哼哼，哈哈哈哈——

對了，有件事要先做一下。

我立於崑崙劍塚之中，俯看腳下密密麻麻如同石筍般聳立的劍林。劍塚位於崑崙山最高的浮島之上，所有沒有主人的仙劍在這裡接受日月清華，清氣浸染。

仙劍鑄造之時便有靈性，有靈性之物，即可成人形，有人性。只是，仙劍不像神劍，這個過程可能需要萬年以上。而往往它們活不到萬年，比如鳳麟的劍就死了。

我抬手，撫過下方空氣，感覺到了空氣的絲絲顫動，有劍已成靈。很好，這樣的仙劍，才配我家麟兒。

我揚唇一笑，單手扠腰：「誰願隨我？」

登時，整片劍林震顫起來，岑岑岑，無數劍從劍塚中拔地而起，朝我飛來！

它們相互碰撞，相互廝殺，就在這時，一束水晶般的藍光衝出了所有仙劍，轉身猛地一掃，掃出的劍氣登時撞飛了身後所有仙劍。眨眼之間，那些落敗的仙劍從空中紛紛墜落，獨獨剩了它。

「好！哈哈哈！來。」我伸出手，它飛落我的面前，豎起身體，讓陽光穿透它略帶藍色的晶瑩剔透的身體。這把劍，與鳳麟原來那把很像。

但是，仙劍始終太弱了，已不能配我麟兒。

我邪邪一笑，指尖彈過耳垂，震天錘化作月輪飛出，停落在我的身旁，月尖下的魂珠飛速旋轉。

我不看魂珠地直接甩手，神力化作利爪伸入魂珠，用力拽出時，滅殃的劍魂已然被我拽出，他的雙手被鏈條鎖緊，憤怒地瞪視著我，劍光一般閃亮的眼睛，銳光閃閃。

我閉眸深深一吸：「吸——嗯……味道不錯～」

「嘶！」他驚得倒抽一口冷氣，我睜開眼睛瞥眸看他吃驚的臉：「怎麼？以為本娘娘只吸怨氣嗎？哼……」我邪邪咧開嘴角，飄落他的面前，扣起了他如劍般尖銳的下巴：「嘖嘖嘖，看來你的主人沒有把我介紹給你啊～嗯……我可是看著你造出來的哦，滅、殃～」

「放開我！」他憤怒地打開我扣住他的下巴的手，劍光般的髮絲纏亂，帶起鎖鏈的叮噹聲。

我揚唇邪邪而笑：「一把劍的腦子，果然還單純。我知道你效忠帝琊那個變態，這樣，我們來談談條件如何？」

「什麼條件？」他戒備看我

「好好做我麟兒的劍，我讓你主子早點自由，如何？」

滅殃瞇起了如劍般銳利的雙眸：「妳是個壞女人！我不信妳！」

「哈哈哈哈——」我仰天大笑：「我壞，哪有你家主子壞？我刑姬可從不說謊，既然你不答應，不如問問你家主子帝琊如何？」滅殃劉海下的雙眸依然布滿戒備，我瞥眸看魂珠：「帝琊～我要你滅殃，你給不給？」

「給——」魂珠裡傳來帝琊邪邪的嘶吼，滅殃吃驚地瞪圓了眼睛：「只要是魅兒想要的，我都給——滅殃，助魅兒殺了其他人，讓他們盡早來陪我——我已經快沒有耐心了——」

帝琊的嘶吼讓整顆魂珠都震顫起來，我深深地感覺到他此刻的興奮。

嗯……這個變態，現在只有興奮，沒有憤怒與怨恨，害我都吸不到力量。神族的怨氣～～可是最補的。

滅殃呆滯地看著那震顫得像是要隨時被漲破的魂珠。

希望此劫能讓單純的滅殃知道到底什麼樣的人才是正常的，而不是可憐地活在我們這些瘋子當中。

「哈哈哈哈——」我大笑起來：「聽見了嗎？滅殃～～你就乖乖做我的人吧，這可是你主子的命令。」

滅殃呆滯地收回目光，叮零噹啷，他雙手徹底垂落，宛如失去了徹底的生氣。

無礙，即使他的心不給我，他的神力也足夠讓身邊的這把仙劍升級。

我左手慢慢托起仙劍，右手甩出神力，纏住了了無精神的滅殃。黑色的神力一點一點像荊棘一樣纏上他的身體，將他閃爍神劍之光的身體宛如切割成了一段一段。

左手神力甩出，同樣纏上了仙劍，我雙手合擊，啪的一聲，滅殃化作一道劍光融入仙劍之中。

登時，一抹閃亮豔麗的藍色如同血液般流遍仙劍的全身，化作鮮麗的神紋纏繞仙劍的全身，如同大海一般的碧藍色透明通透，如同是一整塊巨大的海藍寶石打造成劍，美得讓人不捨讓他沾上半點汙穢，那是對他純淨身體的玷汙。

我滿意地看著滅殃，神劍神魂不滅，只消換個身體，即可成劍，也算是他們的重生方式。

我伸手輕輕撫過滅殃寶石般的身體，黑色的神力纏繞滅殃的身體，在劍身上留下自己的神印。他的光芒如同心跳一般劇烈地跳躍，他在排斥我，所以，我更要留下神印，好調教他，以免他傷了我的麟兒。

「別碰我！」他憤怒地喊！

「你閉嘴！」我冷冷厲喝：「你家主子不知有多希望我這樣摸他！」

「我不喜歡。」

「是嗎？」我邪邪地笑了，放柔了力量，輕柔地撫過他冰涼的身體，他的神光輕顫起來。我一點一點從頭撫向劍尖，手腕輕轉指尖擦過劍尖撫上了他的後背，他的神光開始從原來的銳利變得柔和，寶藍石的體內在我的撫觸中有水藍色的血液緩緩流淌。

神劍需要多多撫摸，這會讓他更信任你，彼此的感情會在撫摸中加深。

他平靜下來，如同陷入了安睡。

噹——噹——

崑崙集合的鐘聲繼續敲響，我收回了手，他安靜地站立一旁。我往下看去，崑崙弟子腳踏仙劍如同流光般劃過，三年一次的修仙者盛會，終於要開始了。

無極殿前，已是人山人海。

我坐月輪而下，引來驚訝目光。目光之中，玉蓮向我投來羨慕的視線，而她身旁的芸央已與我形同陌路。

「看！是嫣紅！」

「好厲害……」

「她一定會成為新的崑崙七子。」

「你們說她會取代誰？」

「肯定是霓裳師姐啊，霓裳師姐在崑崙七子裡是最弱的……」

飛過這些竊竊私語，落在排列在所有崑崙弟子之前的崑崙七子身旁，清平與清華的面前。霓裳和月靈朝我看來，麒恆眼角掛著冷笑，潛龍探身朝我揮揮手：「嫣紅，妳回來了。」

我只當不見，只看前方。

鳳麟和天水看我一眼，收回目光。

「各崑崙弟子，仙法會已經開始！」清華高亢地說，旁邊的清平天尊目視數百崑崙弟子，面露驕傲之色。

崑崙弟子在清華的話中已是激動不已，躍躍欲試。

清華傲然看眾人：「大家皆可參加，但要小心，友誼第一，鬥法第二。勿讓仙門之友所傷，也勿重傷仙友。」

「弟子謹記——」巍巍崑崙雲天之下，是崑崙弟子們朗朗的大喝！

清華點點頭：「各師尊，可帶弟子前往蜀山了，大家小心！」

「是！」

朗朗的聲音再次迴響天際，各殿弟子在回聲中紛紛御劍而起。一批又一批隨自己的師尊飛向雲天，一個接著一個，浩浩蕩蕩，氣勢磅礴。

「崑崙七子上前來。」清華淡淡說。

崑崙七子以天水為首上前。

清華從衣袖中取出一個卷軸：「昨日歸墟鏡又現民願，青城現挖心妖魔，你們且去看看。」

「挖心？」麒恆皺起了臉：「該不是又是人為吧～～」他無聊地撇撇嘴：「凡人看見挖心就覺得是妖魔所為，我們每次去，結果都是凡人自己做的，我說他們怎麼就那麼病態呢？殺人就殺人，非要把心也挖出來看看，真是。」

「好了，麒恆。」天水柔和看他：「寧可信其有不可信其無，青城與蜀山也是順路，去看看吧。」

麒恆沒意思地搖搖頭。

清華點點頭：「天水，此去蜀山還是你帶隊，到了蜀山與各殿師尊會合。」

「是，弟子領命。」

天水轉身之時，仙劍已在腳下，他向鳳麟伸出手：「師弟，上來吧。」

霓裳、朝霞不由驚訝看鳳麟，但是月靈只是看著天水。

「鳳麟師兄，你的劍呢？」霓裳疑惑地問。

鳳麟淡淡一笑，正要說話，我坐上自己的月輪，不看他地心語而出：「喚滅殃。」

鳳麟的眸中劃過一抹吃驚，朝我看來。我坐在月輪上瞥眸笑看他，他微露驚訝，笑了，劍指豎在身前，心中已經呼喚。

登時，一道藍光從天而下，如同藍寶石般的劍豎立在鳳麟身旁，鳳麟的眼中已是滿滿的歡喜。

在滅殃出現的那一刻，所有人變得驚訝。即使是無極殿前的清華與清平天尊，他們雖只是修練的凡人，但也辨別得出一把仙劍的好壞。他們吃驚地看著在陽光中閃現無與倫比劍光的滅殃，這是他們的仙劍永遠比不上的。

鳳麟歡喜地摸上滅殃的身體，滅殃的劍光瞬間閃現。我登時瞇眸，眸光射向滅殃，滅殃登時收起了劍光，任由鳳麟摸上。

只要麟兒喜歡，我就高興。

潛龍驚詫地看著滅殃，目光之中似是露出了羨慕：「鳳麟，你這劍從哪兒來的？這可不太像劍塚裡的。」

鳳麟淡笑不語，忽的躍起，滅殃登時滑入鳳麟腳下，頃刻間帶他衝上雲霄，揚起一股巨大的氣流帶起了所有人的衣衫。

我笑了，隨鳳麟而起，將所有人拋在身後！

鳳麟在雲中疾馳，翻轉，俯衝，再猛地拉起，我緊跟其後。他落於我的身邊，朝我伸出了手，深情款款，燦亮如星的眼中脈脈含情：「師傅。」

我在空中伸出手，他一把握住將我從月輪上拉下，圈入懷中，另一條手臂從我腰間環過，從我身後抱住了我，在我臉邊燦笑。

「謝謝師傅。」他貼上我的臉側，下巴放落我的肩膀，閉上了雙眸。

啪！月輪回到耳垂，我補充道：「滅殃是神劍，可隨你心意轉換外形。」

「可是，滅殃的身體不是碎了嗎？」他離開我的肩膀，疑惑地問。

我笑道：「滅殃神魂不滅，不過是一副身體，換了即可。」我側臉看他：「但滅殃對你我還心存恨意，你還是要小心。」

「嗯。」他擁緊了我的身體，似是感覺到了什麼，往後遙望：「大師兄他們來了。」

「我需要離開嗎？」我問。

他揚唇一笑，卻是將我攬得更緊，目光中再次浮現他的霸道：「我說過，我再也不會讓妳離開我身邊。」說罷，他收眉凝視前方。登時，滅殃再次疾馳，將天水等人再次拋在身後。

我心語小竹與焜翃：「蜀山下等我。」

「是！」

焜翃生性暴躁衝動，是因為有那個神的血脈，我似乎明白他和長風為友確實不錯。他與長風性格互補，而現在，有小竹在。

仙劍快如流星，入夜之時，已入青城境內，鳳麟停了下來，我以為他又是因為崑崙那些破規矩。

他卻認真看我：「師傅，妳快吃吧。」

「吃什麼？」我疑惑看他。

他看看我們身後，目露擔憂，握住了我的手，再次看我：「怨氣啊，稍後潛龍他們該到了。」

我有些詫異地看，他認真地看著我，我邪邪地笑了。他認真催我吃食的神情實在可愛，我情不自禁地勾住他的脖子，吻上他的唇。

他環住我腰的手一緊，眸光開始發緊。

我離開他的唇，舔舔唇：「好，吃飽有力氣拆神骨。」我在他身前轉身，緩緩撐開雙臂仰起臉，深深一吸，滿城的怨氣隨即而起。

嘶——怨氣紛紛吸入我的神丹之中，雖然不多，但也算是飯前甜點，因為，我是為那挖心狂魔而來。

「哼哼哼哼——」我俯視漸漸暗沉的青城邪邪地笑了。

「師傅，怎樣？」

「很好，這裡既沒妖氣，又沒恐懼之氣，你知道意味著什麼嗎？」我瞥眸看鳳麟。

鳳麟微微擰眉，認真俯視青城：「來時已經察覺這裡沒有妖氣，所以，挖心狂魔應該不是妖類，是人。」

「不～～麟兒，不是人。」

「那是什麼？」鳳麟眸中帶出了驚訝加上一分凝重，他隨我經歷諸多，我的神情讓他變得更加憂心。

我已心中興奮，血脈沸騰：「若是人為，人心必然恐懼，恐懼也會化作黑暗力量，縈繞上空，我會察覺。但是，這裡沒了，只能說明……」

「被人吸了！」鳳麟驚呼，神色更為凝重一分：「到底是什麼東西。」

「哼……」我陰森地俯視燈火開始漸漸點亮的青城，嘴角邪邪地咧開：「極品美味。」

「嫣紅！」身後傳來潛龍的呼喚，我收起笑容微微瞥眸。潛龍停落我的身旁，氣喘吁吁：「你們太快了！」

他話音落下時，天水已飛到我們的另一邊。麒恆、朝霞、霓裳和月靈隨即都已趕到。

麒恆瞥瞥我們，輕笑道：「哼，你們又黏在一起？真是時時刻刻都分不開啊，實在讓我們好生羨慕～～」話音裡，滿是羡慕嫉恨，麒恆從不掩藏自己的心思。

霓裳落寞地側開臉，不看我們一眼。

天水和朝霞微微擰眉，皆是沉了臉，露出了大師兄與大師姊的威嚴姿態。

月靈靜靜落在天水身旁，繼續只看著天水。

麒恆壞笑地看潛龍：「潛龍～～你別想了，你看，人家鳳麟比你可速度快多了，沒準兒今年年底咱們就能喝上喜酒，明年我們就有乾兒子抱了！」

「麒恆！」天水沉沉厲喝，麒恆壞笑地雙手環胸看天水，天水沉臉看他：「任務要緊！」

麒恆的桃花眼瞇了起來，盯著天水沉沉的容顏直笑：「大師兄……這是生氣了？有意思，大師兄你可是從來不生氣的，難道……」他又瞥眸看我，我也揚唇壞笑看他：「聽說……青城花魁很多，你要不要來一朵？」

麒恆一怔，我的眸中劃過一抹陰冷的銳光，登時讓他神情變得呆滯，僵硬地只是看著我。

「青城花魁再多。」潛龍朗朗的聲音而起，立在我和鳳麟的身旁，在夜空中玉樹臨風，王氣凌然：「也不及這一朵。」他轉臉朝我看來。

「哼。」鳳麟登時冷笑出聲：「潛龍，你什麼意思？你拿嫣紅跟妓女比？」

潛龍的神情登時一滯，似是察覺自己說錯了話，握拳輕咳：「咳，我發覺青城並沒妖氣，這次挖心狂魔定是凡人作為。」潛龍轉移了話題，故作深思地俯看雲下。

此刻，青城已經完全亮起燈光，紅色的燈光幾乎連成紅線，將大街小巷穿在一起，如同一張紅色的大網，足見青城的繁華。

就只有在越繁華的城池行越恐怖之事，才能夠收集越多的恐懼之力。哼～～～這次本娘娘就換換口味吧～

第三章　孽根種於心

夜幕完全覆蓋青城上空，我們立於月光之下。

朝霞看了看也是點點頭：「的確沒有妖氣，我們走吧。」說罷轉身要走

「人心入魔～～就不是魔了？」我開了口，朝霞轉回身，吃驚看我。

霓裳、麒恆、潛龍也紛紛看向我，月靈微微一怔，將清清冷冷的目光落在我的身上。

天水靜立一旁，眸光深思：「人心入魔，才更可怕。」天水開口時，月靈再次看向他，天水凝視下方露出憐憫之色：「到底是怎樣的心魔，讓此人做出如此喪心病狂之事？」

「喂喂喂，人心入魔也是人的事，歸凡人管～～」麒恆雙手環胸，一臉的無聊：「既然沒妖怪，我們還是去蜀山，別在這裡浪費時間～～」

「我要下去。」我單手扠腰，眾人看向我，我揚唇一笑：「山上清修多苦悶，我要去買酒喝，你們隨意。」說罷，我從鳳麟的劍上直接一躍而下，登時傳來潛龍的喊聲：「嫣紅小心！我來接妳！」

當他飛落時，我已喚出月輪坐上，他微微尷尬地在我身旁，鳳麟飛過他身邊握拳輕笑一聲，和我一起加快速度飛落，甩開了潛龍。

「喂！我們不能在凡人面前御劍——」身後的夜空中是朝霞著急的大喊。

我瞥眸笑看鳳麟：「怎樣？」

鳳麟揚唇一笑：「跟著妳那麼久，還有什麼規矩沒壞過？」他伸手拉住了我的手，和我一起躍下高空，衣衫飛揚，我們穩穩落在青城最高的塔上，然後在夜色中，輕輕巧巧地躍落地面。塔下的小巷之中，登時有喧譁的人聲從小巷的出口撲面而來，瞬間感受到青城的繁華之氣。

燈光閃閃，人影連綿不絕，少男少女的歡笑聲，店家的叫賣聲，響徹夜空。

鳳麟的手依然與我不離，朝我微微一笑，與我十指相扣就出了小巷。登時，人流朝我們湧來，滿眼的人頭攢動。

看似繁華的夜市，卻隱隱透出一種深深的不安。走過我們身邊的男女雖有歡笑，但多為面色緊張，更像是入夜想盡快回家。

隱隱的恐懼，從他們身上而來，我吸入一口氣，這份恐懼還不夠深。

「你別走啊！這麼快回去幹什麼？」一個少年匆匆走過我們身前，身後追來若干少男少女，臉上是失望的神色。

少年有些慌張地看他們，壓低聲音：「我爹娘說了，放學讓我快點回家，最近挖心妖怪太可怕了。」

「嗨！那都是謠傳～」少男少女們不屑看他：「官府不都出告示了，讓我們不用害怕，已經找到嫌疑人，根本不是妖怪。」

「就是，你怎麼這麼膽小，這世上哪來的妖怪，連鬼都沒見過半個。」

「不是的！」少年看看左右：「我爹認識府衙的仵作，是他告訴我爹的，官府出告示只是為了穩住民心，不然造成恐慌，青城會亂，朝廷會降罪大老爺的。不管你們信不信，反正……我是信了，你們笑我膽小就笑我吧，我、我先回家了！」說完，那少年匆匆離開。

其他少年的面色也緊繃起來。

「要不……我們也回去吧，那殺人狂還沒抓住是不？」大家目光害怕地閃爍了一下，同時點了點頭，一起從我們面前離開。

我看向鳳麟，鳳麟正目露深思，我邪邪一笑：「走！去玩去！」

鳳麟一怔，我已經拉起他鑽入人群。

「師傅，師傅。」鳳麟拉住我：「妳怎麼玩起來了？不是捉妖的嗎？」

我正想說話，忽然聞到了極香的烤羊肉味，我閉眸深深一吸，舔舔唇，笑了：「不吃飽，怎麼捉妖？」說罷，我順著那香味一直走，看到了一個烤羊肉攤，我立刻拉鳳麟坐下，大喊：「老闆，來十串！」

「好咧～～～」

老闆立刻忙活起來，也顧不上看我們。

不知不覺間，街上的人越來越少，遠遠的，走來一排同樣的天蒼色衣衫，鳳麟看見他們笑了，喊道：「老闆，再來壺酒！」

「好好好！」老闆立刻吩咐小徒弟給我們上酒，小徒弟沒動靜，因為已經看我們看傻了。老闆看他發傻，生了氣：「傻看什麼呢！還不給客人上酒！」

小徒弟傻傻地指向我們，老闆終於朝我們看來，登時，他手中的羊肉串全部掉在烤爐上，呆呆地看我們，喃喃地說：「神仙啊……」

在他說我們是神仙時，更多的神仙已經朝這裡走來，天水、潛龍、麒恆、朝霞、月靈和霓裳居然都沒走，全都來了。

朝霞有些生氣地看我們：「鳳麟師兄，嫣紅師妹，你們怎麼可以擅自離隊？而且！還在這裡吃肉喝酒！」

鳳麟笑而不語，麒恆聞了聞：「好香啊，我也要吃！」

「麒恆！」朝霞真的氣壞了。

但是，麒恆已經一屁股坐了下來，潛龍揚唇一笑，也走向我，想坐在我身邊。天水的身影忽然掠過他身旁，掀袍坐下對他微微一笑：「潛龍，我坐這兒了，你還是和麒恆坐在一起吧。」

潛龍瞇眸看天水，天水微笑融融。

麒恆向潛龍一招手：「親愛的，你還是坐我這兒吧。」

「滾！」潛龍滿臉不悅。

「天水大師兄！你！」朝霞已經完全一臉的崩潰了，似是怎麼也沒想到，崑崙的首席大弟子，居然也在此刻公然破戒。

霓裳輕拉朝霞衣袖，月靈目光柔柔地注視天水，天水微笑看朝霞：「朝霞，坐下吧，難得開一次葷，是不會影響修為的。」

「你都這麼說了，我還能怎樣？」朝霞氣呼呼地坐下。

我喊道：「老闆！別傻看了，快上肉！」好久沒吃肉，饞死我了。

「哦哦哦。」老闆這才回神，和小徒弟一起忙著上酒上肉，朝霞生氣拍桌：「我只要茶！」朝霞這一聲把正偷偷拿羊肉串的霓裳嚇了一跳。

我看看周圍，轉眼之間，方才還熙熙攘攘的街道，卻是人跡寥寥，偶然看見幾人也是夾著包袱悶頭趕路。氣氛陰森詭異，瞬間空城，讓人毛骨悚然。

「老闆，這不過才申時，怎麼街上沒人了？難道是怕了那挖心狂魔？」我看向老闆。

老闆看著我又開始發呆，目光痴痴呆呆，登時，殺氣從潛龍那裡而出。鳳麟收眉之時，已是一手輕輕拍在老闆的胸膛上，老闆倏然回神，目露慚愧羞愧，吃驚地看我們：「你們怎麼知道我們這兒出了個挖心狂魔。難道！」他驚訝地瞪大眼睛：「你們真是神仙！」

「我們不是……」朝霞匆匆解釋：「我們是……」

「我們就是。」我壞壞一笑，看朝霞，朝霞著急瞪我，我揚唇邪邪一笑：「而且，我們就是衝著那挖心狂魔來的，那東西多久犯一次案，總共挖了多少，挖的是誰的心，老闆你可知道？」

「神！神仙啊！」老闆大喊一聲，拉著呆呆看我們的小徒弟一起跪下了。朝霞大嘆一聲，轉開臉，滿臉地受不了。

「有意思～～」麒恆的桃花眼眯了起來看我：「原來高調，也挺好玩的～～」

朝霞立刻狠狠瞪他一眼：「你是唯恐天下不亂嗎？」

麒恆壞壞地笑了。

天水和鳳麟不說話，他們對我已經無可奈何。

潛龍揚唇而笑，眸光閃閃地深深看我。

「挖心狂魔是大約在一個半月前出現的。」老闆說了起來。想要獲得更詳盡的情報，市井小民果真是最好的選擇：「每隔七天做一次案，至今已是六人被害，聽說被害的人，都是七月七日辰時所生……」

「七月七日辰時？」朝霞轉回臉，目露吃驚，眾人也各自深思起來。

「會不會是巧合？」霓裳擔心地問。

「不像。」月靈忽然開了口，從她出現以來，我還從未見她主動說話，她雙眉微蹙：「七月七日辰時所生的人，會有一顆七巧玲瓏心。此事不像是人為了，大師兄，你看呢。」

月靈笑看天水，天水的神色還是因為知道月靈喜歡他而微微不自然，他垂眸微笑：「師妹說得對，若是凡人，不會針對這七巧玲瓏心，而且，凡界也不知七巧玲瓏心之事，此事巧合的機率比較小。」

「那還真來對了！」麒恆一拍桌子：「這才有點意思，老闆，現在那些屍體呢。」

「都在府衙呢。」

「好！我們去看看！」

「看什麼？」我瞥眸好笑地看麒恆，麒恆桃花眼登時不悅地瞇起，我邪邪一笑：「我來，是為了速戰速決，你還看屍體？你以為這是破案子嗎？」

麒恆也揚唇而笑，但眸光泛冷：「嫣紅師妹～這不看屍體，怎麼確定到底是什麼妖怪？」

「哈哈哈——」我仰天大笑，陰森的笑容讓一旁跪著的老闆和小徒弟抱在一起，我邪邪地看眾人，朝霞看我的目光反而露出了一絲戒備，霓裳變得有些害怕，月靈瞇緊了眸光，像是要將我看穿。

我瞥眸掃過他們神色各異的臉：「既然要捉妖魔，當然要以妖魔的思路去思考。若我是妖魔，已經採集了六顆七巧玲瓏心，當然，要第七顆！」

「你是想！」鳳麟吃驚看我，眾人的神色也繃緊起來，連麒恆的臉上也再無玩笑之意，神色嚴肅。

我瞥眸看地上的老闆：「你們別跪了，告訴我，上一個命案到今天是多久？」

老闆和小徒弟戰戰兢兢地起身：「回、回稟神女，剛好七天。所以，今天大家都趕緊回家了。」

我點點頭，起身：「走，去找那顆七巧玲瓏心，我要在妖怪趕到前，把它……」我抬起右手邪邪而笑，手指挖入空氣：「挖出來，哈哈哈——哈哈哈——」我甩袖大笑離去，身後拂過陣陣陰風。

「瘋了，嫣紅一定是瘋了……」身後是麒恆怔怔的聲音。

「哼。」潛龍的輕笑也隨即傳來：「我就喜歡瘋丫頭。」

「你這口味怎麼這麼重！」麒恆說完，轉頭又說：「還有你，鳳麟！」

我單手扠腰轉身，立刻，麒恆捂嘴看向了別處，潛龍和鳳麟都陰沉著臉。我看向桌上的烤肉，一揮手，登時，烤肉飛向了我，看得老闆和小徒弟目瞪口呆，也看得朝霞撫額閉眸，氣鬱跺腳。

我拿到肉串，對鳳麟和天水一笑：「走！挖心去。」

天水抽了抽眉，神色怪異。

鳳麟輕笑搖頭，抬眸看我時，是寵溺之情：「好。」他跑到了我的身旁，隨手也拿起一串肉，放入口中，一驚：「嗯！味道真好。」

我笑了，大搖大擺一邊吃肉，一邊去找那顆心。

釣魚都要餌，這顆心，就是我們的餌。

擁有七巧玲瓏心的人並不多，但是他們的身上，會散發出與常人不同的光芒。因為有七巧玲瓏心之人，必是人間棟梁之才，他們是人間的閃耀之人。

但青城人多，擁有七巧玲瓏心之人，也會相對多一些，這東西挑了一個好地方覓食。

陰風起，枯葉捲地。

紅燈亂顫，扯起繩子一起搖擺，整條街的紅燈如一條血紅的小蛇扭動。

「即使吃了六顆七巧玲瓏心，青城也不會只剩一顆，你怎麼確定妖怪下一個挖的是誰？」潛龍單手背在身後，好整以暇地瞥眸看我，似想用這個難住我。

麒恆雙手環胸，桃花眼半瞇，像是等著看我好戲。朝霞站在天水一旁，天水依然沉靜，月靈站在霓裳另一邊偷眼看天水，鳳麟看月靈一眼目露深思。

「哼。」我輕笑一聲，瞥眸看向一旁，一串玉米掛在一家門戶前，我甩手而出，一陣風颳過門扉，砰砰砰，玉米從門扉上掉落，滾落在地。

我收手，玉米一個個滾到我面前，指尖纏繞神力，捲起了玉米，鳳麟和天水擔憂地看向我。

我知道，他們是怕我暴露，但這正是我想做的。

月靈的目光登時從天水身上移開，開始變得深沉，微微退後一步，躲入朝霞和霓裳身後陰沉看我。

潛龍嘴角的笑意更甚。

很好，我已經可以完全確定，他們在誰的身體裡了。如果他想玩這個遊戲，他必不會讓那個女人傷害我，不能讓他們再跟在我身邊，妨礙我恢復神力。

我要把潛龍和月靈從我身邊調離。

神力捲起了玉米，它們開始在空中旋轉，旋轉，越來越快，一顆顆玉米粒從它們身上剝落。我拂袖甩出，登時撒豆成兵，小玉米以我為中心在地上散開，形成了八條金黃的玉米線。

「喲！嫣紅，妳這玉米……剝得不錯～」麒恆故作讚賞地點頭。

「呿。」我輕笑，說道：「青城還有八個有七巧玲瓏心的人，我們正好八人，一人一個，守株待兔，誰等到了，發信號。」

「什麼？」麒恆驚訝看我：「妳這……就是找著了？」麒恆的話，讓朝霞和霓裳也驚訝起來。

麒恆驚奇地順著一條玉米粒往前走，立刻，玉米粒尾端的小玉米「噠噠噠」蹦跳到了前段繼續帶路。

朝霞和霓裳驚嘆地看著。

「這有意思！嫣紅！妳哪兒學來的？看著像撒豆成兵，又不太像，撒豆成兵可不會吶。」麒恆回頭看我：「回頭能不能教教我？」

鳳麟忽的站到我身前，正色看他：「做事要緊。」

「呿。」麒恆白鳳麟。

潛龍也忽然正經起來，在我面前擺出一副真神守護世人的姿態：「鳳麟說得沒錯，捉住這妖魔要緊，不能再讓他害人！嫣紅師妹，妳說是不是？」他義正辭嚴地看我，我也目露欣賞地看他：「不錯，潛龍師兄能心繫世人讓我很欽佩。」

當我說出這句話時，鳳麟投來疑惑的目光，連天水也略帶一分驚訝地看我。鳳麟從小與我一起，知道我從不誇人，而天水更是了。

也難怪他們此刻會覺得我反常。

「別說廢話了，大家分頭行動。」當我說完時，大家各自點頭，紛紛上路。

我刻意選了條與潛龍、月靈背對的路線，天水和鳳麟選了與我相鄰的路線，跟隨在我身旁。待眾人走遠，鳳麟有些生氣：「師傅，妳這是在暴露自己！」

天水也擔憂看我。

我輕笑道：「我就是要暴露自己，引他們現身。」

「妳到底在想什麼？」鳳麟情急地拉住我的手臂，天水吃驚：「師傅的意思，我們當中有他們？」

鳳麟登時擰眉。

我陰沉地瞇起眸光，凝望幽深無人的街道：「你們，跟我一起。」我抬手拂過地面，他們腳下的玉米一顆顆堆積起來，化作了一個玉米小人，然後朝原來的方向噠噠噠跑去。

「撒豆成兵有追蹤之術，只是你們人間失傳了。」

天水看向鳳麟擔心的臉：「鳳麟，別擔心，師傅一定有自己的打算。」

鳳麟的雙眉越發擰緊，憂急地看我。

就在這時，深處傳來腳步聲，竟是一隊巡邏的官兵跑來，他們看見我們先是一驚，然後和小店老闆一樣看呆。

「我們走。」我和鳳麟與天水從他們身邊跑過，我幽幽道：「躲起來，我們要吃心魔了。」幽幽的聲音如同鬼魅般飄忽，直到我們走遠，他們才回神，跑步的聲音變得凌亂慌張。

「師傅，妳讓我們跟妳一起，那另兩個人豈非沒人保護？」天水心繫另二人。

我邪邪一笑：「讓玉米引路不過是為了把人調開，玉米上有我神力，會掩蓋住七巧玲瓏心主人的香味，只有我這裡門戶大開，他必會前來。」

「但他會不會猜到這是個陷阱？」天水擔憂地問。

我停下了腳步，面前是一門庭開闊的大戶人家，我邪邪一笑：「他不得不來，如果今天不食，那他之前的修練，會前功盡棄。」沒有人比我更瞭解邪功的修練，我來自於陰暗，所有禁術在我心中。

我抬手收起所有玉米粒，鳳麟和天水相視一眼，隨我飛起，打開天眼，看到後院廂房閃現隱隱光芒，我們那顆心的主人，就在那裡。

我們輕輕飛落院中，廂房門口立有保鏢，顯然對挖心之事有所瞭解，派人守護。保鏢見我們從天而降，一時驚呆，我抬起手指，啪一聲，保鏢瞬間倒落在地。

我直接推開門，門內香氣清幽，布置雅致，一看便知是姑娘的房間。

天水微微停頓了下腳步，我直接入內，鳳麟毫不猶豫跟我進入。

我直接登堂入室，掀開帳簾，是一二八年華的少女正在熟睡。我想也沒想，直接伸手挖向她的胸部，鳳麟驚然扣住我的手腕，我的手已落在少女柔軟的玉乳上，立刻，小姑娘十六年的歲月映入我的腦中。

「師傅！妳不可以把她心挖出來！」月色之中，鳳麟的眸光格外閃亮認真：「我就知道妳會這樣，所以跟進來。師傅，妳沒必要殺她。」

小姑娘在我們的話音中驚醒，登時尖叫出聲：「啊——」

鳳麟登時拉開我看向窗內：「小妹妹，別驚慌，我們是來救妳的。」

小妹妹在看到鳳麟的那一刻，果然不驚慌了。

天水也到鳳麟身旁，溫柔看受驚的小妹妹：「小妹妹，我們不是壞人，我們是劍仙。」

他們口中的小妹妹呆呆地看著他們，水眸亂顫，雙頰開始泛紅，她漸漸回神，露出楚楚可人的姿態：「哥哥們真是劍仙？你們是來捉挖心狂魔的嗎？」她睜大了動人的杏眸，露出害怕的神色，垂臉緊緊揪住被單：「我怕……我真的好怕……」

天水越加溫柔地看她：「別怕，有我們在，我們不會讓妳受到傷害。」

「真的？哥哥？」小姑娘開心地仰起臉，水眸盈動，越發可人：「哥哥叫什麼？」

「小丫頭，他可不是妳能要的人。」我陰陰冷冷開了口，小姑娘的臉沉下，朝我不開心地看來。鳳麟拉我轉身，握緊我的手臂警告地盯視我，我冷冷一笑，甩開他的手，推開天水，直接伸手挖入那小姑娘的胸脯。小姑娘驚呆地看我，我邪邪一笑：「妳的心髒了，我拿出來給妳洗洗。」

「師傅！」鳳麟和天水異口同聲地驚呼，離我最近的天水立刻伸手直接抱住了我的腰，要把我往外拖。

但是，已經來不及了，我的手已經挖入那小姑娘的胸口，小姑娘驚得花容失色，在天水將我往後拽離時，我的手也帶出了那小姑娘的心臟，小姑娘登時嚇得暈死過去！

「魅兒！」鳳麟驚愕地竟是脫口喚我暱稱，驚顫的眸光中，像是對我的愛恨糾葛、道義與愛情的碰撞，他艱難地轉開臉，深深呼吸：「妳這次做得真的過分了！」雖然我感覺到了鳳麟強烈的怒氣，但是，他卻並沒責罵我，也沒有一怒而去。他因為愛我，而在心裡努力壓下對我任性所為的憤怒。

我的麟兒越來越包容我的放肆了。

「師傅！妳怎麼可以殺人！」天水比他更直接地吼出，聲音因為憤怒而輕顫，他悲痛地側開臉，無法看我手中跳動著、被我神力包裹的心臟，他憤怒地雙手擰緊：「師傅，難道妳真的一點都不憐憫世人嗎？」他悲傷地朝我看來，悲痛和內疚的淚水從他眼角滑落，在月光下變成一串晶瑩讓人心疼的水珠。

他深吸一口氣，閉了閉眸，忽然，他轉臉狠狠朝我看來，仙劍已經指向了我，眸中是份外決絕的神情。

天水眼中的那抹決絕瞬間撕痛了我的心，我明明知道天水是天水，他只是像聖陽。可是，我沒想到，他會如此之像，甚至是此刻這決絕而又悲痛的眼神，和裡面分外痛苦的目光，宛如三千年前深愛我的聖陽就在此刻，站在我的面前，悲痛而痛苦，與我神劍相對。

「天水！」忽然，麟兒的身影遮住了我的視野，也將我從聖陽的陰影中拽出，滅殃在麟兒的身邊已經與天水的仙劍相對，殺氣纏繞，這是他第一次，為了我，和自己最好的兄弟刀劍相向。

我曾經問過他，如果我與天水為敵，他會怎樣。

他那時只是微微猶豫了一下，便眸光決絕：「我會守護妳！」

今天，他做到了。他讓我份外感動。

這一次，我終於沒選錯男人，沒有愛錯了。

「鳳麟！她殺了人！」天水憤怒大吼。

鳳麟渾身寒氣：「我知道。」他的聲音從未有過的低沉，甚至沒有面對自己兄弟的猶豫：「無論她殺的是人，還是神，我都愛她，她是我鳳麟最愛的女人，我不允許任何人傷她！」

天水在鳳麟面前驚然怔立，鳳麟微微垂眸：「我信她，我相信她殺這個女孩兒一定有自己的目的，天水。」他再次揚臉看天水：「師傅可曾真的害過人？」

天水的目光閃爍起來，他再次看向床內的少女：「她是無辜的……」

「我問你！師傅可曾真的害過人？」鳳麟猛地拔高了聲音。天水側開了臉，咬了咬唇，垂下了緊握仙劍的手：「沒有。」

「那就信她！」鳳麟激動地大步上前，扣住了天水的肩膀：「她忽然殺人我也很生氣，但是，我信她，我們可以聽她解釋，如果……她心情好的話……」鳳麟說到最後，語氣幾乎如嘆息地出口，充滿了對我的無奈。

我看了看這對月光中愛恨糾葛的兄弟，撇開臉無趣地拋了拋手中的心臟：「擁有七巧玲瓏心之人，雖說是棟梁之才，但也分善惡。善才是棟梁，惡則是禍國，無論哪種，只有人才，方可為之。」

天水和鳳麟在我的話音中，朝我看來，鳳麟放開了天水，目光變得平靜，似是知道我會解釋，而露出了一抹安心的微笑。

我看看他，勾唇冷笑：「這丫頭的心……已經黑了，如果不拿出來洗洗，她將來不知會害死多少人。哼，你們這些常年在山上清修，只和妖魔鬼怪打交道的人又怎能一眼分辨凡人的善惡？他們可是最會偽裝的。你們兩個都被這小丫頭十六歲的年紀和純潔無辜的面容所蒙蔽，還是……你們覺得小姑娘可愛、乖順，更讓你們喜歡呢？」

「絕對不是！」鳳麟和天水難得地異口同聲，緊張看我，天水的臉上登時浮出像是說錯話的神情，匆匆側臉。鳳麟朝他看去，黑眸中劃過一抹深思。

天水感覺到鳳麟在看他，眨眨眼看向床內，似是沒事找事地伸手去探那小女孩兒的鼻息，臉上的神情登時融化，溫柔的微笑再次綻放：「還活著……」

「哼。」我轉身不理他們地朝屋外走去，鳳麟和天水匆匆跟在我的身後。我站在院中放開這顆黑了的七巧玲瓏心，讓它懸浮在院中。我在月光下細看心臟，心臟表面看起來鮮紅鮮亮，但是，在七竅之中，卻可見密密麻麻、黑色的不停顫動搖擺如同蝌蚪一般的細線，讓人不寒而慄，毛骨悚然。

「你們看。」我指向心臟裡顫動的細線，天水和鳳麟上前細看。登時，二人雙雙跳開，天水噁心地乾嘔，鳳麟不停撫摸雙臂。

「那是什麼鬼東西？」鳳麟臉上的雞皮疙瘩都起來了。

「孽根啊。」我指指他的心：「造孽造孽，心裡不造孽又怎會在世間造孽？」

鳳麟驚悚地看我，天水面色發白地深深呼吸：「原來造孽，是這個意思。」

我再看那顆心臟：「雖然造人不是我的強項，但我可以試試給她的心洗洗乾淨。不過現在，這顆心被魔念占據，會更香，等它把人引來，我再給它洗乾淨。」

鳳麟和天水忽然之間變得安靜，他們站在我的身旁，卻是不敢再看那心臟一眼，也沒有再看我一眼。

「這丫頭是這家的大小姐。」我悠悠然地說了起來：「她的娘與她爹是父母之命媒妁之言，因為你們凡間講究是門當戶對。但是，她爹另有心愛之人，哼，你們男人啊～～～最好就是三妻四妾是不是？」

「咳。」鳳麟握拳側開臉輕咳：「我知道妳現在在氣頭上。」

天水更是垂臉不言。

「哼。」我輕聲一笑：「她爹喜歡的，是個花魁。她娘生了她之後，她爹便以她娘沒有生兒子為藉口要納妾，終於，有情人終成眷屬，還生了個兒子，於是，她娘便受到了冷落。這小丫頭也是個人才，夠陰狠，趁沒人看見把她親弟弟給推湖裡去了。二娘深受打擊，整日瘋瘋癲癲，最後，也被她給推湖裡了。」

鳳麟和天水登時目瞪口呆。

「全是……那小丫頭做的？」天水不可置信地看我。

我托起面前這顆孽根深種的七巧玲瓏心：「所以，被挖心也是她一劫，你們現在……還覺得她值得同情嗎？」

我瞥眸看他們，他們沉默地低下臉。

「有時對孽寬容，會造更多的孽。這小丫頭前世是皇后，無數妃嬪宮女太監死於她的手中，殺念染黑了她的心，也種下這些孽根，帶到了這一世。人心入魔，才更可怕。天水，這可是你說的。」我看向天水，天水重重嘆息一聲，向我頷首一禮：「師傅，徒兒被表面所騙，反是懷疑師傅，徒兒知錯。」

「這小姑娘只怕還會害人。」鳳麟擰眉搖頭：「師傅，這顆心妳也別清理了，妳也說，這是她的劫數。」

我心中暗暗吃驚。當我剛離開封印時，他常常擔心我傷人，可是現在，他的眼中，卻也看破了生死，此時此刻，盡是任由那女孩死去了。

「鳳麟，你怎麼能這麼說？」天水開口時，我便有預感，他會和聖陽一樣，寬恕這個女孩兒，我鬱悶地橫白他，他正甚為認真地訓誡鳳麟：「即使是惡人也有改過自新的機會，鳳麟，我們從小修道，悟道，道教我們要向善，愛世人。這孩子還小，得師傅給她洗心也是她的機遇，我們應該給她一次重生的機會。」

鳳麟擰眉看看天水，似是出於對天水的尊重，他聽完了天水的話，然後走向我，目光露出一抹委屈。他委委屈屈地看我片刻，忽的抱住了我，天水在一旁局促地微微側臉，單手背在身後。

「師傅，謝謝妳以前容忍這麼討厭的我……」他在我耳邊真摯而像是懺悔地說著：「以前的我跟師兄一樣迂腐，一定讓妳很生氣。」

「噗嗤。」我忍不住笑，天水又是輕輕一嘆，鳳麟放開了我，臉上是明媚的笑。他微微側臉看天水一眼，緊緊地站在我身旁。

我再看院中這顆心臟：「食人心～～是為了造成更大的恐懼～～人類的恐懼會化作恐懼之力，這才是他想要的力量，嗯……我們對付的，應該不是妖。」

「那會是什麼？」天水追問。

我邪邪地咧開嘴：「沒準兒，也是個人呢？」

天水怔怔看我，月光中的眼睛染上了一層森然的銀光，忽的，淡紫色從他的眸底漸漸浮出，我瞇眸之時，他已跪落我身前：「娘娘，是御人和月神娥嬌沉睡了。吃不飽正在監視他們。」

「知道了。」原來是御人，果不出我所料。

「紫垣先退了。」

天水緩緩起身，呆呆看自己的身體。

鳳麟的神色登時深沉：「師傅，最近我發覺月靈有些不對勁，會不會是……」

「是月神。」我說，天水朝我看來，他們沒見過月神娥嬌：「她是來殺我的。」

「那妳更要小心了！」鳳麟擔憂提醒。

我邪邪而笑：「不，她和御人已經知道我是嫣紅了。」

「什麼？御人大帝？月神娥嬌？」天水連連驚呼：「他們已經知道妳的身分了！師傅妳還不走？」

「師兄別驚慌。」鳳麟反而變得鎮定，伸手扣住天水的肩膀：「如果月神和御人大帝已經知道師傅的身分卻沒動手，一定有別的原因，我們還是以靜制動比較好。」

天水在鳳麟深沉的目光中，也蹙起了雙眉，同意點頭。

我側身勾起了嘴角，他們，當然有別的原因。

御人不殺我，是想讓我愛上他；娥嬌不殺我，八成是因為御人。她在擔心御人阻止，她知道那幫男人要活的我，所以，她只有在那些男人不知道的時候，祕密下手。

因為，我瞭解她。我，是屬於她一個人的獵物，只能由她親手將我撕碎。

現在，我把她和御人分開，給她機會，相信她很快就會現出原形了～

忽的，空中劍光掠過，天水和鳳麟一起看向天空，竟是一個仙友從天而降，一身深棕色的道服，上面是火焰的花紋。容顏俊美，兩綹髮絲垂在臉邊。

他看見我們不由一驚，天水和鳳麟看見他，也是吃驚。鳳麟的眸光裡登時劃過一抹戒備，站到我的身前，將我護在我的身後。

「七巧玲瓏心！」他驚呼地躍落腳下仙劍，吃驚看我們：「你們是崑崙的？你們把挖心狂魔捉住了？」

天水見是仙友，臉上帶出三分笑意，上前儒雅一禮：「原來是蜀山的仙友，在下崑崙天水，這位是師弟鳳麟，師妹嫣紅。」

來人聽罷微微吃驚，對我們也是一禮：「沒想到是崑崙七子，在下是蜀山冀平，奉師尊之命，下山擒妖。」

「真的是……擒妖嗎？」我走出鳳麟的保護，站在月光之下，邪邪而笑，閉眸深吸：「吸——呼……好香啊～～」我瞥眸看那冀平，他是修仙之人，也是俊美非凡，所以他不會像那些平民在看到我們時，會驚訝呆滯。但在我陰冷看他之時，他也是微微發怔，雙眸之中劃過一抹魔光。

鳳麟的神情越發戒備起來，滅殃已緩緩到他身後，天水似是察覺了什麼，登時站到我的另一側，與鳳麟一起守護在我身旁，緊緊盯視忽然前來的冀平。

冀平回過神，看看他們，笑了：「喂喂喂，你們什麼意思？我並無與你們爭妖之意，如果你們想要這功德，你們拿去，我可在旁相助你們除了這妖，我也好回去交代。」

「哼。」我輕輕一笑，他停住了話音，我伸手之時，七巧玲瓏心飛入我的手中，我幽幽而語：「古有邪術，食七巧玲瓏心可入魔道，既能吸取天地邪惡之氣，助人修練魔丹……」天水和鳳麟在我的話音中目露吃驚，這些邪術，他們並不知曉，我邪邪勾唇，瞥眸看那依然淡笑的冀平：「食滿七顆，即可修成一階魔性，比修仙成神，可是簡單多了，看來有人不能成神，便要成魔？」

冀平在我的話中眸光開始收緊，寒光在眼中閃現。

他依然面帶三分笑：「這位師妹怎知這種邪術？我可從未聽過？」

「因為……」邪氣開始纏繞我的全身：「本娘娘就是屬邪的——哈哈哈——」我甩手之時，月輪飛出，冀平驚然飛起，天水和鳳麟立刻封住他的後路。

雙手合十，啪的一聲再次拉開，結界立刻開始以我為中心張開。

冀平的眸光銳利起來，突然，他朝那顆七巧玲瓏心急速飛去，那情形，是搶了心就逃。我輕笑看他，淡定地站在原處，他的手即將抓到那顆黑心之時，登時，神力形成的屏障將他狠狠彈開。

「啊——」他被彈飛，飛過天水和鳳麟之間，撞上了已經合攏的結界，天水和鳳麟的仙劍隨即指在他的面門上。

我緩緩飄飛到他的面前，他立刻起身，仙劍在他身邊閃現魔性的紅光，他的雙眼也現出不像人類的魔光。

「嘖嘖嘖。本來可以讓你陪我兩個徒弟練練，這樣的歷練機會，可並不多～」冀平的魔力開始從身上升騰，那熟悉的黑色，讓我的血脈已經開始沸騰：「可惜，想殺我的人快到了，所以……先吃了你——」我撐開雙臂，登時黑氣燃燒全身，嫣紅裙衫瞬間化作黑裙，黑色的神紋纏上雙手，瞬間覆蓋雙臂。

冀平的臉色瞬間慘白，那像是從心底而出的恐懼覆蓋了他的雙眸：「妳、妳到底是什麼鬼東西？妳、妳不要靠近我——」他立刻運起魔力，想要逃脫，他朝我揮出魔力之時，那充滿青城百姓恐懼的力量瞬間被吸入我黑色的雙手，源源不斷地融入我的神紋！

「怎、怎麼回事！」冀平驚恐地開始拉扯自己的手，可是我強大的吸力將他一點一點地拉近，他的雙腳往後蹬，卻依然被我拖到身前，他在我神力強大的吸力中根本無法逃脫！被我生生地抽乾他每一分力氣，吸乾他身上每一絲本不該屬於他的恐懼！

「啊！啊！啊——」他在我身前掙扎，驚恐地大叫，如果不是嫌他被我吸乾太影響視覺，也會給我的麟兒留下一些不好的陰影，我早把他吸乾了。

天水和鳳麟站在一旁吃驚地看我，似是沒想到這一次居然沒有戰鬥便被我吸走了力量，而冀平完全沒有絲毫的還手之力，被我完完全全吸走了他身上的邪惡之力。

體內的力量開始越來越強大，我鬆開了手，冀平癱軟地坐在地上。我舔舔唇，邪笑看他：「謝了，幫我攢了那麼多力量～」

他蒼白地揚起臉，手扶胸口：「大魚……吃小魚……」

「哼哼哼……」我笑，到底是同一屬性的人，心裡清楚：「不錯，你很聰明。所以，你無法反抗。」

我本是世界之陰，陰力乃我源力，冀平吸取陰力入魔，他身上的力量自然對我毫無半絲傷害，如一滴水落入汪洋，融入其中。他不運力還好，一旦運力，他身上來自於恐懼的所有力量會不受控制地被我吸走，因為，我是陰力的磁石，是它們的母親。

「師傅，到底怎麼回事？」鳳麟和天水疑惑看我。

我笑了笑，抬手看指尖繚繞的黑色之力：「我是黑暗力量之源，所有黑暗力量的攻擊，對我無效，就像以火澆火，能滅火嗎？」

鳳麟和天水恍然點頭。

「沒想到……崑崙……也有人練邪術？哼。」冀平輕蔑地趔趄起身，鄙夷地看我們。他的身上，還留著他最初修仙的力量。

天水面色登時下沉：「冀平！你是蜀山弟子，不為善，反作惡！我要把你捉回蜀山交給你們仙尊處置！」

「哈哈哈哈！真好笑！」冀平冷笑看天水：「那你們呢！不是一樣！如果你們把我捉回蜀山，我就告訴你們仙尊說你們也在修練邪術！」

「你覺得……你會有機會嗎？」我邪邪地睨向他，布滿黑色神紋的右手開始慢慢捏緊。我可沒天水那個閒情還把他捉回蜀山。

冀平看著我，嚇得連連後退：「妳、妳想做什麼？」

忽的，我感覺到了月靈，眯起了雙眸：「妳終於來了！看來月光加強了妳的力量，哼，妳真是挑了個好時候～～」

天水和鳳麟登時戒備起來，冀平扶住胸口目露疑惑。

就在這時，倏然一束月光從天而降，登時衝破了我的結界。月光之中，月靈緩緩降落。

冀平在旁偷偷看我們，想跑，登時，鳳麟察覺而躍到他身前雙手環胸，冷冷而笑。

「月靈！」天水立刻大喊：「月靈！妳清醒一下！」

「天水？」月光之中，傳來娥嬌空靈的聲音，那聲音聽上去是那麼地聖潔不容玷汙，完全不會想到她那已經徹底糜爛的生活：「你怎會在這兒？」

「月靈！」天水焦急地呼喚：「不要被月神控制！」

「沒用的。」我白天水一眼：「你以為區區凡人的靈魂能跟神鬥？」我抬眸看那瑩白的月光，勾唇而笑：「娥嬌～～妳是故意來晚的嗎？給我用餐的時間，好讓我有力氣殺妳嗎？」

「月神娥嬌？」冀平目瞪口呆地看月光中心包裹的人影：「你、你們到底是什麼人？」

「愚蠢！」月光之中，傳來娥嬌高冷輕蔑的聲音：「居然有人會送上門給妳吸食！」

「所以……」我看看手爪，自己的容貌開始慢慢現出，登時看呆了一旁的冀平。我瞥眸看那月光：「妳確定不用恢復真身跟我打嗎？」

「哈哈哈——」她在月光中大笑：「我是不會讓那些男人知道我來殺妳的！我知道他們根本捨不得殺妳！他們捨不得——」她在月光中憤怒的嘶吼：「妳根本就不該出現在這世上！我要殺

了妳！我要親手捏碎妳的神骨！你是我娥嬌的——」憤怒的吼聲響徹整個結界時，月光中的身影揮舞起手臂，登時，銀白色的月光化作一把又一把利劍朝我射來！

「師傅小心！」鳳麟朝我躍來時，天水已經躍到我的身前，劍光閃過，已將那些銳利的月光打落。

鳳麟站在原處，冀平見狀眸光閃了閃，提起仙劍就朝鳳麟刺去！

冀平的劍轉眼就要刺中鳳麟，但鳳麟依然看著天水。我瞥眸看鳳麟，我不擔心，因為，我知道他現在的實力。

如果是之前的冀平，他和天水兩個人才能將他擒獲，但現在，哼。

鳳麟看似絲毫不留意冀平的偷襲，倏然，他收回看天水的視線，眸光劃過從未有過的陰沉，殺氣陡然而起，揮手之時，滅殃已經擋住了冀平在他後背的攻擊。冀平吃驚地看鳳麟陰沉的背影，鳳麟這才轉身，面對冀平！

鳳麟那邊已經不用我擔心，終於，我可以全神貫注地對付眼前這個賤人！

第四章　以惡制惡

結界被月光籠罩，是娥嬌在重布結界。她是為了不讓我逃脫，也是為了不讓廣玥他們察覺她對我的追殺。

她的神級在廣玥之下，如果她的真身從神界降臨，廣玥會察覺，她是不想廣玥他們阻止她來殺我。

娥嬌是月神，她的力量來自於月光，即使她此刻不用真身，她只要站在在這月光中，也有取之不盡的力量！雖然不會太強，但也足夠耗盡我的！

這是要耗死我啊，哼！如果這裡是人間煉獄，絕對會是我的主戰場，可惜，今天卻成了她的！真有點不甘心，得想辦法把月光遮起來。

「天水……」娥嬌立在月光中語氣輕顫，激動地像是看到了聖陽：「為什麼……為什麼你們一個個全都護著她！你、御人，你們全都護著她！如果不是御人礙事，我早把她殺了！聖陽！你清醒一下吧！下一個就是你！」

我在天水身後挑眉看月光中的娥嬌，她這語氣，根本不是把天水當作聖陽的替身，而是已經完完全全把他當作了聖陽，她真是中聖陽的毒太深了。

「哼。」我不由輕笑：「娥嬌，妳是想聖陽想瘋了嗎？我沒想到妳會寂寞到這個地步，看著一個像聖陽的男人就想和他滾床嗎？」

天水的後背在我面前僵硬了一下。

登時，月光帶出了如劍般的銳光：「哼……」她在月光中冷笑，笑聲帶著一種亢奮：「魅姬，妳說，妳儘管說～因為，妳很快就要死在我的手上了！」赫然間，月光如雨地從空中落下，天水立刻甩起仙劍，仙劍在他的面前飛速旋轉，化作一張巨盾擋在他的身前，護住了我們。

我眯眸看月光之中，倏然，那身影恍惚了一下，消失不見。我立刻後退，就在我躍起之時，月靈的身體已經閃現在天水的身旁狠狠打在他的身上：「聖陽！你清醒點吧！」

啪！一掌，天水橫飛出去。另一邊，正好鳳麟一腳踹開了冀平，見天水被打飛，立刻飛起，接住了天水，隨手一甩，滅殃飛起，直接貫穿了冀平的腿！

「啊———」冀平慘叫一聲，跌倒在地。

「師兄！你沒事吧！」鳳麟接住天水，擔心地問。

我立在遠處笑：「放心～～他現在可是聖陽～～娥嬌怎會捨得傷他？是嗎？娥嬌？」

娥嬌在震開天水後早已回到月光之中，汲取力量。

「他會明白的。」娥嬌在月光中清清冷冷地開了口：「他只是重生。什麼都不記得了，又愛上了妳，等我殺了妳，我會帶他回神界，他一定不會怪我殺了妳，因為，妳是六界的禍害！」

登時，一團月光甩出，直朝鳳麟他們而去。

「師傅！」

「別動！」我厲喝，鳳麟抱著天水頓住腳步。只這一瞬間的停頓，那月光已經罩住了他們和重傷的冀平，將他們徹底從戰鬥中隔離！

「現在，沒人會幫妳了！」當姮嬌陰冷的話從月光中而出時，銀色的利劍如雨一般，朝我射下。我立刻運起神力，化作黑霧在月光的攻擊中閃避再閃現。

「姮嬌，妳說聖陽重生是什麼意思！」我圍繞在她月光的周圍，月光如針一般射出，不讓我靠近。

「我以為妳會知道，原來，妳不知道。」姮嬌在月光中冷笑。雙臂揮開之時，無數光柱從她的月光中射出，向我時隱時現的身體穿刺。束束月光堅硬如鐵地橫插在結界之中，瞬間整個結界布滿可怕銳利的光柱，讓我無處容身！

我繞過光柱，在光柱間遊走，身影如同鬼魅，整個結界裡響起我邪邪的聲音：「哼，重生是要捨棄神體的，聖陽……會嗎？」

「我不知道！」她在月光中轉身，銀白的光球已在她手中顯現：「但是，神界有這樣的傳說，所以，我更要殺了妳，如果聖陽自毀神身，也一定是因為妳！我要為他報仇——」

光球從月光中扔出，朝我迎面而來！

我立刻將神力燃燒全身，當黑色的光翅出現在身後時，光翅上的神力瞬間切碎了周圍的光柱，化作點點月光散落在結界之中。我雙手伸在身前，黑色的神紋在月光中閃耀，光球直直撞上了我的雙手，巨大的力量將我推向了後方！

「姮嬌——妳這個賤人——」我奮力甩開了光球，手心已是燒灼一片，這樣下去，只會耗盡我的神力！

「哈哈哈。」清冷的笑從月光中而出：「魅姬，我看妳再狂，妳拆了花神的神骨，帝琊的神骨，我絕不會再讓妳拆掉任何一根神骨，囂張下去！今天，我就要拆掉妳的神骨！讓妳在這個世界徹底消失！」說罷，她又扔出了比先前更加巨大、更加閃亮的光球，宛若一個巨大的雪球，要將我徹底吞沒！

「師傅——」鳳麟的喊聲忽然在這個世界響起，我看過去，他竟是舉起滅殃劈向了娥嬌的結界：「啊——」

滅殃和閃爍月光的結界碰撞在一起，迸射出了刺目的光芒。光芒之中，一個身影朝我撲來，他的長髮在月光中染成了如同陽光般刺目的顏色，他再次擋在我的身前，快要被那光球吞沒……

「哼，白痴。」我嗤笑，他的大愛與善良，總是讓他義無反顧地，為身邊人去犧牲。這一點，真的跟聖陽，很像呢……

我抬起了手，立刻，月輪從身邊飛出，落在他的身前，我大喝：「帝琊！」登時，帝琊的神光燃遍月輪，瞬間撞碎了那巨大的光球，帶起的氣流震飛擋在我身前的天水。

他橫飛起來，從我身邊飛過。我緩緩抬手，半垂眼瞼站在巨大的氣流中。啪！在最後一刻，我拉住了天水的手，他的長髮在破碎的月光中飛揚。他緩緩落回地面，怔怔看我，我側開了目光，身前鳳麟已經落下，我放開了天水的手。

「師傅，妳沒事吧？」鳳麟急急扣住我的肩膀。

我登時生氣看他：「要你們出來多什麼事？快回去！你們根本不是她的對手，出來只會給我添亂！」

鳳麟怔住了身體。

「快走！」我異常認真看鳳麟，月輪在我身周環繞：「那女人把天水當聖陽不會對他怎樣，但她絕不會對你留情！天水，保護好鳳麟，他如果有事，我絕不留你！」陰狠決絕的話從我口中而出，天水站在一旁靜了片刻，直接伸手拉住鳳麟。

「知道了，師傅。」他低聲說完，拉起鳳麟就躍離我的身旁，我再次看刺目月光中的人影。

「滅殃？妳居然把滅殃給一個凡人？」娥嬌在月光中低沉地沉語：「帝琊，你也跟著她一起瘋！她還真是殺對你了！」

藍光從月輪中乍現，帝琊的神魂從月輪中登時浮現，陰邪地笑看娥嬌：「阿嬌～～我一個人在震天錘裡好悶啊～～雖然妳是我上過的女人中最無趣的一個，但是現在……我真的有那麼一點想念妳的身體了～～～～」

「你真讓我噁心！」娥嬌終於再次顫抖起來，是憤怒的顫抖。

「噁心？噁心妳還跟我睡？難道我不讓妳開心嗎？每次妳的表情都是那麼的銷魂～～啊～～啊～～～～」帝琊開始學女人興奮時銷魂的呻吟聲。

「住口……」娥嬌顫抖地在月光中抱緊了身體：「我叫你住口！不要再說了——」她發狂地大喊，光束接連揮出，四散飛射！

我立刻揮開雙臂，瞬間分出一個又一個分身，布滿整個結界。帝琊在月輪上，興奮地大笑，虛幻的身影布滿鎖鏈，震天錘因為有他，而成為真正的神器，不再靠我控制，自己可以作戰。帝琊興奮地拖著月輪飛在光束之間，我的分身在光束中一一被射穿，消失。

「去死！去死！去死去死！」娥嬌真的瘋了，她在月光中歇斯底里地只重複去死兩個字，我用神力化作無數分身，陪她慢慢玩。

避開那些光束，我飛竄在分身之間，身後神力的光翅漸漸縮小，我顧不上那麼多，我不管在神力耗盡後自己會怎樣，現在，我只想殺了她！

當我到達娥嬌身後時，她猛然轉身，黑色的光翅在我身後猛地撐開，彎曲成巨大的手抓，所有神力凝聚在巨爪中，狠狠撕開了娥嬌身周的保護神光。看到了月靈因為仇恨與憤怒而扭曲的驚詫神情，我的嘴咧開了：「嗨～～美人～～我也好想妳啊！」我一把掐住她的喉嚨，徹底撕開了月光的護罩，將她推出了她的力量之源！

她的月色瞳仁登時收縮起來，在我掐住她下墜之時，她也陰冷地笑起：「妳真以為能殺我！」突然，她眼中的月光開始退卻！

「呿，打不過就跑嗎？」

娥嬌是想逃了！

忽然，煙灰色的身影從我面前降落，一隻手猛然印在月靈的額頭之上！登時，煙灰如同水墨色神力在月靈額頭散開，娥嬌登時睜大了眼睛：「不——」

他收回了手，煙灰色的神力如煙如霧般散開，浮現出一道灰色閃光的神印，是封神印！這道印可將神魂封印在任何容器之中！

「哼，哼哼哼哼哼哼……」我終於忍不住笑了，放開娥嬌的脖子仰天大笑：「哈哈哈哈哈哈——」

娥嬌呆滯地躺落在地上，她的上方，是潛龍輕鄙的笑顏。

「哈哈哈——哈哈哈——」我無法止住自己的笑，娥嬌處心積慮地想殺我，最後，卻被真正困在一個凡人的體內。

「做得好！做得好——御人！讓那女人現在就來陪我——」帝琊拖著月輪飛回我的身邊，興奮地俯視眼神空洞的娥嬌。

「魅兒，這份禮，妳可喜歡？」

面前響起御人沉穩含笑的聲音，我垂下臉，看他：「滿意～很滿意～～」

他對我頷首一笑，身分尊貴，但對我依然儒雅一禮：「只要魅兒高興就好，這個女人，隨妳處置了。」他抬起臉，一把巨大的摺扇落於他的身後，扇面上的山水人物，在神力中縹緲虛浮，如真似幻。

君子，御人的神器。難怪御人沒有帶自己神身也有封印娥嬌的神力，原來他帶了神器，神器可存主人神力。

薑，果然是老的辣。

人類的始祖御人，怎能不狡猾老道？

御人抬手，巨大的摺扇緩緩收起，現出一個如同水墨畫般的秀美男子。但那只是曇花一現，君子便已化作一把普普通通的摺扇落於御人手中。御人隨手打開，在胸前慢搖，唇角含笑，好整以暇。

「魅兒……妳還在等什麼……」帝琊飛落我的身旁，我俯看娥嬌，揚起手，登時，帝琊沒入月輪，月輪化作利劍在我手中，我朝娥嬌直接刺去！

「妳敢！」娥嬌忽然起身，冷笑看我：「只要妳殺了我，這丫頭的魂魄也會灰飛煙滅！」

我笑道：「哈，難道我今天不殺妳，他日妳不會殺她？這丫頭的命在被妳降臨時，已經注定了！我只是讓她盡早解脫，擺脫妳！」

娥嬌的眸光顫動起來：「妳，妳，妳還算是神嗎？妳心底到底還有沒有善！」

我邪邪地瞇起眸光：「妳和瑤女對我善過嗎？」

娥嬌的目光登時心虛地顫抖起來。

我陰冷而笑：「哼，從我自由的那一刻開始，我就找到了自己的法則，就是……以善對善，以惡！制惡！」我毫不猶豫地提起劍朝月靈刺去！

就在我的劍快要刺中她時，突然，天水的仙劍從一旁而出，劍神擋住了我的劍，登時在震天錘的神力中撞成碎片。因為他這一擋，我的劍勢減緩，下一刻，他已經落在月靈的身前，我的面前，噗的一聲，我的劍直直插入他左側的肩窩，暗紅色的鮮血緩緩地在他天蒼色衣衫上如同玫瑰花般綻放！

「師兄……」鳳麟吃驚地低喃，怔立在這個世界中。

撲通一聲，天水握住我的劍趔趄跪下。只見他低垂臉龐，氣喘吁吁：「師傅……月靈是無辜的……」他如同呵氣般無力地說出，暗紅的血液黏黏膩膩地順著藍色劍身緩緩滴落。

我登時捏緊了手中的劍，渾身的憤怒快要讓我爆炸！

「聖陽……」娥嬌哽咽地顫語：「你果然是聖陽……我終於……找到你了……」她伏上了天

水的後背，緊緊圈住了他的肩膀，衣袖染上天水胸口的血液。

天水一動不動地跪在我的身前，格外地安靜，那是一種準備領死的安靜。

御人的目光也落在天水的身上，開始變得深沉。

這到底是怎麼了？

他是天水！

是天水！

這些人想聖陽都想瘋了嗎！

「啊——」我憤怒地抽回劍，帶出天水黏膩暗紅的血絲，甩開雙臂，神力從我的身體裡爆炸，炸碎了整個結界，瞬間，月光如同飄雪般點點灑落，落在天水低垂不敢看我的臉上。

鳳麟靜靜地站在一旁。而他身旁的冀平已經徹底呆滯。

我深深呼吸，壓下胸口的憤怒，拂袖轉身就走。

「師傅！」天水忽然情急地伸手拉住了我的衣袖，血液染濕了我的衣袖。

寒氣遍布我的全身，我扯回自己的衣袖：「別再叫我！給我滾！」我起身躍起，看到空中那顆七巧玲瓏心，憤怒地拍向御人：「洗乾淨，再給她開一竅，讓她看看那些慘死在自己手中的人！」死亡太便宜這種惡人！就該讓她在世上受盡自己的因果報應！

御人悠然地將心接入手中，寵溺地笑看我：「得罪魅兒，果然沒有好結果，好，就好好折磨她，給魅兒妳消氣，只要妳高興就好。」

「哼！」我轉臉看麟兒，他心痛地看虛弱的天水：「帶上冀平，我們去交差！」

「知道了。」鳳麟收回目光，提起冀平，與我一起飛起，回頭再次看向我們身後，我怒道：「從你逼我救他開始，就起了個壞頭！」

鳳麟擰眉轉回臉，不再看天水。

血腥的氣息開始瀰漫，身後傳來趔趄起身的聲音，天水虛弱地還是跟了上來。鳳麟實在不忍要去扶他，我一把扣住鳳麟的手：「別管他！」我拉起他走，天水卻依然跟在我們身後。

「聖陽！」

「欸～～妳現在還是要跟我在一起。」御人擋住了娥嬌，我帶鳳麟和冀平離開，天水虛弱吃力地跟在我們的身後。

神器造成的傷，沒有那麼快可以自癒，天水是替娥嬌擋下的劍，我不會憐憫他半分。

我們飛出了大宅，再次在青城夜空之下。冀平已是雙目空洞，似是受到極大的打擊，我們到府衙的上空，他忽然回過神了，衝向我，鳳麟立刻一腳把他踹開：「不許你靠近她！」

「殺了我吧，殺了我吧！」他一把抱住了鳳麟的腿：「不要把我帶回蜀山，我寧可死！寧可死！殺了我吧，殺了我吧，娘娘！」他睜大眼睛朝我哀求。

我冷冷看他：「知道我是誰了？」

他驚悚地連連點頭，雙目空洞地看前方，沒有焦距：「天地生陰陽，陽是聖陽大帝，陰為陰女大帝，魅姬娘娘，掌世界陰邪……」

我揚唇邪邪而笑：「好，看在你知道我的份上，不送你上蜀山，但我最不喜歡就是食人心！你就在世間贖罪吧！」我揮手而下，神力刺入他的眉心，他的眼睛登時發直，絲絲記憶和所有作為劍仙時修練的修為被我全部抽走！

砰！我直接把他踹下了燈光猶亮的府衙院中，隨即和鳳麟一起落下。天水落地時，趔趄了一下，鳳麟還是伸出手扶住了他的身體，他唇色蒼白地搖搖頭，拂開鳳麟扶他的手低語：「不要再連累了你……」

我陰沉著臉不言，這件事，我絕不原諒！

「什麼人！」官員從房內跑出，驚動了衙內的侍衛，眾人看到我們的那一刻，出現片刻的呆滯。

我冷然掃視他們：「他就是挖心賊，交給你們處置了！」

「挖、挖心賊！」侍衛吃驚地看他們的大人，那官員也回過神，認真看我們：「你們怎能證明他是挖心賊？」

我冷冷看他一眼：「我可以讓他把所有吃了的心吐出來！」我揚起手，官員登時嚇得臉色蒼白：「女俠且慢！本、本官信了！來人！把他押下去！」

侍衛們登時憤怒地架起冀平：「總算抓到你這個禽獸了！」

他們把冀平押走。

官員激動又感激地看著我們：「多謝各位俠士。啊！那位俠士受傷了，來人！準備廂房，給俠士療傷！」

「是！」

「大人，我們總共有八人，四男四女。」鳳麟補充。

「好，好。」那官員匆匆吩咐眾人為我們準備廂房休息。

那官員給我們準備了兩個院子，正好前後相鄰，一牆之隔。男人一個院子，女人一個院子。

我坐在房梁上，冷冷地看天水的房間。

鳳麟把天水扶入房間後，匆匆給他打了一盆水。官員很緊張天水的傷勢，還把府衙懂醫術的先生給叫了來，但被鳳麟攔住，只得離去。

鳳麟關好了天水房間的門，揚臉擔心地朝我看來，他躍落我的面前，我不看他。

「師傅，我知道現在妳在氣頭上，但是，能不能答應我，不要殺師兄。」

我甩開臉：「我盡量。」

「呵。」他反是笑了：「那我去找麒恆他們了，妳可是答應我了。」

「滾！」

他從我身邊躍離。

天水早該死了，在荊門關的時候就該死了。那一次，他也是為救月靈。今天，還是這樣。他是救下了月靈，但卻留了一個無窮的後患在我身邊，他的心裡，只有他的師兄妹們，沒有我這個師傅。

他和聖陽一樣，心裡永遠是別人的安危。今天如果是聖陽，他也會那麼做；即使到了我和娥嬌你死我活的時候，他還是護娥嬌。因為，我死不了。

娥嬌從空中落下，孤傲地仰起臉，冷冷看我：「我不會讓妳傷害天水。」說罷，她推門進入天水的房間。

邪氣在我身上燃燒，真是氣死我了！

從本娘娘自由到現在，這次最憋氣！最窩囊！

我深思一口氣，哼，我平息了一下憤怒，沒關係，還有機會，就這樣殺了妳，沒拆到妳的神骨，本娘娘也不爽！

一定要找個機會把她騙出月靈的身體，讓她恢復神身時，一舉滅了她！

對了，那時要讓天水滾遠點！

「天水，讓我來給你療傷。」屋內傳出嫦嬌關切而不失溫柔的聲音，那才是剛剛降世的她，單純，溫柔，只是脾氣有點孤傲。那時的她，真的是個完美的好女人，而不是像現在那個被我逼瘋的女人。

「請妳出去。」忽的，屋內傳出天水低低的聲音：「我救的，是我的師妹月靈，不是妳。」

哼……我看著窗戶上映出的月靈怔立的身影，邪邪而笑。好，既然妳活在我身邊，那我就讓妳嘗嘗在本娘娘身邊生不如死的感覺！

我起身直接躍落，如同鬼魅般滑入房門，靠立在內室的玄關之旁。裡面天水坐在床沿上，暗色的血液已經染滿一側胸膛，仙衣正努力地自潔，血液在空氣中飄散，讓整個房間被血腥味瀰漫。

嫦嬌站在床邊緩緩回神，努力揚起微笑：「你的傷要緊。」她心憂心切地伸手想去碰天水，啪的一聲，被天水染血的手拍開：「男女授受不親……」天水虛弱地說：「請女神自重。」

嫦嬌的臉上浮出痛苦之色，痛苦之中，又現出了如同當年聖陽拒絕她的那絲不甘。

我幽幽而語：「嫦嬌～～妳這樣也太薄情了吧，找到了新的替身，帝琊就不要了～～」我瞥眸朝屋內看去，月靈的後背開始輕顫。

天水喘息地朝我看一眼，再次垂下臉，沉默地擰眉抿唇。

「哼……就算天水真的是聖陽，他怎麼可能會跟一個跟自己兄弟睡覺的女人一起？」我繼續調笑。

「魅姬！」娥嬌憤然轉身，恨得咬牙切齒，那神情像是要撲上來把我咬碎。

我走出玄關，單手扠腰邪邪地看她：「怎麼，想要咬我？來啊～～～」我嫵媚一笑，朝她勾勾手指。殺氣登時浮現她全身，她伸手朝我急速而來。

我瞇起了眸光，沉下臉站在原處。忽然，天蒼色的身影擋在我的身前，他染上血腥味的長髮在風中飄過我的面前，我煩躁地雙手環胸，撇開臉不想看他。

「不准妳傷害我師傅！」

「天水！」娥嬌痛心疾首地看著他：「你忘了她是怎麼對你的！她對你是怎樣的無情？她就那樣把重傷的你丟下，連看都不看你一眼！就像只是一條狗！是她把你變成這樣不人不鬼的樣子的！她是在利用你！天水你醒醒吧！」

「呼……呼……」天水在我的身前吃力而不停地喘息，他扶住胸口的傷，虛弱地開口：「那又怎樣……那也是我們師徒的事，我心甘情願，與妳無關，妳走！」

「天水！」

「走啊～～～」我走出天水身後，蔑笑看著娥嬌：「聽見沒有～～他是心甘情願的～～～」我抬手，執起天水一綹染血的長髮，把玩手中，看得娥嬌眼中冒出了火，我瞥眸看她，邪邪而笑：

「他現在是我的～～我想怎麼對他，還真是與妳無關。既然妳認定他是聖陽，他又怎麼可能讓妳碰我？」

娥嬌月色的瞳仁急劇收縮，她再次看天水，天水始終不看她一眼，殺氣漸漸從她身上散去，她的神情裡浮出了絲絲的苦澀與空洞，她失魂落魄地從我身邊緩緩走過，離開了房間。

撲通！天水從我身旁墜落在地上，粗重喘息：「殺了我……師傅……」

「哼。」我好笑地走人，忽然，裙襬被人扯住，讓我無法再離開一步：「我知道……我放過了妳的敵人……」他痛苦地擰眉閉眼，停下了話音，他喘息了一會兒，才再次開口：「她很有可能……會殺妳……是徒兒不對……求師傅……殺了我吧。」

「殺了你就能贖罪了？」我側開臉深深呼吸，努力讓自己平靜：「娥嬌不會放過月靈的！趁她們靈魂的羈絆還不深，殺了她沒準還可以救出月靈的靈魂！」

天水吃驚地仰起臉，眸光陷入散亂與失措。

「但是現在！你給了娥嬌機會！」我氣得已經頭昏腦脹：「她知道只要她在月靈體內，我就不能動她！現在她把月靈的靈魂揪得更緊了！而且，當她離開月靈的身體時，她必會撕碎月靈的靈魂銷贓滅跡，她怎會留月靈？」

天水變得徹底呆滯。

我看著他染血的胸口，只覺刺目，那居然是為救娥嬌而流的血！

我憤然地蹲下，拉住他的衣領毫不猶豫地一把扯開！

嘶啦！

他驚然回神，怔怔看我。

我狠狠盯視那被血染成褚色的胸口：「你真是跟聖陽一樣，心中只有別人沒有我！要這心還有何用！」話音落下，神力已經纏繞上我的右手，黑色的利爪刺出手指，我挖向他的心！

他的神情反而在跳動的燈光中，漸漸平靜。他緩緩閉上了眼，欣然接受我的任何懲罰，即使，是挖了他的心，殺了他。

尖銳的黑色指甲還是停落在他的心口上，我看著那染血的胸口，宛如那裡已經被人剜開，那毫不跳動的心臟，安靜得像是一個空了的世界。

「我答應了麟兒……不殺你……」我垂下了目光。

他怔怔地睜開眼睛，深黑的眼中，浮出了絲絲落寞之情。

心中的不甘和憋悶一直糾纏自己的心，我不能就這樣放過他！我要讓他在我身邊贖罪！做我的狗做到死！直到灰飛煙滅！

邪氣開始包裹我的全身，我的目光漸漸陰沉，放冷，邪笑在唇角揚起，手心緩緩裂開，鮮血從手心中溢出，滴落他身下尚未被鮮血染紅的雪白衣襬。

他吃驚地握住我的手，心痛和心慌立刻從他眸底湧出，握住我的手不停輕顫。我裂開的手心和溢出的鮮血映入他的眸底，他的眸光也開始顫抖：「師傅！妳在做什麼？我錯了！殺了我！殺了我！不要再生氣，不要再恨！挖我的心吧！我願意給妳！只要妳解恨！」他用力握住我的手朝他的胸口按去！

我邪邪地咧開嘴角，抬眸看向他心痛到淚光閃動的眼睛：「哼哼哼哼哼哼哼，殺了你？太可惜了……我要升級你！」說罷，我從他手中抽回右手，離開他的心口，直接按落在他肩胛下的傷口上！

他驚然睜圓了雙眸，怔怔看我。

血液從我的手心流入他的傷口，熾熱的血液瞬間讓他的傷口開始癒合。

「哼……」我輕笑地扣住了他血汙的脖頸：「我說過，我要對你的身體負責，我要升級你的身體，讓你擁有半神的肉身！即使神器傷你，你也能很快自癒，可以繼續做我的肉盾，在我身邊好好贖罪！」我抬眸陰沉地看他，他怔怔地看著我，可是眸光卻是深邃而布滿了心痛，那飽含痛苦的像是在為我而心痛的眸光，卻讓我的心開始發沉，我恨這樣的目光，我恨聖陽！

撲通一聲，他的心臟，在那空蕩蕩的世界裡響起。

可是，他像是沒有察覺，或是根本不在意那意味著他又像人一樣擁有了心跳，而是一直看著我，看著我，用那讓我所恨的目光看著我，我不用他心疼！他不愛我又心疼我什麼？哼，是啊，他愛所有人，跟聖陽一樣，所以，他也「愛」著我這個師傅，為我而痛。

我冷冷收回手，站起身，轉身看手心，手心已經癒合，只留下一條淡淡的血痕：「你現在有體溫，有心跳，可以又像一個人了……」

「師傅還愛著聖陽是嗎？」他在我身後輕輕地問，恢復的他終於有了氣力，他緩緩起身，傳來輕輕的撲簌聲。

我不答。

「如果不愛，也就不恨，師傅，妳可以忘記恨，也就會忘記愛……」

「不要說得好像你很瞭解我！」我怒然轉身一把揪住他的衣領，把他狠狠甩在一旁的床柱上，壓住他的身體！

「三千年的黑暗！一百多萬天的孤獨！你居然要我忘記！」我的恨意怒火燃燒了全身，讓眼眶也開始發熱！

他心痛地深深地注視著我憤怒的眼睛，揪痛的目光中，是無窮無盡因為大愛而帶來的悲憐與痛苦，他的視線再沒有從我的臉上移開半分。

「沒有一個人！可以做到！我要報仇！如果代價就是讓我一直忘記和聖陽的愛，我願意！我願意記住和他每一分的美好，來提醒自己時刻記住這份仇恨！告訴自己一定要報仇！絕不能原諒！你懂什麼？你們凡人不過百年壽命，在我們眼中不過眨眼之間，你怎能體會我被封印後被漫長時間折磨、一點一滴地那種痛！那種恨！那種！」忽然，他捧住我的臉，俯下了臉吻住了我的唇，顫抖的雙唇堵住了我所有的恨，所有的仇！

我驚然看他，他心痛地擰緊雙眉深深吻住我的唇，淚水從他的眼角滑落，滑入我們的唇間，恢復溫度的淚水，帶著他心底的苦澀與疼痛。

神力瞬間從身上炸開，我甩手之時，他已被我重重甩在床上。砰！他撲倒在床上，噗的一聲，鮮血從他口中噴出，灑滿了他面前的半邊床單。

他在床上掙扎地想起來，但因為被我重傷而再次跌落，長髮散落在臉邊，染滿已經恢復鮮紅的血液，比剛才還要狼狽萬分！

「你算什麼東西！敢碰我？」月輪已經飛出，殺念瞬間覆蓋我的心，無人再能阻止！

「呵。」他苦笑一聲，氣若游絲地低低開口：「鳳麟可以愛師傅……難道我就……不可以愛師傅……疼師傅嗎……師傅……讓我真的……很心痛……我想……那個方法……或許……可以讓師傅……暫時忘記……聖陽給妳的恨……」

我陰冷地俯視他虛弱地伏在血泊中的身體：「你跟鳳麟怎能相比？鳳麟與我從小一起，信我，敬我，愛我！從不魅惑於我的容貌，即便當我是妖魔，他也義無反顧在我身邊守護我！他對我的感情是乾淨的！你呢！你難道不是因為我天生魅容嗎？你跟帝琊，跟御人他們有什麼兩樣！我還當你為我心痛是因為你的大愛，原來我錯了！不要以為我救了你，賜你半神之身，你就有資格愛我了！本娘娘告訴你，沒有本娘娘的允許，任何人都沒資格愛我，你更沒有！」

「呵……」一陣苦笑再次從他虛弱的口中吐出：「現在……我倒是希望……我是聖陽了……這樣……可以讓妳折磨我……讓妳消氣……盡快……脫離恨的折磨和痛苦……我想……妳笑起來……一定……很美……不然……萬物之主的聖陽大帝……怎會獨愛於妳……」

我怔住了身體。

『魅兒……妳的笑容……可以讓萬物融化……妳笑起來……很美……』

聖陽的話浮現在耳邊。天水從床上費力地撐起自己的身體：「妳放心……我有自知之明……我從不奢望妳會信我……我很高興……自己對妳……還有點用處……」

虛弱的話音已經氣若游絲，若不是房內足夠安靜，已經無法聽清。

鮮血依然不斷地從他嘴角湧出，那已經恢復正常人的顏色，不再像殭屍血那樣黏滯，快速地滑落他的頸項，染紅了他白皙的皮膚、他的仙衣、他的胸口，原本白玉般的身上已是斑斑血跡，沒有一處乾淨的白色，胸口的玉珠被鮮血更是染紅了一分，如同劇毒鮮豔的野果，誘惑你去更加瘋狂地撕咬他，直到他體無完膚，血染床榻。

忽然，我感覺到了鳳麟的氣息，我立刻上前，一腳邁入他在床沿外的腿間，伸手揪住他的衣領，把他血汙的臉從床上拉到眼前，狠狠警告：「天水你聽著！」他因為被我重創而渙散的視線努力地聚焦我的臉上，我冷冷看他：「鳳麟一直敬重你，敬愛你，視你為親人，別讓他知道你對我有了齷齪的邪念，讓他失望！」

他的嘴角浮出苦澀的笑，抿唇吃力地點點頭，隨即，他的臉完全向後垂落，染血的長髮散落在他身旁。

啪！他的手也徹底無力地落在床上，像是一隻傷痕累累、苟延殘喘的仙鶴，終於得到了解脫，在血泊之中香消玉殞。

「師傅！冷靜！」鳳麟的驚呼從身後傳來，我微微看身後一眼，緩緩放落天水的身體：「他沒事了。」

「真的沒事？」鳳麟到床邊，聲音變得低沉，深沉地直直盯視我陰沉的側臉。

我離開天水的身體：「是，我打了他一頓，不然我怎麼解氣？」我甩開臉，壓抑怒火：「我已經答應你不殺他了，但是，你不能阻止我打他！」

鳳麟變得沉默，他靜靜站了片刻，不發一言地從我身邊探身，抱起滿身鮮血的天水，輕輕擺放好，然後給他蓋上了絲被：「即使師兄是不死之身，妳也不能總是拿他出氣，他會疼的。」鳳麟認真地說著，低沉的話音，多了一分成熟與穩重。

我側開臉，不理他。

「真的沒有辦法救月靈了嗎？」他轉移了話題。

我擰擰眉道：「有，但得等娥嬌回到神身，實在麻煩，又要殺她一次。如果不是天水礙事，怎會前功盡棄？」

鳳麟再次變得沉默，他靜靜起身，從我身邊走過，把水盆放到了床邊，開始為天水擦洗，房內只有他擰乾布巾時嘩啦的水聲。

「或是，直接殺了月靈的肉身，那樣月靈的靈魂對娥嬌也沒有用處了。」

他頓住了手，微微側臉看我：「師傅打算何時動手？」

我心中暗暗一驚，沒想到鳳麟會那麼直接地問，絲毫沒有阻止的意思，我的心中劃過一抹憂慮，瞥眸邪邪看他：「你不阻止我殺月靈嗎？」

他手拿布巾靜默了片刻，目露一絲沉痛：「因為妳說過，月靈始終會死。」

我沉默了。

他沉痛地深吸一口氣，接著伸手輕輕擦去天水臉上的血漬：「但是師兄一定會很傷心吧……我也會……畢竟月靈是我們的師妹，也是我們的妹妹，所以師兄才會護她，師傅，別再生師兄的氣了……」

我在鳳麟越來越正經的話音中，收起了邪笑，轉開臉：「我不會殺月靈。」

「師傅心軟了？」他反是露出一絲驚訝。

「不。」我轉回臉嚴肅地俯視他：「因為殺月靈和殺娥嬌不同，月靈只是一個凡人，我不殺凡人，神殺凡人如同你踩螞蟻，實在無恥。而且，娥嬌的神魂在月靈體內，她時時警惕我，只要看見我，就會把月靈的靈魂拽得死死的，不會給我機會去傷害月靈的肉身。如果月靈的肉身一死，你知道會發生什麼嗎？」

「什麼？」他疑惑看我，眸光在跳動的燭光中閃爍。

我揚唇邪邪地笑了：「封神印是針對神魂的，如果月靈的肉身一死，月靈的靈魂反而可以離開，而她，卻死也離不開那具身體了。她會被困在裡面，看著自己的肉身漸漸腐爛，長蛆，化作白骨！吸——」我閉眸深吸一口氣，腦中浮現娥嬌看自己身體腐爛而噁心的畫面，緩緩睜開眼睛，嘴角止不住地咧開：「忽然感覺～心情好多了～～可惜，我不殺凡人。」我無趣地看自己的右手，我報仇雖然會不擇手段，但是，我也有我的原則，靠殺凡人來戰勝娥嬌，毫無成就感，太丟本娘娘的臉了。

鳳麟擰眉低臉，眸中露出深思，他靜靜地把染血的布巾放入清水，登時，水盆中乾淨的水已染上了淡淡的粉色，濃濃的血腥味瞬間瀰漫空氣。

「可是留著她……後患無窮吧……」他一邊搓洗染血的布巾，一邊淡淡地開了口，平淡的語氣在染滿血腥的空氣中，多了一分陰森。他原本乾淨的手已經染滿了鮮血，如同一個冷酷的殺手完事之後淡然清洗。

我冷冷一笑：「沒關係，先讓御人制約她。」

鳳麟聽到御人的名字時，面色更陰沉一分，他擰乾了布巾，靜了靜，轉身擦去天水脖子裡的血汙。

「師傅，如果……師兄是聖陽，妳……還會愛他嗎？」

「想太多！」我一口回絕：「怎麼可能？當然是毫不猶豫地殺了他！拆了他的神骨，拿了他的神丹！」

「不顧念他曾是天水師兄？」

「顧念什麼？」我轉臉好笑地看他，他手拿染滿鮮血的布巾，身上多了一分血腥之氣，我冷笑：「聖陽不會死的，就算拆了他的神骨，他也會在日光中慢慢重生，殺他一次，我才能解恨，才能徹底放下這一世。」我會放下對聖陽的愛與恨，但一切要在拆他神骨之後！

「那……如果天水師兄不是聖陽，妳……會愛他嗎？」

我怔住了，怔怔地看鳳麟，他深深看我，我側開臉：「你怎麼會有這個想法，我不會的。已經錯愛了一次，又怎會有第二次？」

「是嗎？」他淡笑地半垂眼瞼：「呵……」他像是鬆了口氣般輕笑而出。

「你怎麼了？」我落眸看他。

「沒什麼。」他低眸看著水盆中的鮮血：「該換水了。」他手執水盆抬臉之時，我俯臉吻上了他的唇，他一驚，我壞壞而笑：「不要胡思亂想。」我退回身形，他深深看我片刻，眨眨眼，緩緩起身，站到我的身前，忽然俯下臉再次吻上我的唇。

他的雙手因為染滿鮮血而沒有碰觸在我的身上，輕輕的吻帶著他的深情與依戀，輾轉流連在我的唇上。

緩緩地，他離開我的唇，黑眸深邃而浮出一絲強勢：「我說過，有些事，請讓我來……」低喃的聲音透出了絲絲喑啞。

鳳麟深深凝視我的臉龐：「師傅那麼誘人，我區區一個凡人，真的……留得住師傅的心嗎？」他忽然沒自信地垂落眼瞼，染血的雙手在身邊緩緩垂落。

我看了看他，伸手抱住了他的身體，靠在他心跳平穩的胸膛上：「麟兒，沒有人比你更愛師傅，沒有人像你心裡只有師傅，連聖陽，也做不到。」

他用手臂輕輕地，抱住了我的身體，雙手依然小心地不碰觸在我的身上，俯下臉深深地埋入我的髮間：「師兄為師傅屢屢奮不顧身，我覺得師兄他對師傅可能……」

「沒有可能。」我冷冷開了口，輕輕推開他的身體瞥眸看他：「他不也奮不顧身救過月靈？哼。」我收回眸光陰沉地看床上昏迷的天水：「這種男人，對誰都一樣！他的大愛沒有錯，但是，不要說什麼他心裡對我有情，讓我噁心！即使有，也不純潔！」

鳳麟靜靜看我片刻，垂下臉，唇角浮出一個似有若無的淺笑：「師傅這樣說師兄，未免有些過了。」

我不想再跟他在天水的話題上繼續下去，宛如時時提醒我那個不該發生的吻，我對天水從無防備之心，誰知他會那麼放肆那麼大膽！

「麒恆他們呢？」我轉移話題，想把那個讓我煩躁的吻從我腦間揮去。

鳳麟拿起水盆去換水：「我沒告訴他們師兄受傷的事，以免他們看見瞎擔心……」他換來乾淨的水再次放在床邊，清洗布巾擦上天水的心口：「他們現在應該都睡了，但是御人還沒……」他頓住了話音，手按在天水的心口上：「師兄……有心跳了？還有溫度？」他吃驚地看向我。

我邪邪而笑：「哼，是我升級了他的身體，後面的戰爭只會越來越慘烈，他如果死得太快，怎麼幫我？我要讓他贖罪！現在他有半神的肉身，即使神器傷他，只要不是致命傷，也能很快癒合，他現在是真死不了了，哼！」

鳳麟吃驚看我片刻，再次垂下了眼瞼，睫毛蓋落眼睛時，裡面劃過一絲失落。

我收起笑容看他片刻：「鳳麟，你是不是因為我讓天水成神，而不讓你成神心裡在意？」

他擦天水身體的手再次一頓，帶出一抹淡然的微笑：「怎麼會？師傅說過，成神要看機緣。」說罷，他繫好天水的衣帶，仙衣已經自淨，再次恢復曇花般的純潔乾淨。

「不是的。」我淡淡開了口，鳳麟微微側臉，我擰了擰眉：「是因為……」忽的，我感覺到了御人的氣息。

鳳麟也吃驚站直身體，看向窗外，深沉的神情再次覆蓋他的臉龐，他一把握住了我的手，沉沉看我：「師傅！」

我邪邪地笑了：「別擔心，他不殺我。我去會會他。」

「魅兒！」他越發認真地呼喚我的名字，緊緊握住我的手，我回眸對他一笑，化作烏鴉，從他面前撲棱棱地飛出了窗外。

夜空月光皎潔，御人立於月中，摺扇慢搖。儘管他依然是潛龍的容貌，但凡體肉身無法掩蓋他真神的氣度與神威。

我飛向他，他勾唇伸出右肘，我停落在他的右肘上，他含笑看我：「那兩個就是魅兒的男人？」

他的話，說得異常直接。想要騙他，也是多餘。

我飛離他的右肘，化出人形，單手扠腰回眸對他邪邪一笑：「怎麼？吃醋？」

「怎會？」他笑得格外自負：「魅兒被封印三千年，有幾個男寵也是應該，我可不像聖陽，只要魅兒高興，只要不是神族，隨魅兒喜歡。」他飄忽地到了我的身後，俯下臉，順著我的頸項，緩緩而下，深深嗅聞，黑髮落於我的肩膀，絲絲滑過我的頸項，像是忽然有了生命，替他的主人撫過我的身體。

「魅兒妳看。」他的手臂圈過我的身體，像是半抱我一般，右手現於我的眼前，手中是一顆巨大透明的結界晶球，球內是無數的、密密麻麻的黑色絨毛在蠕動。

「拿遠點！」我噁心地一把推開，跳出他的身前，轉身寒毛聳立地看他：「不要把這種東西給我看！」

他揚唇而笑，一手托球，眸光流轉，執扇輕點晶球，如同紈褲逗鳥般端詳那顆晶球：「我怎麼覺得，這些小傢伙那麼可愛呢？」他是真喜歡！

我受不了地白他一眼：「你只要是黑色的，有什麼不喜歡？」御人獨愛黑色，黑髮，黑衣，水墨的摺扇，現在，居然連那些孽根他都視若珍寶！實在讓人噁心！

「是啊，我獨愛黑色。所以……」他嘴角勾笑地朝我看來：「魅兒一出現在我的眼前，我便被魅兒……深深吸引～」他收起晶球再次到我身前，眸光落在我長長的黑髮上，他執起摺扇輕輕挑起我一束黑髮，俯下臉深深嗅聞。

「那你還封印我？」我冷冷斜睨他。

他一怔，放開我的黑髮，內疚地深深看我：「我根本不想，是聖陽。不，應該是廣玥。」他的眸光登時深沉起來：「是廣玥造出了一面據說可以看到未來的神鏡，他告訴聖陽，他在鏡中看到妳滅天弒神，聖陽才有此決定。但是，那面寶鏡我從未見過，妳說……會不會是廣玥的一面之詞？」

「那聖陽見過嗎？」我沉沉看他。

御人深思片刻，對我搖了搖頭：「不知。」

我眯眸深深看他，他勾唇揚笑：「魅兒該不是不信我吧？」

我也勾唇揚笑：「現在～我還能信你嗎？」

嘩！御人甩開了摺扇，掩唇眯眸而笑，摺扇上的山水人影輕輕浮動，宛如把整個人間納入扇中。

他從臉上緩緩移下摺扇，勾笑看我：「魅兒真是變了好多……」他深黑眸中的時間河流開始逆流，他陷入回憶：「那時的魅兒天真、善良、單純……」

「哼，是單純，而且，很呆蠢。」我轉身邪邪勾唇，很難相信他口中的那個魅兒，會是曾經的我。現在提及，宛若隔世一般地陌生而遙遠。

「蠢到誰給我的東西，我都吃，連被人下毒都不知道。」我好笑到胸口發悶：「幸好我來自於陰暗，源於萬物之陰的毒物對我毫無作用。我還記得那時瑤女和娥嬌看我沒被毒死時的驚訝神情，而我居然還學著聖陽原諒她們了，你說，我那時是不是很蠢？」我微微側臉看向身後，大愛以為感化心底徹底糜爛的人，反而讓惡更加的囂張，只有把他們徹底洗淨，讓他們重新做人。

「所以妳現在信奉了黑暗。」他走到我身旁，摺扇慢搖，絲絲涼風拂起我的黑髮，他側臉含笑看我：「我不得不說，信奉黑暗的妳……更迷人……」他俯下臉，吻向我的側臉。

我上前一步，邪氣叢生：「娥嬌說，聖陽重生是怎麼回事？我可是還想拆他的神骨呢！」我轉身冷睨他。

他垂眸一笑，摺扇微微掩唇，抬眸之時，目露深沉：「這個傳說，也是最近才有的。」他放落摺扇在胸口，慢慢輕搖：「因為大哥消失得太久了。傳說在妳封印之後，他因自責自毀神身，下界重生。」

我陷入深思，如果這個傳說是真的，那聖陽重生之後，我將無法察覺。因為他會變成另一個人，擁有新的靈魂。

「但是，毀神骨會動盪六界，尤其是大哥的，六界不可能沒有異象，所以，大哥肯定沒有毀滅神骨。可是，他確實失蹤太久，才有了此傳說。魅兒，這種傳說豈可相信？神界居然有傳說，哼，實在太侮辱我們這些真神了。」他輕嘲的話語中充滿了自負。

他說得對，如果聖陽自毀神骨，六界必有異象。聖陽的神力來自於太陽，取之不盡用之不竭，太陽存億萬年，他也存億萬年。

「那個天水只是長得像，人間擁有大愛之人也不在少數。」他深沉俯視天水的房間，嘴角帶出一抹淺笑：「魅兒不如大方點，把那天水給了娥嬌吧。」

「哼。」我冷笑：「別說天水，聖陽我都給，但是，娥嬌不能活。你想我愛你，你怎不幫我拆了娥嬌的神骨？」我瞥眸看他，他輕笑一聲，摺扇微微遮唇，這是刻意不答。

「我累了。」我躍起身，再次化作烏鴉飛在他的面前，他放落摺扇：「妳還需要睡覺？」

「一到黑夜，我便會不受控制地想起被你們封印在黑暗中的日子，所以，我現在不想和你在一起。」我振翅飛起，俯衝而下，御人立於夜空勾笑俯視我，眸中是志在必得的自信。御人想要的東西，即使此刻不屬於他，但最終必會屬於他。

與其說他是想得到，不如說，他是在享受搶奪的過程。所以，越是困難、越難得到，越讓他興致濃郁，欲罷不能。

他是不想那麼快得到我的，那樣，會讓他覺得毫無樂趣。

這才叫玩遊戲。

立於自己的空境，帝琊懸吊於半空，身上的鎖鏈在他身周緩緩地像仙帶般飛舞，我看向他，他輕鄙地俯看我：「妳太讓我失望了——去，殺了那個礙事的天水——」

「你也覺得聖陽重生了嗎？」我冷冷看他。

他瞇起了眸光，平日邪獰的臉上反是露出一抹失神，他久久地無神地看著一個地方：「如果他真的那麼做……那還真是符合他的性格……」

「御人說的是真的？因為廣玥看到了未來？」

「哼。」他笑：「如果廣玥真的看到了未來，為什麼還讓這一切發生？」他沉沉看向了我，今天的他，總算變得正常：「現在，未來不是正在發生嗎？」

我擰起了眉。沒有到最後，誰也不知道真相到底是什麼。

忽然間，我感覺到一絲濃烈的殺意，那股殺意異常陰沉，陰沉到讓我感覺到心有一絲沉重，這絲殺意不是我的，難道是！

我立刻閉眸，心中卻劃過一絲猶豫，我從未進入過麟兒的意識，因為，我愛他，我信他，所以，我尊重他。

我不想擅自闖入他的心思，去窺探他的一切。

可是，為何麟兒散發出如此強烈的殺氣，甚至讓我也有所察覺。

「殺了天水——」帝琊又再次嚷了起來，讓人心煩：「難道——妳捨不得？哈哈哈——妳還愛著聖陽，是不是——是不是——」

「你閉嘴！」我睜開眼睛冷冷看他：「即使我殺了娥嬙，也不會讓她進來陪你。你們在我的震天錘裡滾床，噁不噁心！」

帝琊瞇起了眸光邪笑道：「這難道不刺激嗎？哈哈哈——我更想在妳的神器暗光裡，暗光呢——」

「你沒必要知道！」我拂袖離開。

第五章　不再需要你

醒來時，自己還是烏鴉的形態，昨晚在院子裡的樹上，這樣站了一夜。

此刻正是清晨，晨光初現，薄薄的晨霧籠罩整個院落，靜得有些詭異。

這寂靜的院子中，我沒有感覺到麟兒的氣息。

我擰擰眉，還是閉上了眼睛，神思追尋麟兒而去，映入眼簾的，是一片樹林，麟兒似是正在林間行走。

我從他的體內離開，想看看他到底去了哪兒，看見的，卻不是麟兒，而是天水！

不，是麟兒變成了天水！

我心中驚訝，隨即，我在他的身後，看到的正是月靈。

寧靜的樹林中，麟兒化作天水，和月靈一前一後地行走。

恍然，我明白了麟兒身上的殺意從何而起，因為，昨晚我的話。

我看向麟兒身後的月靈，她月牙色的眼中，已是冷冷的寒意。她識破了麟兒的偽裝，她知道她面前的人是誰。

「麟兒！」我立刻呼喚，鳳麟的腳步就此頓住：「回來！娥嬌識破你了！」

鳳麟露出一抹淡然的，似是早已知曉的微笑，那抹和天水一模一樣的微笑，讓人無法懷疑面前的人不是天水。他的變形術，已經練到極致，不再僅僅是容貌、體型，還有最難的神似。

但是，月靈體內是娥嬌，是神，即使沒有神身，她也能察覺出麟兒與天水身上氣息的不同。

「麟兒，回來！」我對他第一次下命令：「你不是娥嬌的對手！」

鳳麟始終沒有說話，像是完全沒有聽到我的心語，他一直靜靜站在晨霧瀰漫的林間，額前細細的兩綹長髮隨風微微飛揚，在晨霧中微微染濕，就像是天水真的獨自一人靜靜站在這個清冷的世界中，殺氣讓他的身上多了一分寒意。

我在天水沉靜的容顏上看到麟兒陰沉的神色，那雙溫柔如水的眼睛，此刻卻漸漸被黑暗覆蓋！

麟兒！

「天水，你這麼早找我，只是為了跟我散步嗎？」娥嬌的冷語已從鳳麟身後而來，鳳麟揚唇一笑，殺氣陡然炸開，滅殃已從天而降！

「鳳麟！」我大呼之時，麟兒已經轉身，和天水一模一樣的長髮在旋轉中飛揚，滅殃迅速飛入他的手中，朝身後的月靈刺去！

娥嬌倏然飛起後退，停落，她瞇起了月牙色的雙眸：「哼，就憑你也想殺我嗎？簡直不自量力！」娥嬌右手揚起，在面前狠狠揮落，大喝：「冰影！」登時，一束月光倏然而下，砸在娥嬌身前，轟的一聲，震起塵土的同時，也將滅殃逼退。登時，冰寒的氣息覆蓋了周圍的一切，芳草凍結，樹葉掛冰。

「呵……」呵氣從化作天水的鳳麟唇中呵出，寒氣散開之時，娥嬌的身前赫然出現了一把巨大的、人高的月光色冰弓。

娥嬌緩緩離地，冷然垂眸俯看鳳麟：「昨晚是我輕敵，若我早早喚出神器，那女人早已死在我的手中。哼，你跟那女人一定關係匪淺，否則她不會把滅殃給你。真讓人噁心，才封印了三千年，一出來就那麼迫不及待地找男人了！」

「妳住口！不准汙蔑我師傅！」鳳麟也緩緩離地，滅殃立在他的身旁，娥嬌微微挑眉：「嗯？看來那女人真的教了你不少，既然那女人那麼重視你，我不殺，不痛快！她喜歡的人，我一定要殺了！」她倏然跳起，如同舞動般彈指，登時，冰弓之間凝聚成箭！

「鳳麟！你給我回來！那是她的神器！」我怒喝。

但是，鳳麟絲毫不聽！

我的神識毫不猶豫地再次進入鳳麟的身體，我要控制他的身體，讓他撤回！我加大了力量，倏然，一股強大的力量伴隨著一陣刺目的紅光朝我而來，瞬間將我彈出了鳳麟的身體，我猛然睜眼，怔怔看著眼前寧靜的院落。

「啾，啾。」兩隻小鳥從我面前飛過，寧靜的清晨像是剛才一切只是夢境。

我居然……被彈出來了！

我可是真神啊！

鳳麟的身體裡，有神祕的封印！

不，那更像是守護封印，它在守護鳳麟更深的意識！

十二年來，我的心裡，第一次出現了一個問題：鳳麟，是誰……

顧不上思考，我振翅朝那片樹林飛去，神思再次追尋鳳麟而去，打開我們之間意識的通道，從鳳麟的體內，正看到如雨的冰箭朝他急速而來，登時，他手執滅殃，揮開那些冰箭，他忽然握住一支冰箭假意刺中自己胸口，從空中墜落。

我心中疑惑，眼中已是姮嬌緩緩飛落鳳麟面前的身影，眸光之中是如同月霜一般地冰冷：

「哼，不自量力！」

姮嬌做為一個神，居然殺人！

太無恥了！

噗！忽然，月靈的胸口，被一把再普通不過的劍，從身後貫穿。她瞪大了雙眼，月牙色的眸子不可置信地圓睜。她驚詫地俯下臉，看著正被鮮血染紅的胸口，那把劍正一點一點從她的胸口抽離，就在這時，一個人從她身後緩緩浮現，竟然是天水！

一抹紫光酷然無情地掠過他的雙眸，隨即淹沒在天水那雙混沌的黑眸之中。

撲通！月靈的身體墜落在滿是樹葉的地上，雙目詭異地圓睜，瞪視著半空中面無表情的天水。

天水無神地立在空中，手中的劍垂落劍尖，鮮血一點一點沿著劍身滑落，從劍尖下墜，啪答滴落在姮嬌的眼角，恰似一滴血淚，緩緩從她的眼角再次滑落。

我怔怔看著身下的一切，我已經不用再透過麟兒的雙眼了，因為，我已經趕到了。

我沒想到，姮嬌的結局會是這樣。

她此刻就躺落在我的下方，枯葉之中。四肢因為從空中跌落而隨意地扭曲著，雙目圓睜，死死瞪視空中。有那麼一刻，我感覺她是在瞪視我，她不甘心，不甘心最後死在兩個凡人手裡。

整個世界忽然靜得像是凝固，呼——颳過一陣晨風，天陰沉下來，嘩！雨倏然從高空而下，伴隨著被打落的樹葉，一起飄落在娥嬌染血的身上。

「主人——」冰弓月光閃現，瞬間化作了一個少女：「我要殺了你們——————」她憤然朝鳳麟撲去，鳳麟面無表情地站在原處，不看冰影地甩手，滅殃旋即而出，化作數把利劍朝冰影而去，冰影也立刻甩出冰箭抵擋。

劍光之中，滅殃的劍魂倏然飛出，化作流光之速隱藏在劍光中，從冰影身旁飛過之時，伸手直接推上冰影的額頭，登時，推出了冰影的魂魄，一把捏碎！

少女的身形在魂魄消散時瞬間消失，再次恢復冰弓噹啷墜地，滅殃再次回落鳳麟的身旁。

鳳麟始終沒有看任何人，一直面無表情地只看著月靈的屍體，格外深邃陰暗的雙眸中，是已經讓人無法看透的暗沉心思。

「月靈……」哽咽的低喃從清醒的天水口中喚出。撲通！他跪在月靈的身邊，痛苦地埋下臉：「月靈……月靈……我對不起妳……對不起……」

嘩——

大雨，傾盆而下。

鳳麟清清冷冷地站在天水的身旁，面無表情地看向他。

「你怎麼可以……你怎麼可以——」天水忽然從雨水中而起，揮拳打向鳳麟，鳳麟沒有躲。砰的一拳，鳳麟被打倒在地，雪白的仙衣沾上了汙泥與落葉。

嘩啦啦啦！雨越下越大，砸在月靈的蒼白的屍體上，將她胸口的血帶入了泥中。

「你怎麼可以殺自己同門？鳳麟！你怎麼可以！」天水痛苦地撲上鳳麟的身體，揪起他的衣領！雨水染濕了他的臉，汙泥沾滿他的雙手。

忽然，鳳麟也揮拳狠狠打在天水的臉上！

天水被打翻在地，躺在泥濘之中，已是半神的他，鳳麟的拳頭對他毫無半絲傷害。

鳳麟面無表情地冷然起身，啐的一聲，吐掉了嘴角的鮮血，側臉冷冷俯視天水：「你只看到師傅要殺月靈，你有沒有看到娥嬌要殺師傅！」

天水呆滯地躺在泥地裡，空洞無神地望著大雨滂沱的天空。

「你讓師傅對她留情，她對師傅留情了嗎？昨晚她招招斃命，師傅差點就死在她手裡……」鳳麟說得激動起來，聲音因為憤怒和痛苦而低壓輕顫，他揚起臉，雨水徹底打濕他的臉龐，將他的劉海凌亂地黏附在他的臉上，如同俊美的臉被一道道黑色的刀疤割裂，水不斷從他的眼角滑落，已經分不清那到底是不是淚水。

他深吸一口氣，睜開眼睛時，裡面卻是陰冷的決絕：「天水，我們不需要你了。」他低低地說。

天水怔怔地看向立在他身旁的鳳麟。

「我跟星君已有約定，往後，他會替你守護師傅，我們不需要一個左右搖擺的人。」鳳麟低聲地、無神地說完，轉身離去。

天水忽然從泥潭中起身，雪白的仙衣已是汙濁不堪，他在大雨中急急抓住了鳳麟的手臂：「鳳麟！師傅需要我！」

鳳麟沒有神情的臉上終於浮出壓抑的怒火，甩開天水的手，轉身一把揪住了他的衣領：「我說了！魅兒不需要你！你聽不懂嗎？」

砰！又是一拳，落在天水的臉上，天水一個趔趄，穩穩站住堅定地看鳳麟：「我是不會走的！」

鳳麟憤怒地看看他，起身要飛，天水直接躍起，抱住了他飛起的腿，鳳麟怒然俯臉：「你若是真的喜歡師傅，為什麼要害她？」

天水徹底怔住了身體，鳳麟落下再次揪住他的衣領，狠狠地看著天水在雨水中狼狽的臉：「你以為我真的看不出來嗎？我鳳麟今天告訴你，我愛師傅，我不允許任何人讓她受到傷害！如果你喜歡她，把你的心給她！不然！我不允許你愛她！因為，你的這種愛讓我噁心！滾！」

鳳麟狠狠推開天水，天水在雨水中趔趄地後退了兩步，神情漸漸沉落：「那月靈呢？月靈是無辜的！她是你的師妹！我們不能為了所愛的人想要復仇就濫殺無辜——」天水在雨中朝鳳麟失聲大吼，痛苦地、憤怒地看著鳳麟。

帶著一抹嘲諷的冷笑從鳳麟的嘴角揚起：「大師兄，你還沒弄清現在的狀況嗎？」

「我不管什麼狀況！我只知道月靈是無辜的！她不該為師傅的復仇而死！一定有更完美的辦法！」

「完美的辦法？呵。」鳳麟輕笑搖頭：「什麼辦法？等娥嬌離開月靈的身體回到神身？那時她就會帶著更多的神族來剿滅師傅！」鳳麟生氣地、憤怒地大聲說道，深沉的聲音甚至蓋住了周圍嘈雜的雨聲：「那時師傅該如何應對？靠你嗎！啊？你告訴我能靠你嗎？」

天水再次怔住了神情，雨水沖刷著他微微慘白的臉，痛苦的折磨讓他的雙眸帶出了一分滄桑的痕跡。

鳳麟失望地看著天水，慢慢搖頭：「大師兄，這是神戰！不是我們所能控制的戰鬥。這場戰爭，不是師傅贏，就是他們贏！而且，我只會讓師傅贏！」鳳麟瞇起了憤怒的眸光，沉沉地在雨中盯視天水同樣被雨水淋濕的臉：「因為，我愛她！我是不會再讓她被他們封印在黑暗中，受寂寞和時間的折磨！更不會讓你再陷師傅於險境！讓那些神有反撲師傅的機會！連師傅的敵人御人都在幫師傅，而你，卻留下了一個禍患在師傅身邊！你不配喜歡師傅，我真的後悔當初在荊門關逼師傅救了你！」絲絲悲痛與痛苦劃過鳳麟的黑眸，他在雨中也沉痛地閉起雙眸，宛如那些話也讓他心如刀割。

天水的眼神空洞了一下，怔然立在雨中。

「大師兄，你放心，以後不會再讓你為難，師傅需要時，星君會代替你使用這具身體守護師傅，而至於你，大師兄。」鳳麟神情開始漸漸冷酷：「我希望你離師傅越遠越好！」

天水的身體，在雨中趔趄了一下，呆然地看著落月靈在雨中的屍體。

雨漸漸停下，一束淡淡的陽光落在天水的身上，他的眼角卻依然流下一串不知是雨水還是淚水的水流，在陽光之中變成了一串破碎而讓人心傷的珠光。

「我是對不起月靈，但是，我不後悔。」鳳麟低低地說完，高舉右手，猛地揮落，登時，一股巨大的力量衝擊地面，登時炸起泥土與滿地落葉！

天水呆呆地站在一旁，出神且空洞地半垂眼瞼，如同當初他知道自己非人非鬼非殭屍後行屍走肉般的神色。

落葉緩緩飄落在地之後，月靈的身邊現出了一個深坑，鳳麟走到月靈身旁，看著那雙瞪視他的眼睛，冷冷俯視：「月靈，對不起，但是這樣，妳或許可以盡早自由。」然後，他緩緩蹲下，伸手溫柔地抱起了月靈。

天水緩緩從失神中看向鳳麟，忽然他像瘋了般一把推開鳳麟：「你放開！」

鳳麟靜靜看他片刻，沒有反駁任何話，默然起身，站在一旁。

陽光籠罩在天水的身上，天水溫柔而痛苦地注視月靈的容顏：「對不起，月靈，師兄還是沒能保護妳……對不起……」天水哽咽地輕輕抱起月靈的屍體，輕輕地，放入那個深坑之中。

他起身之時，一縷陽光灑落在月靈的屍身上，倏然，月靈的靈魂緩緩從身體中浮現，天水驚訝地看著：「月靈！」

「大師兄。」月靈微笑地立在陽光中，看著天水。淡淡的晨光透過她微微透明的身體，明明溫暖的陽光，卻讓人感到絲絲悽楚與無奈。

鳳麟的神情，在看到月靈的那一刻，露出了淡淡的驚訝，低低自喃：「看來師傅說得果然沒錯……」

天水聽見鳳麟的話音微微一怔，看向鳳麟，鳳麟冷冷看他一眼，看月靈，神情平靜得像已經做好了所有的準備，接受月靈任何的怨恨與復仇：「月靈，對不起，是我殺了妳，妳恨我我不會怪妳。」

月靈看向鳳麟，眸光掙扎了一下，卻是搖了搖頭，目露絲絲感慨：「很多事，只有死了才會明白，大師兄……」天水在月靈的呼喚中，內疚而自責地看向她，月靈平靜地看天水：「我都想起來了，在荊門關，你其實為了救我被殭屍咬了，其他的事，是月神告訴我的，她一直在說魅姬娘娘是個壞女人，是她把你變成了不人不鬼……」

鳳麟的眉峰收緊，目光漸漸陰沉，冷冷俯視躺在坑中的月靈的肉身。

「可是我心裡卻很感激她……」月靈的聲音輕顫起來，天水和鳳麟同時吃驚地看向她，她臉上的神情，卻是異常的平靜與祥和：「我很感謝她救了你，讓你活了下來，否則，我一定會恨死自己。如果不是你，我在荊門關已經死了，而這次，我又害你重傷，被月神利用牽制娘娘……大師兄……」她抬眸微笑地看向天水，眸中的淚光在陽光中成為世界上最純淨的水晶：「以前，我有很多話不敢跟你說，噗哧，現在想起來，那時的自己有些傻……」淚水從她的眼眶中不斷滾落，她匆匆擦去，帶著她的堅強而仰起淚濕的臉：「天水，我月靈鄭重地告訴你，我喜歡你！從小時候開始，一直一直喜歡你！」

月靈大聲而勇敢地喊出了深藏在那副驕傲神情下的深情，她的告白也讓天水眸中的神情更痛苦一分。

鳳麟默默地垂下臉，即使他表面上看似平靜，但那份靜卻深深隱藏起他此刻被諸多情愫深深糾葛的心，那份糾葛直接影響了我，讓我的心也浮現絲絲揪痛。

「但是！我也不稀罕你因為憐憫我而喜歡我！」月靈裝作堅強地，嘴唇偏偏顫抖地說著：「我只希望你好好活著，你過得快樂，不要再內疚自責，你在這裡替我悲傷，不如好好效忠娘娘，因為只有娘娘可以讓你成神！等你成神了，不就可以復活我了？那時，記得給我換個漂亮的身體，讓很多、很多男人喜歡我……」月靈顫顫地笑著說，可是淚水還是不斷從月靈的眼中湧出。

我立在樹枝上靜靜看晨光中的月靈，最初，我不想與太多人接觸是不想和他們產生聯繫，與他們產生感情，因為那樣，我會心軟。在與眾神復仇的道路上，我一旦心軟，輸的便是我。

我看了一會兒月靈，張開翅膀，從陽光中輕輕飛落，人形在晨光中化出，黑色的衣裙在陽光中披上了一層朦朧的金色。

「師傅！」鳳麟驚呼看我，我沒有看他，天水和月靈在鳳麟的驚呼中也吃驚地看向我。

我懸停在月神的上方，她依然沒有閉合的眼睛死死瞪視我。

「師傅！」鳳麟朝我上前一步，我沉沉看月靈的屍體：「鳳麟，你做了什麼？」

鳳麟在我沉沉的話音中，沉默地低下臉。

我看向月靈：「不要恨鳳麟，他是為了我，妳要恨，就恨我。」

月靈瞥開目光，咬緊了唇：「你們眾神的戰爭，就活該我們凡人要犧牲嗎？我們凡人在你們的眼裡，到底是什麼？」她有些激動地朝我如同控訴般質問，隱含淚光和憤怒的雙眸毫不畏懼地直視我的眼睛！

「月靈！」天水擔心地喚她，擔憂的神情像是怕月靈得罪了我被我灰飛煙滅。

我靜靜看月靈一會兒，仰天大笑：「哈哈哈哈——是啊——我從上古以來，就一直是壞女人，是邪神！」我邪邪地笑，放落目光冷冷俯看坑中的月靈的屍體：「凡人在眾神的眼中，到底是什麼，娥嬌，應該已經告訴妳了。」

月靈稀薄的身影在空氣中輕輕一顫，失望而又認命地側開了臉。

「荊門關那天，按照命數，天水是該死的，他是為救妳而死。但是，他活了，所以必須有人要替他死。」我抬眸看月靈：「這個人，就是妳，在妳被嫦嬌選中附身的那一刻，妳就已經死了。而且，根據命數被破壞後懲罰的法則，妳的結局將會比原來替妳而死的天水更慘。」

月靈的神情變得平靜，似是只要為了天水，她無論如何都無所謂。

「我本以為妳會灰飛煙滅，但是沒想到，鳳麟又改變了妳的命數。」月靈在我的話音中吃驚地抬起臉，天水立刻看向我，只有鳳麟的神情依然平靜。我的心裡已經因為麟兒而浮起絲絲不安：「人死魂離，是世界最初的陰陽法則，嫦嬌無法阻止月靈的靈魂在她肉身死後離開肉身，除非使用咒術。但是現在，她自己的神魂被封印，沒有神力，身體也不能動，所以，她無法使用咒術再困住月靈的靈魂。月靈，妳雖死，但，妳自由了。如果妳還是恨我，我不介意。」我邪邪地勾起唇角：「我已經習慣被人恨了，不多妳一個。」

「不，我不恨妳。」月靈忽然說，她擰緊眉，憤怒地看嫦嬌：「如果要恨，我也是恨月神，把我們凡人當作螻蟻，不經我們同意隨意使用我們身體！還不知羞恥地把天水大師兄當作聖陽大帝的替身！我在她體內，她想什麼我都能感覺到！她根本不愛大師兄，她只是想占有像聖陽的男人！我真恨我自己，當時在大師兄替我擋劍的時候我沒有能力控制自己的身體，讓妳殺了這可惡的女人，讓她繼續靠近大師兄！她根本不配做神！」

「說得好！」我挑眉看月靈：「以前，我不怎麼看好妳，但是現在，我欣賞妳，我會補償妳，給妳一個新的身體！」

說罷，我甩手蛇鞭飛出，長長的蛇鞭朝地上的冰弓而去。捲住之時，我一把收回，散發月光的冰弓豎在我的身旁，月靈驚訝地看我。

我抬手撫上冰寒的冰影：「她叫冰影，是月神的神器，她本該有巨大的神力，只可惜，它只被主人用來彈琴，缺乏戰鬥經驗，才被偷襲成功。」我生氣地瞥眸看鳳麟，他微微一怔，側開臉避開我的視線。我生氣是因為我擔心，我擔心，是因為我在乎！

他知道這場仗贏得有多麼僥倖？

叮一聲，我彈指在冰影上，登時，冰影化出了絲絲琴弦，在陽光中變成了一把晶瑩剔透、一人高的豎琴：「娥嬌為了表現出自己的大善、大愛和大美，從不參加任何戰爭。她在戰爭結束後，會悲傷地彈奏豎琴，讓人以為她在為戰爭哀傷，為世人悲憐，實則，她只想做給一個人看。」

「聖陽大帝？」月靈受不了地直搖頭：「這也太做作了。」

我邪邪一笑，看月靈：「我真是越來越欣賞妳了，娥嬌選上妳是有原因的，因為，妳骨子裡也很清傲。」

「但我才不會像她那樣在大師兄面前做作呢。」月靈傲然扔出了白眼：「就算我再喜歡大師兄，我也不會裝模作樣，扮淑女或裝聖女。」

天水在月靈直言不諱的話中，微露尷尬之色。

我欣賞地打量月靈：「真性情，我喜歡！我要成全妳，讓妳和天水再不相離！」

月靈登時驚詫地呆呆看我，紅唇半張地立在日光之中。

「師傅！」天水驚呼出口，擰緊的雙眉下，是一雙份外糾葛的雙眸，黑眸深處的那顆心像是被亂麻纏繞，焦急而失措地深深凝視我。

我只是淡淡瞥他一眼，冷冷收回目光，指尖在冰影的琴弦上輕輕一撥，一串如同水晶珠掉落般清脆的琴聲敲落每個人的心底：「這麼美的琴，失去了魂，可惜。月靈，你可願意入冰影，為神器，從此做為天水的神兵，守護天水？」

當我深沉的話音出口之時，空氣凝固了。

所有人，無不驚訝地看我。

鳳麟的臉上再也無法保持那份平靜，他驚訝之中，卻又帶出了一絲驚喜之色，似是在為月靈能重生而高興。

他隨我那麼久，早已看穿生死，肉身不過是一副皮囊，人身、劍身、神身，皆是一樣，只要魂不滅，便有成神的機會。

神器一旦有魂，同樣也是神，他們和神獸一樣，是有主人的神。若是哪天主人賜他們自由，他們便是真真正正的神了。

但是，世人眼中，人是人，拋棄人身做一把劍，或許還是一種犧牲。哼。

所以，我說此話，也是為了最後一試月靈。

月靈的眸光顫動起來，我勾起嘴角邪邪看她：「是做人？還是做天水手中的劍？」

「師傅！」天水忽然重重喚我，我橫白他一眼：「你閉嘴！我不想聽你說話！」

天水的臉上浮出一絲苦澀，月靈一怔，心疼地看向天水，天水似是無法阻止我，他轉而看向月靈：「師妹，好好投胎去吧。不要聽！不要聽！」天水頓住了話音，苦痛地看我一眼，再次陷入深深的糾葛與掙扎：「不要聽我師傅的話，我已經連累妳……」

「不。」月靈忽然打斷了天水的話，轉過臉沉沉看我：「我要做天水的神器，我要幫他變強，不讓妳再看不起他！再羞辱他！我要讓他成為妳身邊最強的戰士，讓妳離不開他！讓鳳麟師兄後悔今天他說過的所有的話！」

月靈異常堅定的話，看似是對我赤裸裸的挑釁，但是！本娘娘喜歡！

本娘娘就喜歡敢愛敢恨、個性鮮明的人！

不像天水，愛愛恨恨還要那麼糾葛，他連月靈都配不上！

「好！」

我的這一聲，讓天水的神情徹底凝固，他知道，結局已定。

鳳麟平靜的神情中多了一抹若有似無的輕笑，他像是在嘲笑什麼。他看向了天水，黑眸越發深邃一分，那裡面是太多太多我已經猜不透的心思。

他像是在為天水高興，又像是在氣天水身在福中不知福，更像是在嘲笑天水的大善更像是偽善。

他的那抹笑，包含了太多的意味，似是連他自己也陷入複雜心情的煩躁，心煩地深吸一口氣，撇開了臉。

我揚起了右手，神力已經纏繞指尖，把月靈放入冰影的方法和把帝琊放入仙劍的方法是一樣的。當月靈融入冰影之後，豎琴登時閃現出鮮活的光輝。

我冷冷淡淡地看已經面無表情的天水：「月靈生前你沒有好好對她，她死後，你在這兒哭，你的眼淚能讓她復活嗎？」

天水蒼白的臉更加空洞一分。

我輕嘲地看他，心語隨即而出：「你說你愛我，卻在我活著的時候陷我於險境，難道，你也打算在我死後哭我的屍體嗎？」我冷冷的厲喝傳入他的腦中，他登時抬眸急急看我，眸光亂顫，宛如徹底心亂如麻。

鳳麟的目光登時落在他和我之間，黑眸之中劃過縷縷深思。

我鄙夷地看天水一眼，把冰影推到他的面前，他怔怔地看著面前的豎琴，我背手側身，不再看他：「需要的時候，喚她月靈。月靈，冰影的身體是神玉所煉，妳可化人形，現在，妳是神了。」

「我是神了！」驚呼之時，冰影已經化出了月靈的身形，完完整整，毛髮不缺！一身月牙色的仙裙，讓她更像月神一分。

月靈驚詫而驚喜地摸著自己的身體：「真的！我、我有心跳！我居然……謝娘娘！」她毫不猶豫地在我的面前下跪，俯首稱臣：「謝娘娘讓月靈重生，賜月靈為神，還了卻月靈的心願，月靈必會監督大師兄，不會再讓他妨礙娘娘的大業！」

天水驚詫地怔立，驚訝而又驚喜地看著重生的月靈。

我揚唇笑了，瞥眸看跪落的月靈：「哦～妳真願效忠我，不怨我羞辱妳的大師兄了？」

「怎能不怨？」月靈倒是直接說出：「但不及娘娘賜我重生成神之恩！月靈是恩怨分明的人，此恩月靈必報！月靈還要助大師兄成神，讓娘娘將來後悔今日羞辱他！」她仰起臉，異常堅定無畏地看我，助天水成神之心，日月可鑒！

「好！」我勾唇邪邪地笑看月靈：「那我就等著那一天。」

月靈昂首無畏地與我直視，漸漸地，她卻笑了，笑容異常純淨和清澈，她的笑容高傲而驕傲，像是在為自己被我賞識而自豪。她的傲，不是像娥嬌那來自於神的至高無上，而是，人類的錚錚傲骨！

她的身體裡，我看到了和長風一樣的抗爭，對世俗男尊女卑的抗爭，對真神的抗爭，世間女子能像她這般有骨氣的，實屬難能可貴！

「月靈。」我看向她：「妳先回去，我們出來太久，會讓朝霞他們起疑擔心，讓他們直接去蜀山，我們稍後會與他們會合。妳也不必畏懼御人，他若問起，妳就直接告訴他，本娘娘把娥嬌殺了。」

「是，娘娘。」月靈的眸中帶出一分敬仰，恭敬地向我一禮：「娘娘，對不起，以前我還很討厭妳，但是現在，月靈佩服妳，娘娘做事乾淨俐落，格外讓人爽快，月靈願跟隨娘娘！」月靈說罷，起身一躍，腳下還是自己的仙劍。

「咕。」

我好笑地睨她一眼，看她遠去的身影，這小妮子現在可算是神了，還需要御劍？罷了，她剛進入冰影的身體，也應該尚未適應，所以現在她也無法發揮冰影百分百的神力，更何況啟動冰影神力還需要娥嬌的咒術。

娥嬌……我再次陰沉地看娥嬌的屍體，沉沉冷喝：「紫垣！出來見我！」

天水的身體像是忽然墜落，單膝跪落我的身旁：「娘娘！」

我瞇了瞇眼睛，看看他，再看看鳳麟，怒喝：「你們到底做了什麼？我告訴你們，你們為我這樣做！我不高興！」

天水的身體發了怔，鳳麟擰擰眉，單手背於身後，昂首沉沉看我：「是我的主意。」

我瞥眸看他，他也直直看我，我心中百感交集，更多的，還是因為擔心而生氣：「你知道這有多危險嗎？」

「我知道。」他的神情再次變得平靜，側開目光，臉上宛若做好了接受失敗後灰飛煙滅的準備：「但是，我願意！」

簡簡單單的「我願意」三個字，深深敲痛了我的心，我第一次擔憂地深深凝視他：「你可還記得在你想為清虛報仇時，我說的話了嗎？」

他怔住了身體。

「我們無論做人，還是做神，都會做錯事，走錯路，但是，我們不能忘記初心。」這是第一次，我像一個正常的師傅一樣，訓誡鳳麟，我認真看他：「鳳麟，這樣的事，我不想再發生了。天水為護月靈而護下娥嬌，固然讓我生氣，但你為殺娥嬌而殺同門月靈，我心裡同樣不會好受。」

鳳麟的雙眸中現出絲絲內疚與苦痛，我知道，他做出最後這個決定，一定也十分困難，他應該也是掙扎了很久，最終為了我，還是說服自己。

「但我們只有這個機會了。」天水淡淡的聲音透出紫垣的冷靜與沉穩，月靈對他而言，並無感情。

我轉眸看他，他已經起身，眼中沒有天水的苦痛和內疚，只有淡然與鎮定：「娘娘心裡清楚，不殺娥嬌，難救月靈，鳳麟……」他看鳳麟一眼，紫眸中劃過一抹恰似看情敵般的閃爍，然後垂落繼續而語：「把這個方法告訴我時，我也覺得可行，只要月靈魂魄在，讓她重生易如反掌，更別說現在娘娘賜她成神，這個結局比我們之前預料的更好。」

「如果失敗了呢？」我沉沉看他：「我生氣，是因為我擔心，我擔心，是因為我在乎你們每個人！」

陽光透過樹林的枝椏，斑駁地落在我們的身上。

紫垣驚喜地看向我，天水的臉上浮出屬於他對我的濃濃深情和深深敬意。

鳳麟的臉在斑駁的日光中也變得陰暗不明，他沉默地低下臉，靜靜立在林中。

我擰擰眉，甩開臉：「下次你們注意，這種話，我不想再說第二遍。」我可是天界謂之邪淫之神的魅姬娘娘，怎能總對他們說這種肉麻話，害我寒毛都豎起來了。

我撫了撫手臂，冷冷看坑裡的娥嬌，笑：「哼，沒想到妳最後會這樣，一定很不甘心吧。」

她還是只能死死瞪著我。

「哈哈哈——」我邪邪而笑，想了想，啪一個響指，登時火焰在她身周而起，鳳麟和紫垣有些吃驚看來，熊熊真火瞬間將月靈的屍體燒成灰燼！

火焰漸漸熄滅，灰燼依然吸附在娥嬌的神魂上，現出一個白色的人形，異常可怖！

「魅姬！我一定會報仇的！」

事已至此，她依然朝我叫囂。

邪氣纏繞我的全身，我咧開嘴角瞥睞看她：「帝琊說他很寂寞，不如讓妳進去陪他？」

「不、不要——」她慌張起來，臉上的五官像是一個白麵團捏出，模模糊糊，沒有完全成型：「我不要再見他，我不要讓別人看見我這副鬼樣！妳殺了我吧！我寧可灰飛煙滅，也不想讓任何一個神族看見我這副鬼樣！妳可以讓我死！但不要羞辱我！」

她恐懼的喊聲中，竟是多了一分哀求。月神娥嬌從不求人。

「哼。」我輕笑搖頭，這個女人，已經不值得我再去恨了，我現在看著她，只覺得可憐可悲。身為神，卻不知神的義務與責任！

娥嬌自造出來，便一直以為自己是聖陽妻子的設定，因而高冷傲視所有女神，即便是女神之主的瑤女。因為，周圍的人都是這麼說的。

日月陰陽，日的妻子自然是月，所有人都認為這是順理成章之事。

是娥嬌的自以為是害了她，讓她入了心魔。

現在這副沒有五官的鬼樣，才是她現在真正的樣子。迷茫，混亂，沒有自己的未來。只有那副依然凹凸有致的性感身材，顯出她對男人、對愛的渴望。這才是剝去她那副高冷清傲的表皮下，真正的空虛的嘴臉。

神力纏繞上我的指尖，娥嬌的心已經糜爛汙穢，我甩出神力，將地上的汙泥捲上她白色的身體，和月靈的骨灰一起搓出了一個小小的泥神，植入樹邊。

我俯看她現在簡單的眉眼：「從今往後，妳在此做一方土地。賜妳眉眼，看世態炎涼，賜妳雙耳，聽眾生心聲，賜妳鼻聞人世百味，賜妳嘴嘗酸甜疾苦，好好反省自己為何為神！」

她靜靜地站立在樹邊，沒有說任何話，身上是御人隱隱的封印神印。我想了想，覺得不放心，運起神力畫出符咒再在娥嬌的泥身上加了一道神印，蓋住御人的，從此無人再能找到她，即便是在她身上施加神印的御人。

至此，我的心情才真正的爽快。

重新把鳳麟轟開的坑填上，我讓紫垣帶天水離開，去洗洗乾淨，我也不想聽他說話，或是看見他那副悲天憫人、自責痛苦的神情。

有誰喜歡整天看一張苦瓜臉？

等紫垣離開後，我看向鳳麟，他始終沉默不言。我的心中浮起絲絲不安與不祥，這份不祥，來自於鳳麟，我因為這份不祥而變得更加擔心，我必須要弄清楚他身體裡的封印。還有，他到底是誰。

我獨自向前走，走過他的身前沒有理他。

啪！他扣住了我的手，垂臉低語：「還在生我的氣？」

我沉默片刻，轉身一下子揪住了他的衣領：「你知道我有多擔心你嗎？」

他深深看我，深邃漆黑的眸中，那個曾經保護白兔不讓我吃的鳳麟，已經不在。取而代之的，是為了守護我，可以不顧一切的男人。

心底複雜的情緒噴薄而出，讓我無法分辨。但是，無論是任何複雜的感情，都被一種存在洶湧地吞沒，那就是愛。

我不管他是誰，我愛他。我信他，我信他不會對我有任何隱瞞，這個封印的存在，極有可能他自己也不知！

我抓住了他沾上汙泥的長髮，一把扯落他的臉，吻上了他的唇。

他立刻抱住我加深這個吻，重重的身體壓上我的身體，我的腳微微往後一退，踩到了被我填上的泥坑，那裡的土更加鬆軟，我失去重心，抱住他一起倒落。

砰！我們倒在地上，他繼續深深吻住我的唇，大口大口啃咬，激烈的吻飽含我們彼此的深愛，讓我們無法自拔，我翻上他的身，他又翻上我的，我們在滿是落葉的地上緩緩翻滾，從娥嬌的泥身前滾過，不覺旁邊是一個平坦的斜坡，結果我們從一邊的斜坡滾落。

他護住我的身體，我們從斜坡緩緩滾下，然後慢慢停下，一旁是乾淨清澈的池水，一掛不大不小的瀑布，在陽光下閃現出迷人的彩虹。

他翻身繼續壓在我的身上，吮吻我的雙唇。雙唇在他的吻中已經發熱、發麻，我的全身被屬於他的溫度和氣息包裹，身體的溫度也因他而漸漸升高。

樹林在陽光中恢復了寧靜，只聽見啾啾的鳥鳴和他越來越粗重的喘息。

他的舌在我的唇中四處遊走，纏繞，和我的舌在嘖嘖的水聲中一起纏綿，久到我們忘記了時間，只想一直這樣吻下去。

緩緩的，他抱住我再次在草地上翻滾，然後，我們一起滾入了碧綠的池水之中。

世界被冰涼的水徹底吞沒，我們在水中繼續擁吻。嘩啦！我們浮出池水，瀑布的水如同大雨一般徹底澆落在我們的身上，打濕了我的臉和我的全身。

他站在瀑布中深深地凝視我，黑眸之中是濃烈的深情和摯愛，它們化作熾熱的火焰，隨他的視線一起燃燒我的全身。忽然，他再次壓了上來，重重的身體將我推入瀑布之後，我靠上了瀑布後濕滑冰冷的石壁。

他再次吻上我的唇，呼吸變得越發地急促：「呼，呼。」

清澈的水沖刷著他的臉，他的長髮，和他身上的汙泥。他激烈地吻著我，緊緊擁住我濕透的身體。他吻上我的耳垂，帶著喘息聲一起吸吮我的耳垂，灼熱的手也撫上了我的身體，攀上了我柔軟的右乳，急躁地揉捏帶上了一分不讓人討厭的粗暴，反而更加激情。

「呼——呼——」

他深深握緊我的右乳，單膝擠入了我的腿間，緊貼我濕透的身體，埋在我的頸項深深呼吸，他火熱的胸膛因為大幅度的呼吸而一下又一下地壓上我柔軟的胸部。

「師傅，我想要妳，可以嗎……」他哽啞地在我的耳邊低語，熱燙的體溫透過我們都已經濕透的衣衫印上我的身體。

我撫上他緊繃而透著一絲壓抑的後背，撫上他的頸項、後腦，指間沒入他濕透的長髮，瞇起了眸光，管他是神是魔還是妖，現在我只想要他！

我側臉吻上了就在我唇邊的他的頸項，他握住我右乳的手登時收緊，捏住了我的衣衫，一點一點扯落。當我的衣領被他扯鬆，雪乳跳出之時，他埋下臉就含住了我嬌嫩的粉蕊，他火熱的檀口深深包裹住了那頂端敏感的嬌嫩，火舌帶著蜜液捲起，登時在他舌尖挺立，全身的力氣也在他口中被瞬間吸盡。

他不停地吮吸，輕咬，舔弄，身體的血液也在他舌尖急速流竄。

他渾身的情慾在不受控制地熊熊燃燒，他重重壓在我的身上，一手托住我的腰，一手扯開我其餘的衣衫，水濕的雙手撫上我同樣水濕的身體，順著我的腰線一點一點而下。而他的唇舌也一同緩緩而下，一口一口吮吻過我的腹部、我的肚臍、我的小腹，宛如不放過我全身任何一處肌膚。

我的呼吸開始急促，雙耳已聽不到任何水聲。潺潺的水簾在陽光中越發燦亮，外面的世界也越來越迷濛，淡淡的彩虹蓋住了水簾後的一切。

他忽的執起了我的腿，火熱的唇印在我大腿內側嬌嫩的肌膚上，我瞬間揪緊了他的長髮，但這些痛絲毫沒有讓他停下，他反而往更深處而去。

當他的舌舔上我敏感處時，我險些失去力量，從石壁上滑落。

他握住我的腿，不讓我合攏，火舌忽然深深探入，被火熱的氣息包裹住，像是要嘗盡我身體所有隱祕之處！

「麟兒！」

我的身體在他的火舌吞吐中已經燥熱不堪，我受不了地揪起他的長髮，他起身之時，臉龐深埋在黑色濕透的長髮之下，全身被他陰沉霸道和強勢的氣息包裹！

他覆蓋在我的身上粗重喘息，雙腿之間正是他粗壯的熱鐵，焦躁地跳動，像是迫不及待。

「呼，呼。」

他伸手忽然轉過我的身體，指尖撥開我身後的長髮，一口含住了我的後頸，一下又一下吮吸，帶著他的激情，瘋狂地掃過我的後背。他緊緊扣住我的手臂，在我趴上冰涼的石壁之時，他悶哼一聲，貫穿而入。

隨著他強勢的舉動，他的身體也微微緊繃。

他雙手環過我的身體，緊緊握住我的前胸，開始慢慢抽離，每一分抽離都讓他的呼吸變得緊致，他的雙手發自本能地開始揉捏，一抓一握，然後，他又是用力一挺，重重撞入最深之處，將我們一起撞上面前的石壁，傳來他的一聲悶哼。

嘩嘩的水聲覆蓋了瀑布後的一切聲音，讓我們的世界反而變得幽靜，靜到只聽見我們彼此的呼吸與身影。

他再次慢慢抽離，卻又是重重頂入，他開始一下又一下撞擊我的身體，我感覺到了他心底的掙扎。他不想殺月靈，但他為了我開了殺戒。

這讓他痛苦，讓他自責。

可是，他一直強忍，讓自己保持平靜，因為他怕自己的情緒會因為失控而崩塌。所以，他才會面無表情，他必須要冷靜下來，他知道，只要自己片刻的猶豫和心軟，他會和我一樣前功盡棄。

我感受著他的撞擊、他的占有，他想和我融為一體。因為，他害怕失去我，宛如失去我，會讓他的世界徹底崩塌。

他饑渴如狂，像是要把他的一切，連同他自己，也深深埋入我的體內，我們從此不再分離。

身體在他的撞擊中失去了控制的能力，隨著他的挺進而震顫，我深深喘息，握住他在我前胸的手，和他十指緊緊糾纏。我溢出呻吟，與他一起進入顛峰的快感！

在一聲悶哼之後，他抱住我的身體重重喘息，雙手緊緊圈住我的身體，像是要把自己和我從此黏在一起。

他的呼吸在水聲中漸漸平穩，緩緩恢復平靜，他輕輕啜吻我的後頸，充滿依戀地緩緩離開。

我在他身前轉過身，撫上他水濕的身體，他深深看我，深吸一口氣吐出淡淡的微笑：「對不起，師傅，讓妳擔心了。」

「知道就好……」我撫上他真正平靜下來的臉：「心裡平靜了？」

他的黑眸劃過一抹歉意，平靜地點了點頭。我拂開他遮蓋在臉上的濕髮，他俯下臉，在我的眉心輕輕一啄，深深抱緊了我。

「師傅，妳怎麼讓月靈成神？」他擔心地在我耳邊輕語：「是我殺了她，我願意贖罪，我也願意用我的命還她，你不用感覺虧欠她，替我補償她。嫦嬌因為愛聖陽而害妳，月靈愛的是大師兄，如果她知道大師兄愛的是……」他頓住了話音，一時無法說下去，放開我時臉上是心煩意亂和異常憂慮的神情。

我看著他那副焦急的神情，笑了，邪氣再次浮上我勾起的唇角：「擔心什麼？月靈現在的目的，只有一個，就是助天水成神，等天水成神，哼，我已經完成復仇，永遠消失了……」

「師傅妳什麼意思？」鳳麟立刻扣住了我的肩膀，眸光陷入巨大的慌亂與恐懼，我從未見過他露出這樣恐慌的表情，那像是失去我會天地崩塌的神情，我的心浮出絲絲的甜意，壞笑地捏上他的臉：「放心～～無論我去哪兒，都會帶上你，到時就讓天水自責去，讓這裡所有想找我復仇的神，因為找不到而鬱悶去！哈哈哈哈——」想到那群人想找我復仇，卻捉不到我，心情格外地好！

鳳麟在我的大笑中，露出了久違的安心神色，從知道有人降臨在我身邊時，他很久沒有這樣安心地微笑了。

我看著他的微笑，嘴角依然邪邪勾起：「鳳麟，你是誰？」

他的笑容登時凝固在臉上，驚訝看我：「師傅妳不信任我！」他的黑眸登時陷入被我懷疑的痛苦，他一把抓起我的手按上他赤裸的胸膛，裡面是他激烈的心跳：「師傅如果覺得我可疑，現在就可殺了我！」

我無法再笑下去，原本，只是想逗逗他，看看他的反應，而現在我後悔了。他是那麼地愛我，愛到可以為我改變他做事的原則，愛到可以隨時讓我取他的性命。

我深深看他：「我怎會不信你？若是懷疑你，剛才又算什麼？」

他怔住了神情，我按落他的心口：「但是，你身上有個封印，應該是連你自己也不知道，我想進去看看，你讓我看嗎？」

「我身體裡有封印？怎麼可能？」他果然也很吃驚，忽然，他的眸中浮出巨大的恐慌：「難道，我是聖陽？不，不！」

他竟是比我更害怕自己是聖陽。

「不會的。」我淡淡微笑：「聖陽那性格，是不會變的。別怕，讓我們一起揭開這個祕密，麟兒，無論封印後面是什麼，我希望你知道，我依然愛你。」

他的黑眸登時一顫，眸光收緊時，他的唇已經重重壓在我的唇上，用力的吻，像是訣別，我被他內心過度的恐慌與擔心弄得哭笑不得。

他緩緩離開我的唇，像是害怕當祕密揭開後，他無法再留在我的身邊，吻我，碰觸我。他眉峰收緊，握住了我的手，目露堅定：「開始吧！」

獲得他的允許，我閉上了眼睛。

那是一種守護神咒，只有在遇到襲擊時，才會反抗。所以這一次，我比較溫和地進入他的身體，進入他的意識。

他的意識空間，很美，像迷人的夜空，懸掛著無數個如同星星的水晶，有的星星大，有的星星小。星星之中，包裹著他和我在一起時的回憶，那些最大的，最亮的星星，全是我。

我的心，因此而感動。

在這裡，我可以更加真實地，直觀地感受到他對我的珍愛和珍視。

「師傅，妳教我咒術的事，真的不能告訴仙尊爺爺嗎？」星星之中，還是六歲的、稚嫩的他。

那時的他是那麼地好騙，不由笑起，我可真壞，居然騙這樣的小孩子。

星星裡的我那時還被封印在法陣之中，法陣中的我邪邪看他：「如果你敢說出去，爛小雞雞！」

六歲的他嚇壞了，匆匆拉開褲頭看一眼自己的小雞雞，肉嘟嘟的小臉被嚇成了青白色：「沒有了小雞雞，我怎麼尿尿呢？」

「用屁股啊。」法陣中的我壞壞地說。

登時，他呆呆的小胖臉上，滿是混亂：「可是屁屁不是用來拉臭臭的嗎？怎麼可以尿尿？」

「但你小雞雞爛了啊。」

他登時哭了：「我不要爛小雞雞，我不要用屁屁尿尿，啊……我不會告訴仙尊爺爺的……」

我記得，那天，他哭了很久，很長一段時間，他來找我都是面色緊張，深怕被仙尊爺爺知道，爛了他的小雞雞。

其實，清虛已經知道了。

「師傅！請妳把衣服稍微整理一下！」

另一顆星星裡，傳來他少年略帶一絲哽啞的聲音，我朝那顆星星伸出手，它已飛落我的面前，星星中，是他十四歲帥氣的模樣。他十三歲時，已經帥氣逼人，那時的他，下巴比現在還要瘦削一些，如同瀑布一般的黑髮披散在頸後，頭頂綰成一個小髻，用淡藍色的透明絲帶綁起，衣衫飄揚，髮帶飛揚，勃勃英姿，意氣風發。

我的腦中還清晰地記得那天的情形，他宛如一夜長大般，忽然在意起我那算是暴露的穿著。之前，他從未在意。

我還記得那時我在法陣中好笑地看他有些發紅的臉，然後橫白他：「呿，我又不是第一天這樣穿，你也不是第一天認識我，你沒看見我是個囚犯嗎？我上哪兒去弄衣服？」

他紅著臉半天不說話，抿了抿鮮紅欲滴的雙唇，側開臉，玄黑的眼珠兒水光盈盈顫動。

我將他從頭打量到腳：「嘖嘖嘖，難道是長大了，不好意思看師傅的身體了？」

他的身體登時一僵，紅著臉轉回頭氣鬱瞪我：「我才沒有呢！師傅長得再好看也是妖！也只是一副臭皮囊！」

我在法陣中一挑眉：「謝謝啊，原來你覺得師傅長得好看～～～」我邪邪地勾唇笑了，而他的臉，更紅了……

「沒有！我沒說！」他大聲狡辯，我壞壞一笑：「說謊是要爛雞雞的！」

他的臉瞬間由紅轉黑，雙手環胸甩開臉：「哼！說謊才不會爛雞雞呢，我已經長大了！我將來還要娶老婆！」

「娶老婆？噗嗤！」我好笑地看他：「小小年紀已經想娶老婆了？這是有喜歡的女孩了，說給師傅聽聽，師傅也想看看我的麟兒會喜歡怎樣的女孩？」

他的身體登時變得僵硬，鼓鼓臉，轉身更是背對我：「我不會告訴妳的，等我長大了，妳就知道了！」說完，他拂袖離去，倉促的背影更像是逃跑。

而他，沒有說謊。

在他長大後，我知道了他心裡喜歡的女孩兒，原來是我。

我從回憶中緩緩離開，嘴角已是不由自主地壞壞上揚，臭小子，那時候一定在想不好的事情。哼。

環視周圍，他的心裡，滿滿地裝著我，他把自己徹底敞開在我的面前，他做到了對我的誓言，絕不欺騙我。

我向更深處走去，保持自己的平靜與溫和，以免激發那個封印。

漸漸的，我看到了熟悉的紅光，星星漸漸稀少，黑暗的、暗沉如深深宇宙的空間中，出現了一扇巨大的紅色光門，門上是我無法辨別的符咒。

這一定是自創的符咒，我輕輕地撫上那閃閃的紅光，絲絲溫暖映入我的手心，心底卻莫名地感動，甚至我的眼眶也漸漸濕潤。那不是神的力量，不是世界上任何物種的力量，我感覺到了，因為感覺到而落淚。

那是父親、母親，想要保護自己孩子的，強烈的愛的力量。

愛，是這個世界最強大的力量，是這個世界中，連真神都不容破壞的神祕力量，所以，愛，總是能屢屢創造奇蹟。

那淡淡的溫暖的紅光像是在對我輕輕述說，告訴我，這道封印是對麟兒愛的守護，而不是傷害。無論封印後面藏著什麼，都不能因為一時的好奇而去揭開，一旦揭開，會給麟兒帶來不可預計的可怕後果。

我收回了手，無論麟兒是什麼，都不重要了。因為，我和他的父母一樣愛著他，所以，要守護他。

我忽然明白麟兒為何能感應到我了，這道封印下，封印了一股強大的力量，而他對我的愛，和封印上留下的愛產生了共鳴，才增強了他的力量。

麟兒的父親母親，是想讓麟兒以人類的身分，無憂無慮地、平平安安地生活下去。

我應該成全他們的心願。

我還記得麟兒母親的樣子，是我在清虛的回憶中看到的。她是清虛的師妹，但後來離開了崑崙，有人說她和妖私奔了，但是，清虛一直沒有相信。

然後，她忽然有一天又出現在清虛的面前，懷裡抱著一個小小的嬰兒，那就是……麟兒……在她把麟兒託付給清虛之後，她躺落在清虛的懷中，慢慢死去。她在臨死前，什麼都沒有告訴清虛，讓鳳麟的身世隨她的死，成為永遠的祕密。

她用她的死，守護了自己兒子的平安。

她臨死前，只說了一句：「好好照顧麟兒，讓他平平安安活下去……」

眾神降世，沒有父母，他們永遠都不會懂得在世間，愛是多樣的，是廣闊的，是偉大的，世間的愛，才是真正的大愛。

大愛，不是愛所有人，而是讓別人也從你的身上學會如何去愛。

我在鳳麟母親的愛的面前，第一次明白了慚愧這兩個字，我們神的愛，真是太狹隘了，所以，才會容易陷入心魔。

我從鳳麟的意識中緩緩退出，水簾外的陽光已經燦爛明媚，他緊張地看著我：「師傅，怎樣？」

我對他揚起微微一笑：「沒事，是我弄錯了。」我伸手抱住了他的身體，埋入他的胸膛，就讓這個祕密一直留在麟兒的體內吧。

「弄錯了？」

「嗯，弄錯了……」

我們再次相擁，我在他胸前壞壞地笑了：「你真的不介意我看到了你所有的回憶？」

「呵……我的所有回憶基本是和妳在一起，其他也是在崑崙修練，沒有什麼可瞞妳的。」他放開我，和我微微拉開距離，撫上我的臉，在陽光中清澈而乾淨地微笑。

我瞥眸看他：「真的？那你十四歲那年，忽然在意我的穿著，是為什麼？」

他的臉騰地登時紅起。

我看著他邪邪而笑：「嗯～～～？果然有祕密，我再進去看看。」說罷我作勢要鑽進他胸口，他慌忙按住我的肩膀，側開臉：「該去和大家會合了。」說罷，他視線閃爍地轉身，握拳輕輕一聲：「咳。」

我忽然覺得他好可愛。

「麟兒！我們再來一次吧～」我猛地撲上了他的後背，他往前一下子撲倒：「啊！」一聲撲出了瀑布，我們再次一起沉入深潭。

當我們和朝霞他們會合時，他們已在青城高空。天水也已經清洗乾淨，誰也看不出他清晨曾與鳳麟打過架的痕跡，也不會知道月靈其實已經死了。

月靈遠遠看我和鳳麟一起回來，放心地笑了。

天水始終垂臉沉默不言，無人知道昨晚他其實重傷不起。

「就差你們了，你們兩個孤男寡女又去哪兒了？」麒恆半瞇桃花眼壞壞地看我們。

我看向別處，正好看到眸光深沉的御人，他啪一聲打開摺扇，微微遮臉，眸光漸漸帶出一絲笑意。

忽的，鳳麟握住了我的手，我一驚。比我更驚訝的，是崑崙七子所有人，他們像是驚世駭俗地盯著鳳麟握住我的手，這在男女授受不親的世間，而且，還是男女關係更加嚴格的崑崙山，是更加不允許的！

月靈驚訝地看了看，噗嗤笑了。

天水的目光也落在鳳麟握住我的手上，但神情卻異常平靜。

「我想告訴大家，我鳳麟，」他俯臉朝我深深看來，不再掩藏他對我的深情：「要娶她為妻。」

我怔怔地看著鳳麟，他深深地凝視我，緊緊握住我的手，與我十指交纏，宛如一直纏到天荒地老。

我笑了，瞥眸看向驚呆的所有人：「大家來喝喜酒哦～～～」

登時，大家回神，紛紛唏嘘。

霓裳落寞地低下臉，朝霞祝福地看著我們：「祝福你們，只可惜我們崑崙少了你們，實力也會受到影響。」

「哎呀呀～～看來有人是真的沒戲了～～」麒恆陰陽怪氣地到摺扇慢搖的潛龍身旁，潛龍淡笑不語。因為御人並不把鳳麟放在眼中，如月靈所說，他們把凡人不過是當草芥，他現在心裡，八成以為我還是在玩弄一個凡人。

麒恆摟住了潛龍的腰，御人登時擰眉，眸光轉冷，麒恆靠上潛龍的肩膀：「看來你還是只能跟我在一起了～～～」

「滾！」御人一腳把麒恆踹開，麒恆哈哈哈後退。

朝霞看向一直安靜的天水，目露疑惑：「大師兄，你怎麼不說一句？你跟鳳麟是最要好的。」

月靈在朝霞的話中也微微垂臉，浮出絲絲擔心和嘆息。

天水的神情恍惚了一下，緩緩看向我們，露出一個淡淡的微笑，目光甚至都沒落在我們的身上：「祝福你們。」他低聲說完，轉身：「該走了，我們快遲了。」說罷，他轉身御劍而去，那把劍是一把普通的劍，但是，他用神力偽裝成了自己那把震碎在我震天錘下的仙劍。

「大師兄！」月靈匆匆追上。

天水的平淡和反常引起了朝霞和麒恆疑惑的目光，麒恆壞壞一笑：「難道大師兄喜歡鳳麟？鳳麟要成婚了，所以他那麼失落。」

「你這張嘴到底會不會好好說話？」朝霞生氣看他：「不要亂開玩笑！」

「哈哈哈！我去問問！」麒恆壞笑地飛向天水。

朝霞生氣地追他：「你不要去煩大師兄！」

霓裳微笑地看著我們：「祝你們幸福。」說罷，她也轉身匆匆離開。

雲天之中，只剩下我，麟兒和御人。他摺扇慢搖地看我們，鳳麟沉沉看他，他推上鳳麟的胸膛：「你先走。」

「師傅！」他急急看我。

「走！」

我緊緊盯視御人，他也只是盯著我，從不把鳳麟放入眼中。

鳳麟擰擰眉，轉身飛離。

我揚笑看御人：「我成婚你打算送什麼賀禮？」

「娥嬌呢？」他明知故問，眉眼含笑，眸光卻越發深沉。

我瞥眸看他一眼，單手扠腰邪邪勾笑：「嫌礙眼，殺了。」

唰的一聲，他收起了摺扇，笑容深沉：「說殺就殺，魅兒是不是有點任性了？」

「哼。」我好笑看他：「這句話，廣玥好像也說過吧，我還以為你會跟廣玥有什麼不同呢。」

他雙眸瞇起，眸光緊了緊，隨即再次唇角揚起：「只要魅兒高興，那……娥嬌的魂呢？」他嘴角含笑深沉看我。

我瞥眸邪邪而笑：「怎麼？原來你也是娥嬌的老情人嗎？」

他的神色登時一緊，手中的摺扇也緊貼在微微有些僵硬的胸前。

「哈哈哈哈——」我大笑地揚長而去，笑聲在雲天下久久迴盪……

第六章　貪婪的人心

今天的蜀山，仙氣滿滿。

所有修仙子弟在今天齊聚蜀山，參加三年一度修仙界的盛會，仙法大會。

雖說友誼第一，比賽第二，但誰甘願輸於他人，更別說還會影響自家門派的聲譽。所以，仙法會的比賽，會是相當的激烈。

天水帶隊的崑崙七子臨近蜀山之時，已遇絡繹不絕的修仙子弟。他們似是認出了崑崙七子，紛紛在空中駐足。

「快看！是崑崙七子！」

「今年一定要贏他們！」

「他們當中也就天水和鳳麟厲害，其他人，哼！不值一提。」

「呿。」我好笑地瞥他們一眼，全是些不自量力的東西。

他們立刻橫眉怒目，低低碎語。

「什麼態度？」

「就是，自以為了不起。」

「那女的好像不是崑崙七子啊，沒他們朝霞、霓裳漂亮。」

朝霞擰擰眉，其餘人也只當沒聽見地繼續向前，漸漸的，已見七彩霞光。

我停在霞光前，這是一個無比巨大的結界，罩住了整座蜀山，這個結界力量非常強大，妖魔難進，這便是阻擋焜翃的牆壁。我本以為除他妖氣，他就能進入蜀山，沒想到蜀山還有如此強大的結界。

這樣的結界不是凡人可以造出的。

結界之內，不是像崑崙那般的浮島，而是一座巨大的仙城。

整座仙城懸浮於蜀山山頂，宏偉壯闊，凡人無法可見。仙城城門高築，參天的城門上是代表太陽的聖陽，和代表月靈的娥嬌的神像。

看見聖陽的神像只覺刺眼，而他身邊的娥嬌，已經被我做成泥人在樹林裡，從此日曬雨淋。

大家停在仙門之前，天水回頭朝我看來，鳳麟也正好看我。天水看看他，再次轉回頭，鳳麟伸手揮斷我盯視聖陽神像的視線：「師傅，可不能拆了他們的門。」他半開玩笑地說。

我收回目光邪邪一笑：「你不提醒，我還真打算這麼做。」

「啪。」御人又摺扇慢搖地飄到我身邊，張頭探腦故作不看我：「居然把聖陽和娥嬌放在一起，世人真是，哎，這不是拉低聖陽的神級嗎？」御人連連搖頭。

整座仙城在雲霧繚繞之間，宛若降臨人間的仙宮，瓊樓玉宇，亭台樓閣，雕欄玉砌，精美空靈。

一望無盡的仙城處處可見白玉的廊橋，純淨的白色給這座仙城更添一分仙氣。

劍仙紛紛御劍而下，天水也帶大家一起飛落，降落在仙城門前時，才發現地面也是白玉石，這塊巨大的白玉托起了整座仙城。

白玉的地面上精雕細琢，隱隱的藍色仙力流淌在白玉之中，這才是這整塊地面可以懸浮於空的原因。

看著地面，我備感熟悉。

「熟悉嗎？」御人在我身旁掩唇低語。

我細細想了想，恍然想起，這是上古神玉。

神族的宮殿一般都是由這樣的玉石所建。當年神族大戰，宮殿遭到破壞，有不少神玉墜落人間大地，這塊應該是一座宮殿的底座。

原來它落在蜀山，蜀山又在它上面造了現在的仙城，難怪蜀山的結界會那麼強大，是因為這塊神玉。結界的邊緣正好與神玉相連，是神玉的神力，加強了蜀山的結界。

腳下的地面溫暖起來，它感應出來了，它感應到了我的身分。

仙玉已有靈性，能辨人妖仙鬼，你只要踩在上面，它即知道，更莫說是上古神玉。以它的年紀，它應該已有玉魂。

玉光微微在我和御人腳下閃爍，我感覺到了它的興奮，它果有玉魂。

「大家都進去吧。」朝霞提醒，眾人紛紛上前。

我轉身看一眼身後，心語傳出：「小竹，焜翃，你們在哪兒？」

「主子！」

「娘娘！」

「我們就在蜀山腳下。」他們異口同聲地回答。

我眯了眯眼：「好，等著我，我來接你們。」

「是！」

我看向鳳麟，他正看我：「我稍後下山去接小竹他們，你不用跟來。」

「嗯。」他點點頭。

轉眼，我和天水等人已經在蜀山參天的仙門前。

「是崑崙七子！」

「看！是崑崙七子！」

一聲聲驚呼從兩旁而來，我們在萬眾矚目的目光中走向大門。

門前站有迎接的蜀山弟子，他們身上是和冀平一樣深棕色的仙袍，而蜀山女弟子的仙裙是爽目的翠綠色。

那些女弟子看見天水他們，已經目露喜色。

「好久不見。天水。」一俊美男子迎上天水，身後是若干蜀山男女弟子跟隨，一起相迎，可見蜀山對崑崙七子的重視。

為首的蜀山弟子英俊之中雖帶一絲清秀，但絲毫不影響他沉穩的氣度，器宇不凡，張弛有力，他向天水拱手：「等你好久了，今年我不會讓你。」

天水看他一眼，淡笑回禮：「承讓。」

「請！」他隨即看向我們所有人：「今年也請大家承讓了。」

「承讓。」站在我們身前的朝霞、霓裳和麒恆一起拱手回禮。

他看見了我，目露疑惑：「這位是……」

天水回頭，看我時，眼神依然帶著閃爍：「她是嫣紅，嫣紅，這位是蜀山首席大弟子赫連。」

我無趣地白天水一眼：「我沒興趣。我下山一趟，你們不用等我。」說罷，我在赫連發怔和他身後各異的反感目光中直接轉身，一把帶走了御人手中的摺扇，他瞪大眼睛看我，我瞥眸勾唇：「借我用用。」說罷，我躍起身，喚出月輪。

「那是什麼？」

「好漂亮！」

「赫連師兄～別介意，她在崑崙可是也不把我們放在眼中的～～」飛起之時，身後是麒恆陰陽怪氣、冷嘲熱諷的聲音。

我來這裡不是來參加仙法會的，蜀山的誰誰誰、蓬萊的誰誰誰，還是哪個洞、哪個山裡的誰誰誰，關本娘娘屁事。

老娘來這裡，哼……我咧開嘴陰森地笑了，回眸凝望蜀山仙城深處被更多結界圍繞的一座樓宇，那裡，一定有不少好吃的～～

哈哈哈——

御人，你肯定猜不到，我來這裡，是為了給你送葬！

我一直沒有好好恢復神力，也是為了把御人引到此處，只有我的力量讓他覺得不足為懼，他才會如此悠閒自在地跟在我身邊，他也自認為可以時時掌控我的動向。

這一次，我要讓他這個人類之王，人精之精，失算一次。

❖

一飛沖天之時，忽見夕陽紅日。巨大的紅日染紅了面前的雲海，恰似一片無邊無垠的血海在我的腳下翻湧。

一絲不祥掠過心頭，我俯看腳下洶湧起伏的血色雲海，紅日凶光，雲似血海，這是人間將有禍亂的天象。

我懸停在這血色的雲海上良久，睜眸凝視著那血紅的落日，耳邊只有靜靜的風聲：「咻～～～咻～～～～～」

沒想到，人間又要有戰亂了。

我從雲海落下，已見蜀山腳下瀑布竹林。

我打開手中摺扇，扇面上現出了君子清俊面容。他在扇面中只有黑白二色，絲絲長髮如同水墨畫般在扇面上飄揚。

「有何吩咐，娘娘？」他平平淡淡地說，神器都與自己主人神思相連，我現在對他說話，御人也會知道。

「沒什麼，看看你～不行嗎？」我點上扇面上他的鼻尖，他的雙頰登時浮出淡如雲煙的墨色，我登時大笑：「哈哈哈──你還是那麼會害羞，你主人可是比你厚臉皮多了。」

君子窘迫地側開臉，半垂眼瞼：「娘娘請勿再開玩笑了。」

我邪邪地揚起嘴角，繼續戳他的頭，他只能側開臉，不敢阻止我。

「主子！」

「娘娘！」

小主和焜翃的呼喚傳來時，我停下了手，扇面上君子的臉露出一抹輕鬆，呼的一聲鬆了口氣。

我看落他們，焜翃目露激動，我邪邪一笑：「什麼都不要說，跟我走！」我甩出手中摺扇，大喝一聲：「收！」

立刻，墨色的黑霧從扇中噴薄而落，罩住了小竹和焜翃，下一刻，濃霧迅速收回扇中。我收回扇子看落，扇面的山水之間，有兩個小小的人影正好奇地打量四周。

我笑了笑，唰的收起摺扇返回蜀山。

夜色之中，星光燦爛，浪漫的夜空之下，是那座美輪美奐的仙城。整座仙城建於那塊巨大如同陸地的上古神玉之上，神玉在月光的照射下，散發瑩瑩的玉光，讓人宛如走在夢幻的世界之中。

我飛入那扇巨大的仙門，再次停下身形，凝視仙門上聖陽威嚴的臉龐。世人憑著自己對真神的想像，雕刻了聖陽的神情，其實，聖陽從沒如此威嚴過。他的臉上，只有暖人和慈愛的微笑，他的溫柔沐浴著神族的每一個人。

「看！是崑崙那個叫什麼嫣紅的！」門內的下方傳來了女孩不屑的聲音。

「是那個不懂禮數，對我們大師兄不敬的那個崑崙弟子？」

「哼！崑崙有什麼了不起的，居然還說我沒興趣，這是擺多大的譜啊。」

「麒恆師兄說了，就她一人這樣，在崑崙她連他們崑崙七子都不放在眼裡呢。」議論之聲，不絕於耳。

我沉落月輪在她們上方，冷冷俯視她們：「妳們很閒嗎？」

她們一驚，紛紛冷笑白眼：「妳很了不起嗎？還是想吸睛啊。」

「哼。」我邪邪地咧開嘴角，抬起右手之時，神力在指尖纏繞：「妳們知道，我為什麼對妳們所有人沒興趣嗎？」

「誰要妳有興趣？」

「對！誰稀罕！」

「少臭美了！」

我好笑地看她們：「那妳們剛才還在說什麼？」

她們登時語塞，無言以對讓她們變得更加生氣：「妳跩什麼？仙法會上有妳好看的！」

「沒錯！姊妹們別生氣，我們在仙法會上好好教訓她！」

「放肆！」忽的，摺扇從我的右手飛出。登時，墨色的仙袍垂落夜空，長長的衣襬如雲如霧一般翻滾，又如一朵墨色在他腳下綻開。

君子威嚴地立於我的身旁之時，驚得那些丫頭目瞪口呆。

「對娘娘不敬！收！」君子赫然揚手，黑袍掠過夜空。我微微擰眉，啪！一個響指，時間靜止，萬物凝固。

神力化作一縷黑煙飄過那裡每個女孩的面前，我瞥眸看君子：「也沒見你那麼效忠你主子，你這是想給我惹事，讓眾神知道好來抓我嗎？」

君子的臉上又浮出淡淡的薄紅，化作人形的他，有了人的顏色。他立刻恭敬垂臉：「主子交代，要好好保護娘娘。」

「回去！」我嫌煩地看他一眼，他立刻化作摺扇回到我的手中，我點點他的黑色扇骨：「別再多事！」

我飛落那些女孩子的面前，掃視她們，輕笑：「哼，妳們這群蠢丫頭，還不躲遠點？只要與我牽扯上半點關係，無論是好還是壞，都沒什麼好結果，我若對妳們的大師兄有興趣，才是他的大麻煩～～～蠢。」我幽幽飛離，飛遠之時，啪的一個響指，打在耳邊，那些女孩將不再記得剛才的一切。

月靈的事告訴我，即使與我沒有直接的聯繫，但依然還是受到了我的牽連。只要是我身邊的人，無論熟與不熟都會陷入危險。並且，潛龍還陷在危險之中。

所以，蜀山這邊告一段落後，我會徹底離開崑崙，那裡已經不再安全。我如果再留在那裡，也會給整個崑崙帶來危險。

❖

崑崙七子被安排在東臨閣居住，我沒有去東臨閣，而是直接往蜀山深處那散發暗紫色光芒的法陣與結界飛去。

那裡封印、法陣、結界越多，說明關的東西越厲害。

哼哼哼哼，哪座仙府沒一兩個千年老妖？不然，他們自己也覺得沒臉。

仙府之中，可是以關押千年老妖為傲，這才能證明仙府的實力。崑崙的弟子出去，每每是用我來吹噓，我在崑崙的這三千年裡，可幫崑崙長了不少威望。

我還記得在崑崙舉辦仙法會時，蜀山和蓬萊那些弟子總想偷入鎖妖塔來圍觀一下我。真是可笑。

尚未靠近那些光芒閃耀的法陣，我已經感覺到強烈阻止人再前進的力量。法陣之中，是一座高聳如雲的樓閣，樓閣的牌匾上，是三個朱砂的字——鎮妖閣。

無數法陣環繞樓閣，樓閣的結界也因跟上古神玉相連而威力巨大。

蜀山全靠這塊上古神玉。

啪！我打開摺扇，倒了倒，一團黑霧從扇面而出，焜翃和小竹站在我的身旁，還有點懵。我對著他們向鎮妖閣瞥了瞥眼，小竹和焜翃隨我的目光看去，焜翃登時面露激動：「娘！」他要衝出去，小竹揚手攔住：「冷靜點！」

焜翃無法冷靜地看小竹：「我娘在裡面！你讓我怎麼冷靜？」

我拿起摺扇就在他頭上用力一敲，啪！

「啊！」他抱住頭，痛得蹲下。

我白他一眼：「成熟點！這裡隨時會有各仙府弟子經過，而且，現在各仙府修仙弟子齊聚蜀山，我可不想為救你娘而跟他們開戰，浪費體力，現在不是時候。」

「那什麼時候……才是時候……」焜翊痛得話也說不連貫，嘶嘶地直抽氣。

我邪邪地揚起嘴角：「我說什麼時候，就是什麼時候。」我瞥眸看他們一眼，淡定地打開摺扇慢搖：「有人來了，變個動物。」

「是。」小竹老老實實變成一條小蛇，再盤在月輪上，他和焜翊身上妖氣已除，他們變成動物時，別人不會察覺他們是已經修練成人形的妖。

焜翊還在捂著頭抽氣，我擰擰眉，摺扇再次敲落他的頭頂：「快變！你這頭紅髮簡直在告訴天下人你就是妖。」

「知道了！」他摸著頭鬱悶地說。砰的一聲，他變成了一隻紅色的蜥蜴，竄上我的月輪，繼續用爪子摸著頭。

在他們變作動物之時，那人已到我的身旁，他看我一眼，微露一絲驚訝，但隨即彬彬有禮地對我一禮：「原來是嫣紅師妹。」

我看向他，原來是連赫。

他禮貌地對我說道：「此處是蜀山禁地，不可擅入，嫣紅師妹請回。」

「我只是好奇。」我說道，赫連的臉上也並無露出驚訝神情，可見以前也常有來此處好奇張望之人，我繼續說道：「在我們崑崙鎖妖塔下，封印了一隻三千年的妖物，所以，我好奇你們蜀山，是否也有這樣厲害的妖怪？」我瞥眸看他，挑釁勾唇。

連赫沉穩有度地對我微笑：「嫣紅師妹所說的，聽說一直也只是崑崙的謠傳，嫣紅師妹可曾見過？」

我故作語塞。

他笑了，眸光中帶出一分自得：「但我可是見過我大蜀山所鎮壓的妖物，他可是有萬年之齡。」

「不可能！」我好笑看他：「你們蜀山怎麼可能鎮壓得了萬年的精怪？」如果他說的是真的，那這座鎮妖閣裡鎮壓的就不僅僅是焜翃的母親了。我本以為焜翃的母親已是厲害，少說也有千把歲，又是龍族公主，力量定然比普通妖族厲害。沒想到，還關著一個一萬年的。

若有萬年妖物，我怎沒有察覺？

更何況，萬年的妖物，除了神族，區區蜀山這種修仙弟子，怎麼可能鎮壓得了？

「吹牛！你肯定是吹牛！」我不屑看他，他呵呵而笑，我雙手環胸邪邪而笑：「眼見為實，有種你給我看看～～」

他也笑得怡然自得，似是見過不少這樣激他的，他看向鎮妖閣想說話時，我不屑一笑：「你肯定要說未經仙尊允許，任何人不得進入是吧。」

他微露驚訝。

我不屑地瞥他一眼：「我想進去，誰也攔不住。本來，我還不想進去，現在你既然這麼說了，我真的很想看看，你說的萬年老妖，到底是誰？」我眯眸看前方層層法陣，沒有一個是上古神陣。這樣的陣法，在萬年妖怪的面前根本不堪一擊！

我驅使月輪上前，月輪上變成蜥蜴的焜翃登時躍到月輪最高處，伸長脖子，激動異常！

「妳到底是誰？」倏然，他攔在我的身前，目露戒備，深沉地打量我：「你剛才說的是『誰』，以前想來看的，只會說是什麼妖怪，『誰』只會用在相識之人，妳到底有什麼目的？」

我不由刮目再次看他，邪邪地笑了：「嘖嘖嘖，不錯啊，蜀山能出你這般精明的弟子也不易，能捕捉詞句間如此細微的差異，修仙可惜了。你若在民間為官，定能伸張正義，為百姓鳴冤，那樣你的功德將會更大，說不定還能更早成仙，留在這裡殺殺妖只會增加你的殺戮。」

連赫吃驚看我，我對他笑了笑，上上下下瞄他一眼，從他身邊飛過，他登時回神要阻止我，我啪的一聲打開摺扇，他直接被收入了摺扇之中。我拿起摺扇慢搖：「看看你們下面到底關著誰？」

萬年的妖怪，我必認識。

我看看左右，入層層法陣如入無人之境。

我落於鎮妖閣門前，收起月輪，小竹和焜翃跟在我的身旁，鎮妖閣前站有兩尊麒麟的石像守護，我走上前，兩尊石像登時動了起來，轟隆隆的抖動，麒麟斑斕的顏色瞬間浮現石像。它們一起躍落，凶狠看我，我仰起臉，蔑然俯看它們，它們對著我嗅了嗅，立刻趴伏在地，乖順如狗。

我勾唇一笑，踏上鎮妖閣的台階，白玉的台階隨著我的腳步而一層一層散發光芒，宛若在迎接我的到來。

鎮妖閣的大門是神鐵而鑄，厚重玄鐵的門上布滿神紋，整座蜀山的仙城真的仿造天宮而建，蜀山的凡人真是想成仙想瘋了，連清修之處也造成仙宮的模樣。可見其自大膨脹。

神鐵鐵門之間，是一隻饕餮的獸頭，他緩緩張開嘴：「口令。」

「口令什麼？」我厲喝。

他驚然睜大眼睛。

我傲然看他：「你老祖宗可是本娘娘的坐騎，你這種小輩，還敢跟本娘娘要口令！」

他目瞪口呆看我。匡噹一聲，厚重的神鐵之門，在我面前匆匆打開。登時，熟悉的美味撲面而來！

我邪邪地咧開嘴，看手中的摺扇。御人為人深沉陰險，偏偏用君子扇，君子扇是廣玥造出的一把品德最為高尚的神器，形若君子，言若君子，動若君子，心，更是君子。御人不輕信他人，所以，才拿了這把君子扇，因為君子扇是君子。

君子，不背信棄義，不聞言碎語，坦坦蕩蕩，表裡如一。

御人認為君子會與他彙報，但是，我反而覺得不會。因為，他是君子，他做不來小人，他永遠無法做一個合格的監視者。

所以，我不用擔心君子會在御人面前多語。

鎮妖閣內，法陣飄浮四處，有無數入口以迷惑你的眼睛。

但是怨氣豈是法陣鎮壓得住的？只有我可見的絲絲怨氣正從一些法陣中緩緩飄出，我深深嗅聞，蜀山真是關押了不少的妖族，而且還不論好壞，否則不會有那麼強烈的妖氣。

如此捉妖，遲早會有大劫。

嗯～～這次不知算不算是他們的大劫？

「娘！」焜翃急急躍向那些法陣，在那些法陣下慌亂而著急地徘徊：「哪個？到底是哪個？到底是哪一個！娘娘！」他又急急爬回我面前：「娘娘快救我娘！」他急得忘記變回人形，就看見他一隻紅蜥蜴到處爬。

我邪邪笑看他：「不急，到時我會全放出來送回妖界！」

他針尖的眼睛吃驚地收縮成了細針。

我掃視所有法陣，每個地方關押妖精的方法皆不同，蜀山這些法陣如同迷宮，讓你迷惑其中。

我沒有進任何一個法陣，而是往第二層走去，果然，第二層比第一層的還要複雜、繁多。但是，我無論如何感應，也感應不到一絲像是萬年妖怪的怨氣，看來是連赫在吹牛。

我決定離開，焜翃立刻咬住我的裙襬：「娘娘！救我娘！救我娘！」

「知道啦！別咬我裙子！」我登時厲喝，寒氣升騰，焜翃慌忙放開我的裙子，小心翼翼地瞟我，小竹婀娜地遊過他身旁，不屑地看他一眼：「幼稚。」

焜翃登時收緊紅眸：「嘶！」朝小竹吐出長長火紅的舌頭，小竹也立刻豎起身子，高昂舌頭吐出有毒的信子，一蛇一蜥蜴在法陣之間劍拔弩張。

「你們夠了！別吵！」我冷喝：「現在鬧出大動靜，就不是救你娘，而是跟崑崙一樣大屠殺了！」

焜翃怔住了神情，收回舌頭時不慎咬到，疼得捂住嘴。

我緩緩打開摺扇，倒了倒，立刻，連赫被倒出，傳來聲聲驚呼。

「啊！啊——啊——」他在法陣間胡亂揮手，不知道他剛才在畫中境裡進入了怎樣的迷境，像是被一群飛蟲圍攻一般。

「啊！啊！啊……」他緩緩回神，停下了驚叫，也停下了手，呆立：「鎮妖閣？我怎麼在這兒？」

「你說的～萬年老妖在哪兒？」我在他身後抬起右手，幽幽地問，神力在指尖纏繞，這裡真是我的糧倉！比崑崙可多多了！

他聽見我聲音驚然轉身，大吃一驚：「妳是怎麼進來的！」他猛然驚醒般更加驚詫地看我：「妳剛才對我到底做了什麼？」

我瞥眸看他，沉下臉：「廢話真多！我自己看！」我直接伸手，神力從指尖而出，直直闖入他的眉心，登時，我看到了鎮妖閣一層的密門，密門之後，是長長的白玉台階，然後通向一個更加巨大的法陣。

法陣之後，是一個男子的身影！

我收回神力，赫連脫力地跌落在地，我心中微微驚訝：「還真有！怎麼那麼平靜？」

就在我疑惑之時，腳下的地面再次閃現盈盈的神光，赫連喘息又驚訝地看我腳下的神光，我瞇眸看那神光閃爍，心中大驚：「難道是！」我立刻朝樓下躍去，小竹和焜翃緊跟其後。

「你也來！」我甩手甩出蛇鞭，拴住了連赫的雙手，拉起他一起躍落一樓，連赫跌跌撞撞跟在我身後。我站在密門前，密門上又是饕餮的獸頭。

他看看我，我瞥眸看看他，瞇起眸光，殺氣顯露，不想死就開門。

「你進不去的！」

連赫的話音未落，饕餮守護的密門已經打開，登時，連赫目瞪口呆！

「白痴。」小竹遊走過他的身邊。

「大白痴。」焜翃也冷哼一聲。

連赫又吃驚地看他們。

我拽了他一把，他跟著我走下白玉樓梯。立刻，神玉的光芒在我的腳下一層一層閃現，越來越快，如同神玉的心跳隨我的靠近越來越急速。

我站在那巨大的封印之前，神力灌入手心之中，毫不猶豫地擊碎封印！

「不要！」連赫驚聲大叫，封印在那一刻，砰的一聲炸得支離破碎！

破碎的封印後，現出了一個如同心臟一般的玉巢。巨大的玉巢懸掛半空，其中站立著一個剔透如玉的男子。他的全身被玉光籠罩，精緻的眉眼如同一尊白玉美男，與白玉一般的長髮披蓋全身，也如同工匠雕刻而成。

他看見我，便已經跪下：「闞璿拜見娘娘。」

「娘娘……」連赫驚訝地看我。

我在玉巢前漸漸恢復真身：「真的是你！你已修成人形？」

他點了點頭，精緻的眉眼微微帶笑：「闞璿已經修成人形。」

我感嘆地點點頭：「那怎會被人封印在此處？」

闞璿跪在玉巢中微微蹙眉：「若我離開，蜀山便會傾覆。」

「所以他們封印你是為不讓你離開！」

他看我一眼，默然點頭。

怒火登時燒上心頭，我冷冷看一旁看著我呆滯的連赫：「你們真是放肆！居然敢囚困上古神玉的神魂？他可是真神！你們算什麼東西？」

連赫在我的怒喝中驚然回神，吃驚地看向玉巢。

「他是晚輩，也不知真相。」闕璿平靜淡然地替連赫解釋，微笑看我：「娘娘可好？怎會在人間？」

「哼。」我輕笑搖頭，闕璿掉落人間時我還沒被封印，他也還是一塊神玉，確切地說，他是聖陽神宮前的一塊基石，我那時就住在聖陽的神宮裡。闕璿那時只能算是有靈性，連神魂也沒有完全修成。

「娘娘怎麼了？」他擔心地看我。

我單手扠腰，邪邪而笑：「不怎麼好，跟你一樣，被封印在崑崙山下！」

「妳！妳！」連赫指著我吃驚地結巴起來，今晚他可算是受驚過度了：「妳就是傳說中崑崙山下的魔！」

「放肆！她是真神魅姬娘娘！」闕璿生氣地揮手，登時，連赫腳下的玉石噌噌竄起，眨眼之間，他已被冰封在玉石之中，無法再動。

闕璿吃驚看我：「娘娘怎會被封印？」

心中黯然輕笑，真是曾經滄海桑田：「一言難盡，闕璿，我需要你的說明，事後你隨我離開吧。」我認真看他，神玉本不該留於世間，更不該被人霸占。闕璿是神玉之魂，本就純淨善良，人類即便不囚困他，他也會留在原處，默默保他們平安，守護是玉的本性。

他們為永久霸占闕璿之身，竟囚困闕璿之魂，實在可惡！實在貪婪！也實在是笨！憑他們那個法陣，怎能困住闕瓚？

闕瓚只是自願留下罷了。

闕瓚久久不言：「娘娘，若我離開，蜀山不保，當年他們封印囚困我雖然可氣，但其他人並不知，後輩是無辜的，世世代代下來，我也已經習慣……」

「你是塊石頭你當然習慣。」我受不了地看他，「以前你也是塊石頭，在神宮下面，千千萬萬年也不會悶。我也相信你在蜀山鎮妖閣下再待上千千萬萬年也沒問題，但是，闕瓚，你已經修成人形，該修修人性了，你不能永世做一塊石頭，無心無性。」他沒有心性，也就沒愛恨惡欲，也難怪他在此處如此平靜

他看向我，目光發怔。

我轉臉看看連赫，所以說，財不可外露，連赫只是為炫耀說了一句，我方能見到闕瓚。若他不說，我或許只會救了焜翃的娘親而不知他被囚禁在蜀山山下，做蜀山仙城一代又一代基石。

我該謝謝連赫，他是我與闕瓚相見的契機，有了闕瓚，我更有把握。我的嘴角邪邪揚起，轉回臉看玉巢中的闕瓚：「闕瓚，我要在你身上刻一道封神法印。」

「是。」他老老實實起身。

我還沒問他是否願意，他已經答應，到底是塊石頭，沒什麼心眼。

他提袍走下玉巢，神情平靜地走向我，絲絲泛著玉光的髮絲在他行走時，多了分輕盈。

他站到我的身前時，自然而然地解開了衣帶，毫不避諱地打開了衣衫，登時柔柔的玉光從打開的衣衫內湧現出來。

「啊……」小竹和焜翃同時驚嘆出聲，兩個人的眼睛都是拉直的狀態，泛著像是闕璿身上的玉光。

玉成的男子，體膚完美無瑕，光潔滑膩，真正的冰清玉潔，無人能及。

晶瑩剔透的玉體散發自然的玉光，皮膚飽滿，色澤光潤，如同瓊脂，胸口的玉珠也不是常人的粉色，而是和他的身體一樣，圓潤如玉。沒有像鳳麟那樣的肌理，但玉般緊繃的肌膚，同樣讓人目不轉睛，愛不釋手。

他已修成人形，但是他的心，還是一塊玉。玉說到底，還是石頭，不然，他也不會如此平靜地在我面前寬衣解帶了。

黑色神力纏繞指尖，我抬眸看向他線條柔和淺薄但精緻的容貌：「會有點疼，你忍忍。」

「嗯。」他欣然接受，眨了眨杏仁般的眼睛，玉光在玉色的眸子裡盈盈顫動。

他是上古神玉，被雕被鑿也已經習慣了，但是，那時的他，只是塊石頭，沒有痛覺，現在，就不是了。

我開始伸向他剔透冰瑩的頸項，身下的小竹和焜翃忽然異口同聲地說：「娘娘！溫柔點！」

我擰擰眉，邪邪地笑了，俯看他們：「怎麼？心疼？」

小竹小心翼翼看我一眼，低下蛇頭不敢說話。

焜翃傻頭傻腦地點頭：「他太完美了，妳、妳可輕著點。」

「知道啦～～～」我在小竹和焜翃分外緊張和疼惜的目光中，神力落在闕璿的玉膚上，登時刻出一道淡淡的痕跡。

「唔！」闕璿發出一絲呻吟，他微微擰眉，忍住疼痛。

「娘娘輕點！」小竹和焜翃又是異口同聲。

「閉嘴！」我橫白他們一眼：「你們懂什麼？玉不琢不成器！」我已經夠輕了！但誰讓闕璿修成人形，知了疼痛？我要用闕璿的神玉之身，加強法陣的力量，就不信困不死御人！

而且，我在他身上刻下神紋，對他來說也是件大大的好事。他是玉，所會的咒術也會被本身限制，有了這身神紋，他便成了神族的囚籠，他可以困住任何一個神族。神界只會留有用之人，這樣他將來在神界才有立足之地，而不會被人嘲笑只是一塊石頭。

當年，他不過是一塊基石，像他這般的基石無數，所以他掉落時，也無人將他找回。但是，因禍得福，現在在神界做基石的，還在做著基石；而他，在蜀山慢慢感受人性人心，酸甜苦辣，悟道修成了人形。

我的手指隔著空氣在闕璿的頸項上停了停，看小竹和焜翃：「這件事不許讓鳳麟知道！」

他們一怔，小竹強忍笑容低下臉。

「噗嗤！」焜翃那白痴一下子噴笑而出，但又在我陰沉的眸光中強行忍下。

神力再次彙聚指尖，我開始聚精會神在闕璿身上刻下封神神紋。闕璿擰緊眉，側開臉，強忍我給他帶來的絲絲灼痛。

想困住御人，是很簡單的，但是，這一次，稍稍不同。御人的神身沒有降臨，所以，當我和他大戰時，他神身必會降臨，而那時，廣玥和嗤霆、殷剎也會同時有所感應。以我現在的力量，做一個結界封住和一個神戰鬥已是勉強，如果廣玥、嗤霆、殷剎再來，我的結界必被他們所破。

所以，我要借助更堅固的力量，就是闕璿的身體，他可以替我擋住廣玥、嗤霆和殷剎的進入，讓我可以把御人收拾掉！

神紋從闕璿的頸項而下，刻上了他的胸口，他的胸膛起伏了一下，他沒有呻吟出聲，反是小竹和焜翃在一旁連連抽氣。這兩隻東西，居然被闕璿的身體給迷住了，他們也是見過真神的人了，現在像兩個花痴，真是太丟本娘娘的臉了！

「娘娘，鳳麟是誰？」闕璿像是為轉移疼痛，自己說起了話。

我也知他痛，耐心地說道：「我男人。」

「娘娘的男人？可是娘娘不是和聖陽大帝……」

「噓——」小竹立刻噓了一聲，闕璿俯下臉看小竹，綠光閃過小竹的身體，小竹化作少年小心翼翼地說：「娘娘就是被聖陽大帝封印在崑崙山下的，你別問娘娘聖陽大帝的事了，她會打人的！」

我登時陰沉地瞥眸看小竹，小竹眨眨眼，僵硬地低下臉。

我收回警告的目光，指尖畫過闕璿的肚臍而上，這是在畫神紋，稍有差池，結界便無法啟動！

「娘娘，妳該不是為了摸他所以說要刻什麼神紋吧。」忽然，焜翃冷不丁地，滿是妒意地說。

我眉腳登時抽緊，停下了手，闕璿呆呆地看著我們，不知所以。我陰寒邪笑地邪睨焜翃：「好色的東西，是不是也想來摸摸？」

焜翃瞪大紅瞳：「我才不好色呢！」

「上次是誰看著我流鼻血的！哼！」我冷笑出口時，焜翃登時語塞。

我眯了眯眼睛：「再吵我畫印，扒了你的龍皮！」

焜翃紅色的瞳仁緊了緊，氣悶地低下臉，小竹面色繃緊地看他一眼，默默低頭。

我轉回臉，指尖再次而上，繞過闕璿另外半邊身體從他的肩膀轉到他的後背，同樣光潔光滑的後背上沒有半絲瑕疵，可惜，接下去就要刻上我的神紋了。

小竹和焜翃終於安靜，沒有再多說廢話！

當我最後的結點與最開始的起點相連時，登時整幅神紋在闕璿的身上散發出暗紅色的光芒，我長舒一口氣：「呼，大功告成！哈哈哈哈——」御人，就等你自投羅網給我拆骨，一想到可以伸進你的身體把你的神骨拆出，我全身就忍不住地血脈沸騰，心跳不已！

我想，我今晚一定會興奮地睡不著！

哈哈哈哈——

「哎……太可惜了……」

「太醜了……」

小竹和焜翃又在一旁連連搖頭。

我登時陰沉地看向他們，這兩個傢伙今天真是找死！是不是因為最近我溫柔了，他們才有這樣的膽子？

他們在我冷冷的目光中再次縮緊身體不敢說話。

闕璿莫名地看他們，摸上自己身上的神紋：「很醜嗎？可是，我覺得很好看，很神氣！」闕璿開心地張開手臂，擗力之時，他身上的玉光同時綻放，和我神紋的暗紅色融在一起，登時暗暗的金紅色光線流過他的全身，流遍每一條神紋，眩目無比，讓小竹和焜翃看得入迷。

小竹和焜翃不是玉，又怎知玉的心？玉以成器為傲！

「謝謝娘娘！」闕璿激動地單膝下跪，玉色的長髮直垂地面之上。

我扠腰邪邪而笑：「很好。穿上衣服吧，蜀山的事我們另想辦法，但是你，真的不能再留蜀山。」

「闕璿知道了。」他起身，繼續歡喜地輕撫身上神光流轉的神紋：「太美了，闕璿不想穿衣服。」

「闕璿大人請穿上！」小竹不知何時已經把衣服撿起放到闕璿面前：「您現在是人了，在娘娘面前要穿衣服。」小竹認認真真說。別看他面無表情，但那語氣像是深怕我強占了闕璿。

我眯起了眼睛，小竹面無表情地淡定站立。

闕璿笑了笑，接過小竹手中的衣服，靦腆地摸摸身上的神紋：「那我明天再穿，我今晚還想再看看。」闕璿是真的喜歡這一身的紋身。

小竹看著闕璿靦腆的笑容，目光再次呆滯。

我邪邪地勾起嘴角：「小竹，矜持點，你的吃不飽大人可剛走。」小竹一下子回神，眨眨眼，快速低下臉。

我看看被玉封住的連赫，啪！一個響指，玉牢破碎，連赫跌落在地，我看向焜翃：「把他拖出去吧。」

「哦。」焜翃上前咬住了連赫的衣領，開始往外拖。焜翃還是蜥蜴的姿態，所以乍一眼看去，還以為連赫的身體自行在平移。

我再次看闕璿，他還在欣賞自己身上的神紋：「闕璿，明天我再找你。」

「是！娘娘！」他朝我再次一拜，我眯眸冷看小竹：「走了，以後還會有更好看的。」

小竹眨眨眼，乖乖地，但目露不捨和惋惜地跟在我的身後。

出來後，夜已深，但隱隱感覺四處暗流湧動，蜀山的風裡帶來絲絲殺氣。是那些修仙者無法入睡，為明日的大戰而激動亢奮。

焜翃放開連赫在鎮妖閣前，我指尖點落連赫的眉心，抽走了他今晚所有的記憶，然後和小竹焜翃直接離去。走遠時，我抬手打了一個響指，啪的一聲，遠遠看見幾個蜀山弟子經過，有些驚訝地扶起連赫，遠遠離去。

哼，我輕輕一笑，打開摺扇，悠哉慢搖，今夜，本娘娘的心情格外地好。

小竹再次化作小蛇跟在我的身後、焜翃的身旁，我哼著小曲兒往回走。所過之處的樓閣院落無不夜燈閃耀，今夜修仙的弟子們無法入眠。

遠遠的，看見東臨閣內也是燈光明亮，暖暖的燈光照射在白玉的樓閣上，更是像極了從闕璿身上透出的玉光。

「哼～～哼～～～」我坐在月輪上，臨近東臨閣前的院落，卻見天水、鳳麟、麒恆、潛龍、朝霞、霓裳和月靈等崑崙七子，無人入眠，聚在院中的圓桌邊，正在認真商議。

鳳麟感應到我，第一個仰起臉朝我看來，我笑咪咪地朝他搖搖摺扇。他在微露安心後，深邃的目光中又劃過一抹惱色，像是我離開他太久，讓他不悅。

天水微微側目看他一眼，神色中帶過一絲落寞，收回目光看落白玉的桌面，開始失神。

「方才師尊已經有所交代，我、霓裳、月靈和麒恆負責守護我們的陣旗，大師兄，鳳麟和潛龍就去奪取蜀山的陣旗！」朝霞認真地說著。

我懸停在他們的上方，影子投落在圓桌上。

「大師兄，你覺得呢？大師兄？大師……」朝霞頓住了話音，看落桌面上的影子，然後，所有人揚起了臉。

麒恆的桃花眼半眯：「有人終於回來了，沒關係～～～我們明天不需要妳～～～妳愛玩多久就多久～～～」麒恆冷嘲熱諷地說著。

天水立刻按住麒恆的胳膊，面露慍色：「麒恆，嫣紅不是去玩的！」

「沒關係～～～」我也笑咪咪：「今天我心情好～～不會傷人～～～」

「呿。」麒恆白我一眼。我笑咪咪地扔出摺扇：「還你，很好用。」

御人伸手「啪」一聲接住摺扇，旋即打開在身前慢搖。

我笑咪咪地看向圓桌邊所有人：「我要先去休息了～～明天想必一定很好玩，我相當看好你們哦～～～哼～～～哼～～～～」說罷，我哼著小曲，雙腿搖擺優哉游哉飛入東臨閣。

第七章　爭奪的目的

玉閣精緻，雕欄在月光下晶瑩剔透。

今夜實在興奮，本娘娘想跳舞！

「哼～～哼～～～」我輕輕躍落月輪，小竹和焜翃落於一旁，我立於玉砌的瑤台，甩起嫣紅的長袖，在月下旋轉：

「雲在天～～山自出～～蜀山縹緲兮……仙城勝瑤台～～月如紗～～星如目～～～我自東來兮～～踏風入神宮～～～哼～～哼～～～欲成仙～～先修人～～～隨我度劫兮～～～方能上重天～～～～隨我度劫兮～～～方能上重天～～～～」

空靈而悠揚的歌聲在夜風中久久迴盪在玉闕之間，夜空之下；我立瑤台之上，玉盤之間，紅袖輕甩，衣帶飛揚，若不是天水和鳳麟他們上來，我想我還會一直這樣瘋瘋癲癲地唱下去，跳下去。

我在旋轉中停下腳步，看向朝我走來的鳳麟。他的身後，是怔怔看我的天水，他水潤的黑眸映入如霜的月光，格外明亮。

「該休息了，師傅。」鳳麟柔聲地說。我轉身看落樓閣之下，御人正慢搖摺扇，臉上是意猶未盡的神情，而他的身旁是呆滯的麒恆，以及驚訝的朝霞、霓裳和月靈。

我朝他們一笑：「這支舞送給你們～祝你們明天好運。」

我在御人諱莫如深的笑容中轉身，唇角已經邪邪勾起，如果不是不想傷及無辜，我真的已經克制不住想拆掉御人神骨的心！

鳳麟站在我的身前，目光落向一旁看看小竹和焜翃：「妳怎麼去了那麼久？」

「去見了一個老朋友。」我走過鳳麟身側，天水站在通往瑤台的樓閣門前，靜靜站立，默默地看著我們，夜風拂起了他絲絲長髮，割裂了他落寞傷懷的臉龐。

「老朋友？」鳳麟轉身，輕輕拉住了我的胳膊：「是誰？」

「是……」

「是個男的！何止是見！」焜翃在我們腳下不滿地大叫：「還！還！」登時，小竹用全身緊緊裹住了焜翃，捂住他的嘴不讓他繼續說下去。

鳳麟的眸光劃過一抹深沉，笑了笑，轉臉微笑看我：「還怎樣？」

我瞥眸看他：「吃醋？」

他眸光緊了緊，最終還是壓下了醋意，目露擔憂：「師傅，妳是不是又想瞞著我做什麼事？」

他說罷第一眼反是看向了天水，天水一怔，微微側臉，落落而語：「你不用看我，娥嬌之事後，師傅不再信我。」

鳳麟看著天水沉默了，沉默之中，帶著一絲生氣和憤怒，夜風也拂起了他的髮絲，他最終還是轉開臉不看天水：「那大師兄明天還是好好備戰吧。」

天水側開的臉上眉峰收緊，抿唇深深呼吸。

我看看此刻相對無言的兩個人，邪邪而笑：「放心～～明天我只是想救焜翃的母親。」我輕輕巧巧地說，單手扠腰，悠然自得。

鳳麟和天水同時看向我，我繼續說道：「但我不想在蜀山鬧出太大的動靜，再讓你們為難，或是連累崑崙，又害死幾個人讓我心中像是對你們虧欠，所以，我找了個老朋友加強我的結界。」

鳳麟聽完，眸中似是不信，轉臉沉沉看小竹和焜翃：「真是如此？」

「是。」小竹淡然地答。

焜翃也在小竹的身體中點點頭。

鳳麟瞇眸看小竹：「那你為何還捂著他，不讓他說話？」

「因為……」小竹小心翼翼地看了我一眼，我勾唇而笑。他低下頭，輕聲說道：「娘娘的朋友……實在好看極了！」

鳳麟的眉腳登時一抽，捏住我手臂的手越發緊了一分。

我陰冷地半垂眼瞼看小竹，他眨眨眼匆匆低頭，捲住焜翃慢慢移出我的視線。

我想了想，握住鳳麟的手，深深看他：「鳳麟，我改變主意了。」

他愣了愣，不解看我：「師傅，妳在說什麼？」

「那晚沒有說完的話。」我笑了：「我一直想告訴你，為什麼我沒有幫你成神。」

鳳麟怔了怔，微微側開臉，抬眸看了天水一眼，再次落下。天水尷尬地側開臉，抱劍轉身離去。

「師傅妳不是說過，要看機緣？」

我點點頭：「神骨是不是合適的確是一點。還有，我與聖陽萬年感情，依然一朝而變，所以我……」我的心猛地揪痛，無法再說下去，我無法忽視自己心裡依然留存的那份深愛，曾經我們愛過，這是事實。

「師傅……」鳳麟心疼地撫上我的臉，伸手將我輕輕擁入懷中：「我知道了……」

「所以，我不想讓你成神，和我千千萬萬年下去。如果你願意，我可以生生世世來找你，但是，若是你現在想成神……」我緩緩離開他的懷抱，深深凝視他：「我可以助你。」

鳳麟在月光中俯下了臉，深邃的眸光堅定地落在我的臉上：「師傅，讓我成神吧！」

我怔了怔，心中不知為何，還是有些許的失落。

他握住了我的雙手，深深地凝視我：「師傅，請先讓我成神，讓我可以寸步不離地站在妳的身旁，保護妳，守護妳，和妳一起戰鬥！我無法眼睜睜地看自己心愛的女人獨自戰鬥，或是被別的男人保護！」他激動起來，握住我的手越來越緊：「但是，等師傅成功後，師傅，妳是不是願意和我再一起重做凡人，和我生生世世一起？」

我吃驚地，久久地看他，心中的心情複雜而澎湃。我的麟兒，果然是我的好麟兒。

我情不自禁地吻上他的唇，把我的話突入他的唇中：「我願意……」

我們在月光下緊緊相擁，相依相靠，月光沐浴在我們的身上，將我們一起籠罩在她的溫柔之中。

「我降臨人世時，迎接我的，除了聖陽，還有廣玥……」我靠在鳳麟的肩上說起了往事，鳳麟輕靠我的頭頂，攬住我的身體：「所以，一開始我們三人常常一起。有一次，我好奇於聖陽的神丹，讓他拿出來看看。當我碰觸到他的神丹時，發生了奇怪的事情，我的神丹有強烈的感應，於是我拿出我的。當我和聖陽的神丹靠近時，產生了巨大的能量，足可創造一個新的世界！而那時，廣玥也在，他也拿出了他的神丹，然後，就發現我的神丹也可與他相容。」

「所以，他們是為得妳神丹創世？」鳳麟驚呼起來，目露憤怒地緊握我的肩膀：「他們太貪心了！他們已經是真神了！」

「正因為是真神，所以才想要一個只屬於自己的世界。」這個誘惑，無人可擋！

廣玥他們創造了這個世界，但這個世界並不屬於他們任何一個人，他們想要一個真正屬於自己，自己才是主神的世界。

所以，他們開始爭奪我。因為，只有我的神丹是不夠的，我的神丹需要我來驅動。

我瞇起了眸光，凝望無盡的夜空，我絕不會讓他們如意。而且，這一次，我要反過來，我要拿到聖陽的神丹造世！離開這個破世界！本娘娘不稀罕！

「師傅，他們實在過分！」鳳麟生氣地說：「我們絕不能讓他們如意！」他緊緊握住我的手。

我勾起唇角邪邪而笑，想了想，一把拉起了鳳麟，他看向我：「師傅？」

我放開他，往後退了一步，在月光下一個飛旋，紅色瞬間染上衣裙，從上而下，一件喜裙在月光中閃爍淡淡光輝。鳳麟怔怔地看著我，這是他第一次看我看入了神。

「你們凡間成婚不是用大紅喜服嗎？鳳麟，我們拜堂吧！」我拉起他的雙手，喜悅地看著他，他也深深地凝視我，濃濃的真情與感動交織在一起，化作了最美、最幸福的笑容浮現在他的臉上。

我伸手輕輕推了他一把，他往後退了幾步，偽裝成崑崙道服的仙衣從下而上染上了紅色，化作了凡間男子的大紅喜服。但是，還是有一抹白色從他髮絲間掠過，變得格外地不協調與晦氣。

我走到他的身後，他的目光隨我而動。我伸手撫過他白色的髮帶，紅色一點一點染上了他的髮帶，這才讓他成了真正的新郎。

我回到他身邊，和他相視而笑，他執起我的手，久久看我，撫上我的臉，我笑了：「你們人間是不是要拜天地？」

他似是想起了什麼，目露嚴肅：「我們人間成婚還需要一個證婚人。」

「證婚人？」我想了想：「誰？」

鳳麟的目光變得猶豫：「長兄如父，我無父無母，仙尊爺爺也已仙逝，但一直把大師兄當作大哥，應該是他，可是……」他的神情變得越來越尷尬，但是，我還是感覺到他心裡的期待。

娥嬌的事後，他是與天水爭吵，近乎反目。但是，兄弟之情不會因為一兩次的爭執，或是敵對而消失，那是一種濃烈如酒的深情，無人能破壞的羈絆，那是另一種超乎男女之愛的愛。

鳳麟的身上，讓我看到了各種各樣的愛，也讓我的心底，愛獲重生，再次擁有。我要滿足他的心願，這是我們的婚禮，我不想讓他心裡因為天水而留有遺憾。

「我叫他，我叫，他不敢不來。」我邪邪而笑，鳳麟焦急看我：「師傅！不要勉強！」

我不管他，話音和心語一同傳出：「天水，上來。」

「師傅！」鳳麟急急看我：「妳明知大師兄對妳……」

「這樣不是更好？」我瞥眸看鳳麟，他目光發怔，我微微沉臉：「也讓他可以徹底死心，我想過了，此役之後，他不必再跟著我們。」

「魅兒，妳真的這麼決定？」鳳麟變得格外認真，直呼我為魅兒。

我沉臉點頭：「既然他對我生情，我不會再留他在身邊，那樣你的心裡會對他有所虧欠。」我轉臉看他時，眼角的視野中，映入了那抹白色的靜默身影，他怔怔站立之前他離開的那扇門前，呆呆地看著我們。

我從不認為天水對我的感情會是純潔的，所以，這讓我更加厭惡他。我要讓他做我和鳳麟的證婚人，讓他親眼見證我與鳳麟的婚禮，明明白白地告訴他，他，是不可能的。

而且這樣，鳳麟也不會心有遺憾了。

我轉臉看天水，他趔趄了一下，單手撫上冰冷的門扉，煙灰的罩紗在月光中染成了白色，如同一縷沒有方向的孤魂，在月光中隨風飄零。

他的眸光在月光中不停地顫動，如同寒霜讓他的雙眸在他眼眶中發抖。隱隱的水光染上他的雙眸，他痛苦地閉眸深深呼吸，緩緩睜開：「我有自知之明，妳不用這樣羞辱我。」

「大師兄，對不起……」鳳麟歉疚地低下臉。

「呵……」天水苦澀一笑：「該說對不起的，是我吧……師弟，我讓你失望了……」低落的話音從他的口中而出，他的雙眸也開始漸漸失神：「是我對師傅有了不潔的感情，我一直自作聰明地以為隱藏得很好，沒想到……呵，還是師弟聰明過人，被師弟識破……」

鳳麟在夜風中再次沉默。

天水苦澀的笑容飄入空氣，讓清涼的夜風也增添了一分瑟縮的寒意：「你捨命逼師傅救我，而我卻貪戀師傅的美貌，迷戀她的嫵媚！」天水忽然激動起來，話音痛苦到哽咽，可是他的臉上卻帶著自嘲的笑，讓人難辨他此刻的話，到底是真還是假，他忽然抬眸狠狠看向我：「我更想利用她讓自己成神！我的心是那麼地齷齪，如同臭氣熏天的溝渠！我怎配留在她的身邊！怎配守護她！跟隨她！去愛她？」

他激動地，拳頭開始握緊。

我在他痛苦與憤怒、自嘲與苦澀糾纏的目光中寡淡地看他，怎麼？終於把心裡話說出來了？這是在恨我不屑他的感情嗎？

「不！大師兄！我知道你心裡不是這樣想的！」鳳麟複雜地看著天水，天水的神情漸漸恢復，卻是再次失神，低下臉轉身：「對不起……我失控了。鳳麟，師兄……對不起你……」他哽咽地說完，抬步要走。

我淡淡開了口：「鳳麟希望你能做我們的證婚人。」

天水在陰暗的門內頓住了腳步，驚詫的背影變得格外靜謐，像是快被門內的黑暗吞沒。

「師傅！不要再勉強師兄了！」鳳麟真的發了急：「之前我已經在樹林裡對他說了重話，我現在很後悔，我明明知道他那樣做並沒錯，但是，我還是逼他和我一起殺了月靈，師兄已經很不好受了，現在，我又怎能……」

「我願意。」當天水平靜坦然的話音傳來之時，鳳麟徹底怔住了神情。

天水在門內慢慢地轉回身。

他的臉上已經恢復如常的微笑，他溫柔的目光裡包含著他與鳳麟過去的一切一切，相依相伴，共同修仙，他溫和地如同一位大哥哥般注視著鳳麟：「弟弟你大婚，我怎能不做證婚人？」

那一刻，天水的微笑，在月光中溫暖如日。恍惚之間，他和聖陽的面容再次重疊起來，我知道他不會不同意的，因為他和聖陽是同類人……

心中的情緒開始複雜，我因為恨聖陽，而一直沒有善對天水。他對我忽生情意，我不會相信；因為過去，讓我無法去輕易相信一個男人，對我的感情有多真。

但是，我心裡很清楚，天水對鳳麟的感情，矢志不渝。

他愛鳳麟，就像聖陽愛著廣玥、御人、嗤霆、帝琊和殷剎。即使他們一起封印了我，聖陽也不會對他們有半絲恨意。

「大師兄！」紅色的身影從我身旁一掠而過，帶起的風揚起了我絲絲髮絲和紅色的新娘髮帶。鳳麟在我的眼前撲向了天水，墨髮飛揚，紅衣飄然，他緊緊地抱住了天水。他們的情意，在這一刻再次恢復如初，甚至更加堅韌，堅韌到讓人感動。

紅色的喜服和天水天蒼色的衣襬交疊在一起，忽然間，我有些嫉妒。為什麼我們女人之間，不能有這樣牢固的，超越男女之愛的情意？為什麼我們女人之間的友誼，可以被一個男人輕易地破壞，甚至是崩潰瓦解。

我因為要報仇，心一直被仇恨填滿，一直不輕信他人，也不敢再去信人。我是該從麟兒的角度，再去重新看待天水。麟兒為天水可以甘願被殭屍咬傷，逼我救天水；所以，天水的生死，對麟兒來說異常重要。

我不該再留天水在身邊了，不再是因為娥嬌那件事，而是純粹地不想讓天水陷入危險，那樣，麟兒一定會陷入長久的自責。而且，如果……天水對我的情是真……

這樣……

不公平……

當我的愛重新歸來，我的心便開始猶豫。

『妳滿意了嗎……』聖陽在我心中的聲音再次響起，當我殺了帝琊時，他一聲又一聲地問，妳滿意了嗎？

不，我不滿意，但是這一切很快就會結束了。

我抬眸看暗沉的星空，我相信，很快我們會再見的，聖陽。

「師傅。」鳳麟高興地再次握住我的手，拉起我：「我們拜堂吧。」

我緩緩回神，深深看他一眼，轉臉看天水，他無法看我地側開臉，我複雜地看他一會兒，淡淡微笑，柔柔而語：「天水，能換身衣服嗎？今天，是我第一次成親，謝謝了。」

最後的三個字，讓他的身體怔立在月光下，他依然側開臉，但是，點了點頭。

仙衣漸漸地也染上了紅色，但是與我們的不同，是較暗的，比較莊重肅穆的紅色，讓他如同長輩一樣，站立在我和鳳麟的身旁。厚重的紅色很襯托他的美，讓他在月色下變得更加鮮活，多了分豔麗的顏色。

鳳麟輕輕地拉起我，朝天地一拜，耳邊，是天水淡淡的聲音：「一拜……天地……」

他剛才作踐自己的話，是在發洩吧……

「二拜……高堂……」

鳳麟帶著我，卻是向崑崙的方向一拜，那裡，是他的家。家裡，有他的兄弟姊妹，兄弟姊妹之中，他最愛的大哥，叫天水……

「夫妻……對拜……」

我和鳳麟在天水的淡淡的話音中，完成最後一拜，我們起身時，一直久久相視。神的愛，沒有時間限制，我們可以天長地久地膩下去，所以，也就少了一份凡人對愛情的珍惜。

「我……走了……」低低的聲音從身旁而來，天水轉身欲走，鳳麟看向他，眸光裡還是多了分虧欠。

「天水。」我叫住了他，他頓住腳步，沒有轉身：「師傅還有何事？」

「你還認我這個師傅嗎？」我問。

他微微側臉：「認！」

「好，今晚我們師徒三人一起坐一會兒。」我在天水發怔的背影後轉身，提起紅裙坐下，仰望天空：「我很久沒有這樣靜靜地欣賞一下夜空了。因為那時，我的心裡只有恨。看著夜空，我只會想那些混蛋在上面，我要拆了他們的神骨復仇……」

鳳麟和天水靜靜地一起坐在我的身旁，紅衣交疊，他們和我一起凝望夜空。

我指向月亮：「最可氣的就是娥嬌每天晚上都在！不過……」我邪邪地笑了：「現在，我爽快了～～～」我靠在鳳麟的肩膀上，眼角的視野裡，映入了天水已經平靜的神情，他獨自一人抱膝坐在離我半臂的距離，暗色的紅衣和髮帶在月光中染上朦朧的暖光。

「天水。」我心語而出，他一怔，想看我時，我立刻說：「別看我！」他擰起了眉，我看向前方，心語傳入他的心中：「娥嬌的事，我不怪你了，你沒有做錯，你是對的。」

他的神情漸漸平和，似是安心，但依然有濃濃的陰霾籠罩在他的臉上，讓他無法徹底釋懷，露出像以前那般暖人的微笑。

「妳是不是不信我？」他的心語在我尚未切斷和他的聯繫中，傳入我的耳中。他抬起臉，看向前方，凝視的目光宛如凝視在我的臉上。

「信與不信這件事，對你來說重要嗎？如果你覺得重要，我可以告訴你，趁我現在比較正常的時候——」我平靜淡然地回應他，娥嬌的事，讓我和他都失控了，我一心想報仇，除了麟兒，我不會顧及他人的感受，因為情越多，牽絆會越多，這也是最初我自由時最不希望的事情。所以，我和所有人保持距離，不想產生任何情愫。

可是現在，麟兒喚醒了我的愛，讓我其他的感情也一一復甦。

我看向天水的側臉，他輕笑一聲低頭，心語而出：「不重要了。」

我的唇角漸漸揚起，再次凝望夜空。在他和鳳麟真正成神之前，我是不會再讓他們和我一起戰鬥了。

第八章　封神大陣

夢境之中，我再次見到了聖陽，他依然還是一個虛影，只會散發他身上聖潔的神光。

「妳滿意了嗎？」他還是那句話，心痛而哽咽：「魅兒，我愛妳，妳住手吧……」

我已經可以平靜地看著他：「我不滿意，但是，如果你現在出來，可以阻止這一切。」

「魅兒……住手吧……魅兒……住手吧……」

他痛苦不已，只會重複這句懇求。

「哼。」我輕笑搖頭轉身：「你果然是個懦夫，記住，接下來的一切，不是我不給你機會，而是你沒有來阻止！」我張開了雙臂，邪邪地咧開嘴角：「哈哈哈——哈哈哈——」刺目的陽光湧入我的世界，將周圍的一切吞沒，也把聖陽吞沒。

我睜開了眼睛，晨光已經從上空投落，高高的天際裡，密密麻麻的修仙弟子腳踏仙劍，朝中心迫不及待地湧去。

天水和鳳麟一起起身，身上的紅衣褪盡，再次化作天蒼色崑崙的長衫，鳳麟有些激動：「大師兄，要開始了！」

天水對他點點頭，轉身看我，已經不再目露閃爍，他單膝跪地：「師傅，妳自己小心。」說罷，他起身看鳳麟。

鳳麟看向我，我站起身，化作嫣紅的容貌單手扠腰：「去吧。」

鳳麟沒有離開，而是再看我一眼：「別闖禍。」他鄭重叮囑。

「知道啦～～～」

我撇開臉。登時，麒恆、朝霞、霓裳、月靈從瑤台的欄杆外一飛而起，懸停半空。潛龍立於他們身後，摺扇慢搖看我，眸光深沉，似是在留意我的動向。

「你們果然在這兒。」朝霞俯看我們：「大師兄、鳳麟師兄，該走了。師尊和師弟師妹們已入祕境等我們。」

「知道了。」天水和鳳麟相視一眼，鳳麟御劍而起，天水看向我，溫和的目光中還是絲絲不安：「若有事，可喚我，師傅。」他「師傅」兩個字說得極輕，其他人不可聞。

「呿。」我輕笑地轉開臉，不看他地揮揮手，他靜靜看我片刻，御劍而起，與鳳麟一起飛離瑤台。

御人在他們身後放慢腳步，摺扇慢搖地笑看我：「妳不去？還是打算去鎮妖閣？」

我看看他手中的摺扇，邪邪勾唇：「君子跟你說了？」

潛龍的臉上露出御人自得的笑容，諱莫如深。

「哼。」

我也嘴角含笑，君子知道什麼該說，什麼不該說。不然，御人昨晚就來找我了。

「那你要跟我去嗎？」我瞥眸看他。

啪！他收起摺扇，勾笑看我：「好啊，讓我也陪妳瘋上一回。」

「哼哼哼哼，好～～」

我笑了，碧海雲天之中，修仙弟子飛速而過，化作白天的流星。

只有我和御人逆向朝蜀山大門而去。

「你不去仙法會嗎？」我問。

御人摺扇慢搖，我們緩緩前行，如同散步。

「妳的兩個徒弟本事通天，這次仙法會崑崙贏定了。」他唇角勾笑：「再加上月靈已成神器，呵，魅兒，妳這可算是作弊喲～～」他調笑地看我，滿臉的逗趣神情像是在說妳真頑皮。

我坐在月輪上邪邪地笑了。

「你的兩個小寵物呢？」他摺扇慢搖地問。

我瞥眸看看他：「他們？一定是在鎮妖閣呢，焜翃那孩子一心想救母親，你可知那孩子的父親是誰？」

御人故作慌張地攤開雙手：「不是我。」

「嗤。」我白他一眼：「我問正經的呢。」

不知不覺，已經飛出蜀山大門，懸浮於門前神玉之上。陽光把我和御人的身影投落在刻滿符文的神玉身上。

御人停落身體，笑了笑，不在意地說：「我怎知那孩子的父親是誰？一定又是哪個小神的風流債吧。」

「那就好，若是你的人，怕你為難。」我瞥眸看他。

「不會。」他眯眼而笑，移近我身前：「誰有魅兒妳重要？妳開心就好。」

我也眯眸笑看他：「你真好，只要我開心，你什麼都隨我，不像聖陽。」我沉下臉，瞥眸看向那扇巨大的城門，在他朝我俯落臉龐時，我輕輕躍落月輪，站在神玉之上：「你認出這塊基石了嗎？」

他退回身形，雙腳也緩緩落地，立於神玉之上隨口說道：「應該是當年大戰時，哪座神宮的基石吧。嗯，不能讓他留在蜀山，凡人豈可用神物？」

「他名叫闕璿，是聖陽神宮的基石。」我腳尖輕點，在神玉上旋轉。御人微微一笑，欣賞地看我旋轉：「果然是神宮的。」

我在神玉上輕輕跳躍著，一邊道：「曾經，我從他身上每日走過，也只把他當一塊石頭，卻沒想到……」我蹲下身形，輕柔地撫上光滑的神玉：「他修成人形了……」

神光在我撫過時閃耀而出，我緩緩起身，神玉的地面開始暈開一層細細的波紋，一個人從那忽然如水的神玉中緩緩浮起。

御人的眸光開始收緊，驚訝的視線越來越深邃，一抹我熟悉的占有慾望掠過他深邃的眸底。散發玉光的闕璿漸漸浮現我們的面前，他如同修刻出的長髮貼服在他赤裸的身上，他完全站立在我們的面前，下身的長褲如裙，像一朵百合倒扣在地面之上。

玉光漸漸從闕璿身上淡去，浮現出他晶瑩剔透的臉龐，御人臉上的笑容也隨著闕璿身上玉光的淡去而消逝！

「封神印！」他驚呼地看向我，我邪邪而笑，右手緩緩平伸，指尖已經裂開，鮮血開始從指尖滴落。

御人瞇起眸光看我許久，忽然，仰天大笑：「哈哈哈——魅兒，妳現在打不過我的。」

「是嗎？」我瞥眸看他一眼，他依然摺扇慢搖泰然自若。我走向闕璿，他朝我一禮，我抬手，指尖帶著鮮血一點一點劃落他身上的神紋，他白玉無瑕的身上，染上了我絲絲血痕：「你現在可是潛龍。」

御人輕笑搖頭，攤開雙手：「好吧，那你把潛龍殺了吧，讓你消消氣。」

我勾唇邪邪而笑，不看他：「好啊，那你可別跑啊！」說罷，我染血的手心一掌打在闕璿的身上：「封神大陣！」

登時，闕璿的神力瞬間釋放，結界從我的掌心下形成，在他的神力中滲入蜀山的結界中，讓蜀山的結界可以困神！

封神大陣，神族別想進來；裡面的，也別想出去！

轟隆隆！大地開始震顫，御人鎮定地盯視我，雙腳穩穩站立地面，整座蜀山拔地而起！忽然迅速上升。

闕璿的身體神光閃耀，開始升空。我一躍而起，他甩開雙臂，神光赫然從整座仙城下閃現，迅速吞沒了地面上每一座建築，也吞沒了御人。

一個黑影從神光中衝出，是御人，他的笑容已經帶上了一分陰沉：「魅兒，妳鬧夠了沒？」

「還沒！」

我看向整座蜀山的中心，那裡的人已經密密麻麻飛起，但被闕璿的結界困在其中。

「送他們走！」

「是！」闕璿右手伸出，緩緩托起。登時，蜀山的中心從整座基石脫離，然後往下墜落，傳來聲聲的尖叫。

「啊──」

「哈哈哈──哈哈哈──」我仰天大笑，黑裙染上全身。整座蜀山仙城在我的狂笑中繼續上升。

指尖輕彈耳垂，震天錘現於手中，我一把握住，御人的神情登時一緊，他以為我要打他。我在他登時戒備的目光俯衝而下，狠狠砸在蜀山大門上！

轟！刻有聖陽的大門被我一錘砸碎，玉石紛紛墜落，現出了小竹和焜翃驚呆的神情。

我不看他們繼續朝另一扇刻有娥嬌的門砸去！

轟！娥嬌化作了碎片。

「呼！好暢快！」我輕巧地轉動震天錘，瞥眸看神色緊繃的御人，他捏緊手中的扇子，目光越來越深沉。

我對他邪邪而笑：「看著自己的前任和另一個女人放在一起被人供奉，還真是不爽，御人，你說是嗎？」

他抽了抽眉腳：「只要妳高興就好，蜀山不算什麼。」

「那當然，蜀山在你們眾神的眼裡，算什麼？這座蜀山霸占神玉，不分善惡誅殺妖族，造得像仙宮又如何？穿得像神仙又如何？裡面的人心……跟你們一樣……黑啦……哈哈哈──」

御人的面色瞬間繃緊。

「哈哈哈——哈哈哈——」我揮開雙臂，轉身就朝鎮妖閣飛去，小竹和焜翃見狀，立刻跟在我的身後。

忽然，御人從天而降，落在我的身前，啪的一聲，摺扇打開，嘴角勾起陰冷的笑：「魅兒，原來妳是這個目的。快撤了封神大陣，我不殺妳。」

「殺我？」我勾唇邪邪地笑了，一步一步婀娜地走到他的身前，抬手指尖緩緩劃過御人的側臉，貼近他的耳邊：「是誰說……只要我高興，什麼都可以……做？」

倏然，一條手臂有力地圈緊了我的腰，傳來低沉而粗啞的話音：「妳真是撓人！」說罷，他扣住我的下巴，黑眸渾濁地要吻上我的唇！

「放開主子！」小竹倏然化作巨蟒朝御人咬來，御人登時閃避，腰間被蛇尾捲住。小竹將我甩向了一旁的焜翃：「紅毛！護住娘娘！」

焜翃伸手從小竹的蛇尾中接過我的身體，我站穩後把震天錘拋給他，他慌忙接住，接在手中時，他一愣，因為這次震天錘讓他拿著了。

「去救人吧，那可是你的母親。」

我單手扠腰看著和御人纏鬥的小竹。

「謝娘娘！」

焜翃掄起震天錘，立刻朝鎮妖閣的方向飛去。

我從腰間慢慢抽出了蛇鞭，陰沉地看著從小竹的蛇身中飛起的御人，他立刻揮手打開了君子扇，登時，扇面開始在他身邊變得巨大，我迅速甩鞭纏住小竹的身體，拽回了身邊，小竹化作少年之形殺氣騰騰地立在我的身旁。

御人的摺扇開始朝向我們，御人瞇起了冷然的眸光：「魅兒，我再給妳最後一次機會，撤掉結界！」

我也瞇起眼睛，微微推開小竹，邪邪笑看御人：「我也再給你最後一次機會，是自己交出神骨，還是……」我伸出右手，神力纏繞指間：「讓我來？」

御人冷冷一笑，赫然甩起了手臂，巨大的摺扇立刻飛上高空，我直接推開小竹，甩起蛇鞭而上。

摺扇中噴吐出黑霧，御人高高站立在摺扇上，單手背於身後，真神的姿態讓他瞬間威嚴無比！

我避開黑霧，蛇鞭甩起，抽上了君子的扇骨：「君子！想想君子之道！」

巨大的扇面上，緩緩浮現君子的容顏，他淡眉緊蹙，目露勸誡：「娘娘，請勿與主人為敵。」

「不與他為敵？難道讓他奪我神丹嗎？」我大喝出口。

君子怔住了神情，立在他身上的御人登時目露陰沉：「君子！快捉住她！」

君子淡墨如煙的臉上，露出一分掙扎：「主人，君子做不到！」

「廢物！」

御人怒然躍起，仙劍飛來時，我甩出蛇鞭，直接抽上潛龍仙劍的劍身。登時，劍身破碎，御人從天而落。

潛龍體內的仙力不足以騰雲，御人是無法獨自飛起的。

君子見狀，立刻飛向御人腳下。我直接甩出蛇鞭，在空中截住了御人，捲住他的腳就直接甩起！

「呼！呼！呼！」

我把他甩了一圈，又一圈！然後鬆手，他咻地飛了出去，砰的一聲直直撞在結界上，剎那間，看到他的神魂幾乎被撞出了潛龍的身體。

他從結界上滑落，我一躍而起衝向他，一把掐住了他的脖子，把他緊緊按在牢固的結界壁上。只要在這裡殺了他，我就能把他的神魂困住！

「怎麼……回事……」

忽然間，潛龍的聲音從面前傳來，他緩緩仰起臉，暈暈乎乎地看向我，那一刻，我的腦中掠過天水痛苦的容顏和鳳麟內疚的神情。

忽然，君子扇從天而降，我立刻放開潛龍後退，只這片刻的猶豫，我失去了困住御人的最好機會。

我擰擰眉，情，讓我正在失去原來的冷酷。

君子化出人形，扶住了御人，御人的臉已經陰沉到了極點！陰狠地盯視我片刻，赫然粗暴地一把扯過君子的長髮，一腳踹在他的膝蓋上，君子吃痛下跪：「主人……」聲音因為痛苦而低啞。

「不要叫我主人。」御人陰沉地扯起君子的長髮，黑眸玄黑如冰冷的寒夜，冷酷無情。

他抬手按落君子的眉心，我心中一驚，冰冷無情的話語已從他口中而出：「不聽話的東西！回去燒了你！」

神紋在君子的眉心立現，君子痛苦地抱住頭：「啊——」頃刻間，君子已現出原形，揑在御人的手中。

御人拋起摺扇，摺扇再次變大，飛落他的腳下，托他而起。

我瞇眸冷冷看他，他竟然把自己神器的神魂給封印了，真殘酷。但，這就是他。不聽話的東西毀掉也不會給別人。

他人效忠我們，給我們授印，是將身心與靈魂一起奉獻給了我們，而我們通過之前的授印，可以輕易封印他們靈魂，甚至讓他們灰飛煙滅。

但是，君子是忠於御人的，御人還是那麼殘酷地封印了他的神魂，讓他無法再控制自己的身體，任他使用。

我瞭解御人，御人回去絕對會毀了君子！

結界的上空隨著御人漸漸升空，開始陰雲滾動，電閃雷鳴，一個巨大的漩渦在黑雲中形成，他憤怒地瞇緊眸光：「魅兒，是妳逼我的！」他赫然張開雙臂，神魂從潛龍體內衝出之時，一道神光如同閃電一般驟然打落！

喀嚓！真神合體，颶風揚起，掀飛了潛龍的身體。我甩出蛇鞭，捲住他的身體一把扯回自己的身邊，他暈暈乎乎地一直愣愣看我。

神光之中，人影浮現，突然黑色的神光從那裡射出，直擊闕璿！

闕璿懸浮在空中，髮絲飛揚，身上的神紋繼續閃耀，在我腳下的神玉開始崩塌瓦解，化作細細碎碎的玉片緩緩飄浮起來，圍繞在闕璿的身旁，瞬間凝結成一個巨大的玉巢。玉巢上閃現出我的神紋，神光打在玉巢上，玉巢紋絲不動，神光無法將它擊碎。

闕璿成了最牢固的結界！

下一刻，神光朝我射來！

「主子小心！」小竹驚呼，我拽起昏昏沉沉的潛龍登時躍起。而神光中央的人影，朝鎮妖閣而去。

「不能讓他阻止焜翃！小竹！你快去幫焜翃！」我沉沉命令。

「可是主子！」小竹急急看我。

我瞥眸冷冷看他：「快去！別在這裡拖累我！」

小竹咬了咬牙：「是！」他化作巨蟒飛速朝鎮妖閣飛去。

神力在我身後炸開，形成光翅。潛龍目瞪口呆地看我，我拽起他直接飛去。

「妳是……嫣紅？」在快速飛行中，他驚訝地問。

我對他勾唇一笑：「小心了，我要把你扔出去了！」

他目光發怔時，我甩起他，直接扔向了那束快速神光的前方。登時，神光中的人影頓住了腳步，黑色的如同水墨的光翅在他身後燃燒，潛龍橫著飛過他的面前，然後，飛出了結界，不見人影。

我加快了速度，飛落御人的身前，扠腰邪邪地笑看他：「還是這個樣子，更好看。」

御人立在巨大的摺扇上冷沉看我，狹長的鳳眸中是冰寒的神情，但是在那玄黑的眸底，是咄咄逼人的占有慾望。只見他緩緩抬起了右手，右手黑色的神光開始閃耀：「先收了妳，回去慢慢調教！」

「哦～那你可要快哦～相信廣玥他們快到了。」我的嘴角在他更加陰沉的目光中咧開，他登時甩出手中的神光，神光在空氣中炸開，形成一張巨大的黑網，撲向了我，我立刻躍開，那張網飛速朝我而來！

忽然，又一個光球在我面前炸開，又形成了一張巨網，如同撈魚一樣朝我快速推進。身後的網也朝我快速而來，在它們要捉住我時，我一飛沖天，下一刻，光球不斷而出，紛紛在我身邊炸開，結界中的網越來越多。

「魅兒，妳知道妳是逃不出我的手心的。」御人再次甩出光球，這一次，它炸開的網徹底堵住我的去路。

我撞在網上，神光登時灼痛了我的身體，燒起我身上的裙衫。

「嘶！」我吃痛地撫上手臂網狀的傷痕，御人在高空中冷沉地俯視：「現在撤去結界，我可以讓妳少吃些苦頭。」

一張又一張神網圍住了我的周圍，像是封印一層一層疊加在我的身上，讓我無法徹底逃脫！

我冷冷斜睨他，他的右手開始緩緩握緊，登時，我身邊的神網也開始漸漸收緊，朝我逼近。

「轟！」忽然，傳來震天動地的巨大撞擊聲，我笑了，在神網中揚天而笑：「哈哈哈——哈哈——」

御人登時收緊雙眉，就在這時，只聽見憤怒而淒厲的叫聲由遠而近地湧來。

「啊——啊——」異常尖銳刺耳的尖叫聲和黑如濃煙的怨氣，從鎮妖閣的方向席捲而來！

御人沉了沉臉，鬱悶而煩躁地看我一眼：「都是妳惹出來的破事！」他甩手扔出了君子扇，大喝一聲：「收！」

登時，黑雲從君子扇中旋轉而出，形成了一個巨大的漩渦。巨大的吸力，將席捲而來的渾身怨氣的妖族不斷吞入扇中。

我眯起了眸光，抓住了面前的神網，登時，神光開始燒灼我的手心，但是，這點痛算什麼？我凝聚所有的神力，撐開光翅，帶起周身所有的神網，一起衝向了君子扇！

「魅姬！」

御人驚呼一聲，我在神網中朝他邪邪一笑，在他驚詫的目光中，瞬間被君子扇強大的吸力隨那些妖族一起被吞入扇中！

黑雲翻滾的甬道內，無數妖族從我身邊快速飛過，他們的憤怒、哀怨和仇恨，讓他們的眼睛都冒出了紅光！

這是千千百百年淤積下來的恨與怨！

妖類本就心智不全，不如人類那般人性齊全，他們的怨恨更加純粹！更加純正！

「嘶——」我在快速移動的神網中吸入這些純淨的力量，神丹在體內飛速旋轉，迅速將這美味的怨氣化作了我的神力，在衝出黑雲迎來白光之時，我撐開了雙翅，神力瞬間衝破了神網，將御人的神力炸得粉碎。

黑色的神光星星點點在我身邊炸開，漸漸消失在眼前水墨一般的虛幻的畫境之中。

我懸浮在只有墨色的山水之上，繼續吸取從甬道中飛出的妖族身上的怨氣。

他們的恨、怨、怒，讓他們被包裹在濃濃的怨氣之中，只剩下兩隻閃耀紅光而分外凶殘的眼睛！

黑色的怨氣瞬間染黑了淡白如同宣紙的天空，我在充盈的怨氣中邪邪而笑：「哼哼哼哼……哈哈哈哈——」

吸——

猛地一吸，漫天的怨氣瞬間吸入我的神丹，我睜眼之時，神力形成的光翅在身後熊熊燃燒，直到天際！

「啊——啊——」

忽然，憤怒的女人嘶吼從黑雲的甬道內傳來，一個黑影從甬道中衝出，甬道在她身後徹底閉合，消失在這片天地之中。她的長髮拖在她的身後，纏繞著絲絲怨氣的黑色長髮如同一條長長的黑色龍身！

她看見我直接朝我撲來，不管我是誰！

我感覺到了她強烈的怨恨與憤怒，長期的幽閉和無情的囚禁讓她徹底失去理智！

「啊——我要殺了妳——殺了妳——」她張開黑色的嘴，猙獰扭曲的可怖面容已經無法辨出她原本的容貌。

真該讓麟兒和天水來看看，他們不過被關押千年百年，已經瘋成這樣，為師我果然還是比較冷靜的。

「啊——」歇斯底里的吼叫從那女人口中而出，她應該是這些妖裡修行最高的。

我邪邪地笑看她，來得正好，給我吃。

我不疾不徐地抬起右手，在她衝向我時，我瞇起雙眸，一把扣住了她的脖子，讓她無法再靠近我半分。

吸——

我深深吸入她身上的怨氣，黑色的怨氣從她的眼睛、鼻孔、嘴、耳朵如同黑蛇一般湧出，她開始在我手中痛苦地掙扎，尖銳到可以輕易貫穿人心的指甲抓上我的右手，但無法傷我分毫！

我邪邪看她：「痛苦吧……憤怒吧……沒關係，我很快就會讓妳解脫了——哈哈哈哈哈哈哈哈哈哈哈——」

腦中開始不斷湧入她的回憶，紅色的長髮，火紅得如同火焰般燃燒而充滿激情的眼睛，那和焜翃一樣的眼睛與長髮，容貌卻比焜翃更加威武成熟。

我咧開嘴陰沉地笑了：「果然是他，哼哼哼，要我幫妳報仇嗎……」

女妖眼中的紅光漸漸褪去，浮出了一雙銀色美麗的眼睛。猙獰的枯乾皮膚再次恢復白皙和水潤，白色從髮根一點一點染上她身後長長的黑髮。

尖銳的如同枯樹枝的指尖開始枯萎，掉落，淚水從她的銀瞳中開始湧出。我帶著她緩緩降落，放開手時，她跌坐在地上放聲大哭。

她是妖界龍族的大公主，焜翃的母親——白熹。

如煙似霧的幻境裡，是已經平靜迷茫的妖族。他們在看到白熹放聲痛哭時，也再次情緒波動起來。

我感覺到他們心底的憤怒再次燃燒，但是，他們看到了我，紛紛陷入呆滯，在我陰沉的眸光中緩緩跪落在地。

他們因為我的面容忘記了害怕，忘記了戒備。有人崇敬地看著我，有人痴迷地看著我，也有人戒備地看著我。

還有一些人陷入深深的不安，當他們失去了怨氣和憤怒，恐懼和其他的情愫再次占據了他們的心，讓他們忘記了周圍的一切，和在囚禁中日復一日想要報仇的心。

有時候，只有恨，才能讓人有復仇的勇氣！

「我會讓你們回妖界的。」邪氣在我身上而生，跪在地上的妖族吃驚看我。我邪邪勾唇，俯身扣起白熹梨花帶淚的容顏：「你們的仇，我來報。」

「謝、謝天神！謝天神！」他們紛紛朝我叩拜。

白熹驚詫地看我。

我勾唇俯看她：「妳的兒子，是我的人。他將忠誠獻給了我，所以，我會給他回報。白熹，妳自由了。」

白熹的銀瞳卻是猛地張開，匆匆低下臉趴伏在我的面前：「求天神放過翃兒，翃兒還太小，他什麼都不知道！」

我站起身體，久久看她。她讓我想起了麟兒的母親，白熹在知道焜翃是我的人時，反而沒有開心，而是求我放過她兒子，她是在求我讓她的兒子自由。

「白熹甘願囚於蜀山，只求天神放翊兒回妖族！求求妳！求求妳！」她一下又一下在我面前磕頭，與方才衝出甬道只想殺人的她，判若兩人。

母親對孩子的愛，原來是這樣的。

我靜靜看她片刻：「你們就這麼害怕天神？」

白熹抱緊了自己的身體，撫上自己的手臂。

妖族們也紛紛縮緊身體，不敢說話。

我掃視他們，沉沉而語：「你們當中，有人在世間作惡，該罰！」立刻不少人更加趴低了身體，像是不想讓我看到：「而有人是無辜的，該走。今日，本尊答應一個人救他的母親，順便也放了你們，你們得此機會也是造化，他日若還是作惡，必遭天譴！」

「可、可我們就算回到妖界，妖神也不會放過我們的！」有人害怕地大喊：「他也是真神！」

「哈哈哈——」我仰天大笑，唇角已經邪邪勾起：「你們說的……是帝琊嗎？哈哈哈！他已經被本尊殺了！」我收緊眸光之時，邪氣瞬間從身上炸開，黑色的裙襬揚起，氣浪掀起他們所有人的毛髮，他們驚呆地跪在原地。

「現在～你們妖界的妖神，是長風了。」我再次邪邪而笑。

「長風大人！」他們驚呼起來。

「誰？」

「是誰？」

「長風大人是誰你們都不知道？等回去就知道了。」

跪在我面前的白熹目露驚訝和驚喜：「是風兒……那孩子！」

我邪笑點頭，看落白熹：「白熹，妳兒子本是自由的，我與他，不是主僕。說實話，他那暴躁的脾氣，留在我身邊，我還嫌他。」

白熹驚詫而驚喜地看我：「謝、謝天神放我兒自由！」

「哼……」我笑了：「白熹，妳……還想報仇嗎？」

她緩緩起身，眸中帶出了絲絲的恨：「說不想報仇是不可能的，但是，我現在只想翃兒平安。而且，我又怎麼報仇？」她揚起臉看我，痛苦而不甘：「他是神，我的法力遠遠不及他，如果向他復仇，只怕翃兒也會被連累。所以……」她再次低下臉，身上浮出絲絲的認命與無奈：「只怪白熹愛錯了人……」

愛錯了人……

簡簡單單四個字，卻能徹徹底底毀我們女人一生。

「白熹……不想報仇了，什麼都不想，只想和翃兒團聚，回到龍族。」她長嘆一聲，嘆出了心中無限的不甘。她痴情於他，卻被他拋棄，被他出賣，被封印在蜀山之中，只為掩蓋一個風流的祕密。

「求天神讓白熹和翃兒團聚。」她再次下拜，母親的膝蓋是為自己兒子所跪。

我點了點頭：「好，我答應妳。」閉眸心語傳入長風：「長風何在？」

「娘娘？」長風驚呼，帶著一絲激動。

我陰邪而笑：「準備開啟妖門，迎接你乾娘和其他妖族回去！等我發令！」

「是，娘娘。」長風平淡的話音中是一絲欣喜。

我睜開眼睛，俯看他們：「你們可以回去了，別再來人間！」當初分六界，也是為了人妖神魔分開，避免戰爭。

「太好了！我們能回妖界了！」

妖族們激動地抱在一起。

「可是，可是現在我們怎麼出去？」

他們慌張地看我，我瞥眸看他們一眼，拂袖轉身飛起：「你們等著！哈哈哈——」

我衝向高空，環視如同水墨畫的世界，高喊：「君子！你在哪兒？」

空空蕩蕩的世界裡，傳遞我的聲音直至每個角落，一抹如同墨跡的黑煙一點一點染上宣紙般的天空。我揚唇邪邪而笑，正要動身尋他時，忽然，高空落下御人憤怒的聲音：「君子——不准助魅姬——」

我抬臉看向空中，只見宣紙般的天空裡，現出了御人陰沉的臉龐。我扠腰邪邪笑看他：「現在，我在裡面了，你還管那麼多做什麼？來呀~~~」我朝他勾勾手指：「有種你進來啊~~~我陪你玩~~~」

御人的眸光登時收緊。

「既然不願~~~就閉嘴！」殺氣掠過我的雙眸，我拂袖掃過天空，神力化作結界，瞬間遮蔽了御人的臉龐！

現在，他別想看見扇子裡的一切！

如果他毀了扇子，我們就全部自由！

墨線到了我的面前，我邪邪勾唇，順著墨線飛去，看到了一處白色的山壁，光滑的山壁上正是君子！

他如同被畫在山壁上，仰臉看我：「娘娘，收手吧。」

直到此時，他還在勸我。

我懸浮在他的面前，衣衫如同黑色的雲霧在周身飛揚。我伸出手，輕輕撫上石壁上他的臉，他怔了怔，微露一絲局促地低落臉龐，雙頰浮出淡淡的如同紅暈的墨色。

「你覺得值得嗎？幫他？」我的手指劃過石壁上，他平平的臉。

他微微蹙眉：「忠於主人，沒有值得或不值得。」

「但你主人是個混蛋，你這是愚忠。」我收回手，單手負於身後。他的身體一怔，如煙如霧的黑髮也隨之輕顫了一下。

「君子之道，本諸身，辨是非，你做到了，但你的主人沒有做到。所以，御人已經不配做你的主人了……」我漸漸頓住了話音，我想起了天水救月靈，是非無絕對，我緩緩回神，再看天水：「君子不忠於任何人，因為，君子忠於自己的內心，君子。」

他在我的呼喚中揚起臉，墨眸裡是一點淡淡的水光。

「你現在忠於御人，我和這些妖族便會繼續囚於你的扇中。我們的結局，你心裡清楚，而你的結局也已經注定。」

他微微蹙眉，眸光陷入凝重。

我繼續不疾不徐地說道：「你若助我，這些妖族可回妖界與家人團聚，我會殺了御人，你會自由，你的一念會決定整個戰局，所以，你的心……有決定了嗎？」我靜靜看他，他在安靜中閉起了雙眸，他在決定。他知道他這個決定，會改變整個神族的歷史，所以，他必須慎重。

慢慢地，他睜開了眼睛，墨色的眸中，是不再動搖的沉穩眸光，他低眸沉沉問我：「娘娘，我為何要助妳？」他抬起了臉，正色看我：「妳的理由是什麼？」

我邪邪地笑了：「很簡單，肅清。」

他驚然圓睜雙眸。

「哈哈哈——」我張開雙手，黑色的神力纏繞指尖，化作黑絲的緞帶，在手臂上飛揚：「我要肅清整個神界！他們讓我太不爽了！」怒喝從我口中而出，我在君子震驚的神情中緩緩恢復平靜，再次邪邪勾唇：「所以，你願意跟我一起改朝換代，重選眾神嗎？」

他黑眸中的墨色起伏澎湃，宛如此刻的心情已經無法平靜。

他若是留在御人身邊，永遠只是一把扇子，就像闕璿。

但是，如果他跟了我，他會在神族的歷史上留下濃重的一筆！

他深吸一口氣，定了定心神，眸光灼染看我：「娘娘，君子願意！」

「好！」我抬起了右手，瞥眸看他：「但是，這會很疼，你，應該知道吧。」

他眸光堅定地點點頭：「我知道。」他昂首立於石壁，伸手拉住同樣墨色的衣領，直接扯開！屬於他的神光登時從那拉開之處射出，宛如那裡有神祕的寶物，誘你深入他的體內探尋！

我的嘴角在那刺目的神光中，大大咧開，邪氣纏繞全身，神力開始繞上之間，我雙手伸入他的衣領之內。神光之中，他的雙眉登時收緊，緊咬雙唇忍住撕裂之痛！

長痛不如短痛，我一鼓作氣伸入神光，一把撕開！

第九章　做錯了

嘶啦！如同紙被撕裂的聲音響起，神光瞬間吞沒我的全身，我飛速躍起，破扇而出！

「魅姬——」在我出扇的剎那間，御人的怒吼已經從身後而來，我轉身直接甩出神力纏繞的蛇鞭。

啪！直直抽向御人，御人立刻後退，離開了摺扇，巨大的摺扇在中間裂開，登時，黑霧不斷湧出，所有人從那裡而出。

「魅姬——」御人立在高空，咬牙切齒地低沉喊我的名字。

我立於空中唇角勾笑，單手扠腰地笑看他。

「娘娘！」焜翃和小竹趔趄地朝我飛來，他們的身上已是傷痕累累。

我挑眉看他們狼狽的樣子：「你們怎麼了？」

他們毫不在意自己的傷，只是看我。

「娘娘妳沒事就好！」小竹一下子撲了上來，緊緊抱住了我，我感覺到他在害怕失去我這個主人。

焜翃也咬牙堅持地站立，狠狠看向高空中的御人！

「哼！」高空傳來御人的冷笑：「魅兒，不好意思。妳不在的時候，我替妳教訓了一下妳的寵物。」

我登時瞇起眸光，捏緊了手中的蛇鞭，月輪也再次回到我的身後，因為我的殺氣而瞬間染上帝琊的神光，緩緩旋轉！

我最討厭別人弄壞我的東西！

「我們想救妳。」焜翃看向我：「還有我娘！」

「蠢！」我狠狠白他一眼：「以後我若是被抓了，你們只管自己跑！白熹已經出來了。」

焜翃一怔。

「翃兒！」就在這時，白熹的呼喚傳來，焜翃登時怔立在空中。

白熹撲上焜翃的身體，緊緊抱住了他：「我的翃兒，我的翃兒！沒想到你這麼大了……」

「娘……」焜翃激動地落淚。

我推開還在哭泣的小竹，輕輕擦去他臉上的淚痕：「不哭，他打你多少，娘娘幫你打回來！你和焜翃先走！」

「嗯！」小竹擦擦眼淚，重重點頭：「娘娘，拆了他！」

我瞥眸一笑：「放心，我會的！長風！開妖門！」我手心神印浮現，回身狠狠打在面前的空間上。我要給妖門定個位，如此一來，長風的妖門才能開在這裡！

登時，空間開始扭曲，裂開，巨大的氣流從裡面衝出，身後傳來御人的沉沉的厲喝：「魅姬！妳這是在逆天！」

我轉身時，他張開雙臂朝我飛來，我甩開蛇鞭：「小竹，焜翃，看好大門！」

「是！」焜翃和小竹登時現出原形，巨蟒和巨龍護在妖門之前，白熹也化出巨大的白龍立在他們之間。

我帶起震天錘迎上御人：「不逆天的事，我刑姬還不做呢！」月輪直衝御人，御人揮起摺扇。君子的神魂被封印，無法控制自己的身體；不然他可以把我們放出，也不用我撕開他出來。

巨大的摺扇在御人周身飛旋，快速擋住月輪的攻擊。御人瞇眸看月輪上的藍光：「帝琊，你真是混蛋！」

「彼此彼此——」帝琊的神魂在月輪上浮現，猙獰地伸出雙手：「御人——來陪我——」他朝御人撲去，御人的摺扇立刻劃過他的面前，御人噁心地看他：「滾開！」

我甩蛇鞭而上，御人掌心神印再現，登時神光衝出。我甩起帶著神力的蛇鞭，將他的神光抽碎。他一驚，我飛速撲向他，瞬間現於他的身前，抬手就朝他的胸口抓去！

他立刻伸手擋開，神光乍現，將我逼退，神光化作巨龍朝我吞噬而來。我在空中翻轉，從神光下而過，髮絲的末梢觸及神光而斷，我轉身蛇鞭抽過，神力切碎神光。我再次衝向御人，御人甩袖而出，黑色的衣袖掃過我的面前，我一把抓住末端一躍而起，躍到御人的身後，伸手抓向他的後心！

衣袖從我手中登時滑脫，御人轉身伸手一把握住了我的手拉到近前，陰沉而笑：「魅兒，妳真是讓我欲罷不能！」他緊緊扣住我的手，俯臉而下。

倏然，空中神光乍現，御人擰眉頓住身形，陰沉地看向上空。

我邪邪而笑：「看來，有人來給你送行了！」

聖潔的神光從天而降，時間瞬間凝固，結界外飛鳥頓在半空，浮雲不再流動。

我一把推開御人，撐開雙臂向後飛落在妖門之前，月輪再次回歸，御人的摺扇懸立他的身後。

「你們走！」我看向身後，白熹、焜翃、小竹再次化作人形，焜翃與小竹對視一眼，轉身護送白熹進入妖門。

忽然，他猛地把白熹推向妖門：「娘！對不起！」

「不要！翃兒！」白熹在妖門中嘶喊，焜翃在漸漸關閉的妖門前掀衣下跪，我驚訝地看著他和小竹，在妖門徹底關閉、白熹痛苦的臉消失之時，焜翃咬了咬牙，赫然起身，和小竹一起站在我的身旁。

我擰眉看他們：「你們是白痴嗎？」

「我們是蠢！」焜翃也沒好氣地看我，身上已是累累傷痕。

小竹堅定地看我：「但我們願跟娘娘同生共死！」

我看著他們少年堅定的臉，忽然情不自禁地伸手抱住了他們的身體，眸光收緊：「放心！娘一定不會讓你們死的！」

他們的身體在我緊緊的懷抱中一怔，我放開他們轉身，冷冷看著從神光中降臨之人：廣玥！

我對他勾唇邪邪一笑：「你來得正好，我還覺得少了個觀眾。」

廣玥清冷的眸光看一眼御人，然後落在我的身上：「妳鬧夠了沒？」

「沒有～～～」

御人陰沉地看向廣玥，見廣玥的目光落在我的身上，眯緊了眸光，手中的神光已再次閃現：

「廣玥，你難道只是站在那兒嗎？」說罷，他朝我如同一隻巨大的黑色烏鴉撲來，身上的氣流割裂了身旁的風，他朝我飛來，巨大的摺扇從他上方飛過，旋轉，飛速朝我而來，小竹和焜翃登時現出原形擋在我的身前。

「嗷——」焜翃張開嘴，火焰就噴射而出，御人冷冷一笑閃開，火焰燒在摺扇之上，摺扇絲毫不損，繼續朝焜翃飛速旋轉而來。焜翃立刻閃開，摺扇的邊緣劃過焜翃的肩膀，登時厚實的龍甲被割裂，鮮血汩汩而出。

怒火瞬間從心中而起，我揮手而起，直衝御人。御人冷笑看我，我邪邪一笑，瞬間化作無數條如同黑蟒的黑霧朝他飛去。他微微一驚，在我的黑霧中閃避，我帶起所有的黑霧旋轉，俯衝，纏繞，御人被我包圍在其中，我高高躍起，再次衝入黑霧之中，神力融入黑霧，狠狠抽上御人的身體。

啪！

啪！

啪！

御人的黑衣被我抽裂！他的髮絲被我抽斷！他俊美的臉被我抽開！

一絲鮮血瞬間飄入空氣，他登時怒然撐開雙臂。神力炸開時，我迅速後退，他的黑髮在神力中亂舞，雙眼完全被憤怒吞沒化作了黑色，沒有半分眼白。

御人陰沉而憤怒地看向廣玥：「你怎麼還不進來！和我一起封印這個女人！」

廣玥雙手插在寬大的月牙色袍袖中，冷淡地俯視御人：「你覺得我進得來嗎？你看看你現在多狼狽，丟盡我們神族的臉！哼，還不如死了。」

「你！」御人的憤怒讓他的神力再次燃燒一分。

廣玥冷淡看他：「這也是你自作自受，自作聰明，這個女人的話你也信。哼。」

「廣玥——」他揚天怒吼，然後凶狠地朝我看來：「魅兒，妳現在只要打開結界，我就幫妳一起殺了廣玥！」

我邪邪看他：「對不起，在沒拆掉你神骨之前，我是不會信任你的。」說罷，我放開蛇鞭，震天錘回到我的手中，我一把握住，朝他揮去！

「師傅！」

「魅兒！」

忽然，天水和鳳麟的呼喚傳來，我吃驚地停住身形，那一刻，廣玥的目光也落在趕來的二人身上。

「你們來幹什麼？」當我怒喝出口時，一束神光赫然朝我而來。我匆匆閃開，灼熱的神光邊緣還是擦上了我的臉。灼痛傳來之時，我的臉也被割裂，鮮血飄散在空氣中，我眯起了眸光，御人！

神光不斷而來，我甩手張開護壁，臉上的傷在神力中自行癒合。我朝天水和鳳麟看去，他們直直朝我飛來，輕鬆地穿透了可以阻擋神族的結界屏障！

鳳麟是凡人，所以可以入結界，但是，我沒想到廣玥設置的時間凍結對他卻是沒用。

而天水擁有半神之身，所以，他也不會被時間凍結，而他不人不神不鬼不殭屍也不會被結界辨識，所以，他也能進來。

我卻因他們的到來而分了神。

「魅兒，妳現在也有弱點了！」御人在高空得意地冷笑，再次占據上風，不斷揮出神光，我在護壁後被他連連撞退！

忽的，小竹和焜翃再次化作原形衝向御人。與此同時，冰影和滅殃紛紛掠過我身邊，飛向御人，幫我纏住御人！

我轉身開口就怒道：「你們來幹什麼？」

鳳麟也憂急看我：「妳又瞞著我！」

天水看向鳳麟，拉住了他的胳膊：「鳳麟！」

我立刻看向高空的廣玥，鳳麟和天水也朝廣玥一起看去，廣玥低眸冷冷淡淡地俯看他們：「原來妳有不少幫手。」

我擰緊了眉。一直以來，我從不讓鳳麟他們暴露在眾神的面前，是為了他們的安全！只要是見過他們的神族，都已被我所殺。只要殺了御人，還是無人知道我身邊到底有誰。

但是現在被廣玥看見了，而且久久沒見嗤霆，也讓我心中的不安更多一分。嗤霆是最想殺我的，他怎麼不見？

這一次，也沒見到殷剎，上次他助我，只怕也被廣玥他們禁足在冥界。

先不管了，先滅了御人再說！

鳳麟依然緊緊盯視高空的廣玥。

我看看天水：「天水，護住鳳麟！」

「可是師傅！」他擔心看我，我握住他手臂：「我有神力了，不必擔心，你護好鳳麟，別讓我再分心。」

天水的神情嚴肅起來，鄭重看我：「知道了。」

我放開天水，天水站到鳳麟的身前。

不遠處，小竹被御人的神光打中了身體，撞擊在結界壁上，鮮血瞬間飛濺，染紅了一片結界！焜翃也落在地面傷重而無法起身，鮮血染紅了潔白的白玉。

只有冰影和滅殃還在勉強支撐。

我掄起震天錘，朝御人揮落：「讓開——」

我決定速戰速決！

巨大的神力在我揮落時形成巨大的氣流，冰影和滅殃登時閃開，紛紛飛回天水和鳳麟的身邊，御人見狀立刻揮來君子扇，擋在身前。我咬了咬牙：「君子，對不起了！」神力化作刀鋒，將巨大的扇面一劈為二，君子扇瞬間從空中墜落，神力直直劈向御人的身上，御人立刻雙手交叉，神力化作護壁擋住！

我巨大的神力和他的碰撞一起，直接相對，就看誰的神力更強一分！他咬牙撐著，我邪邪而笑，身後的光翅燃燒起來！

「御人哥哥～～你不是說什麼都願意給我，只要我高興就好？那麼今天！就把你的神骨給我吧——」神力不斷湧出身體，重重壓下，御人狠狠看我，被我直直砸向地面！

「轟！」巨大堅硬的神玉地面被御人撞開，玉石四散飛濺起來，整個世界瞬間變得寧靜，御人躺在玉坑裡，氣喘吁吁。我把衣衫破爛的御人從坑中提起，邪邪而笑：「如果當年你們沒有封印我，我早把你們全滅了！」

御人乏力地輕笑，冷冷盯視我的臉：「當年封印妳，果然是對的！」

我眯了眯眼，神力纏繞指尖，直接挖向他的身體！

忽的，我感覺到一絲空間的波動，我頓住了手，朝波動之源看去，正是天水和鳳麟的方向！天水身後的空間忽然扭曲起來，我放開了御人，御人撲通跌回玉坑。我站起身時，一隻如同鳥頭的怪獸頭顱伴隨著嬰兒般的尖叫從那扭曲的空間中而出，一口咬住了天水！

「啊——」天水痛苦地大喊，腰間瞬間鮮血流下！

「天水！」鳳麟正要揮劍之時，更多的獸頭從空間中湧出，眨眼之間，巨大的九頭怪獸已經立於結界之下，而他的下方，正站著冷笑的嗤霆！

「九嬰！」我捏緊了手中的震天錘！

「嗷——」九嬰在結界中尖叫，一口吐掉了天水，天水從空中跌落，在地面的焜翃掙扎著起身，撲到天水身下，接住了他殘破的身體。

刺耳的尖叫刺痛了我的耳膜，我痛得捂住雙耳，看著嗤霆一把扣住鳳麟的脖子，把他提起！

「哈哈哈——」御人從我身後趔趄站起：「你們怎麼現在才動手，是為了看我的好戲？哼，我怎麼會有你們這樣的兄弟！」

嗤霆昂首看他，笑：「讓你先消耗消耗她的神力，好讓我們封印！你不是想跟她一起爽？我們只是滿足你的願望。現在，你爽夠了嗎？哈哈哈——」

「爽～～真是爽！」身後是御人近乎咬牙切齒的話音！

我立刻仰起臉直直看向高空的廣玥，殺氣包裹全身，一定是他！只能是他！廣玥！到底是什麼時候！你在我的身邊？

「什麼時候？」我眯起雙眸，沉沉地問。

廣玥依然冷淡地看我，冷冷淡淡地答：「娥嬌是我派下來的。而我覺得天水那個凡人對妳更有用，妳會帶在身邊，所以在他進入結界前，我在他身上加了道印，讓嗤霆定位。」

「啪，啪，啪。」御人趔趄地走出我身旁，一下一下地拍手：「不愧是你啊，廣玥，總是那麼陰險地藏在一切的背後！」御人的嘴角揚起冷笑。

我陰冷看他：「你早就可以捉我，為什麼？」

廣玥淡淡地眨了眨眼：「讓御人死心。」說罷，他轉眸冷淡地看御人：「你死心了嗎？」

「哼……我現在只想殺了她！」御人趔趄了一下，扶住胸口喘息，沉沉看向廣玥：「娥嬌是你的人，居然也見死不救，廣玥，你可真夠無情的！」

廣玥面容依然冷淡，沒有任何神情的變化，眼眸半垂地冷語：「魅姬有罪，但她是真神，娥嬌竟敢欺瞞，想私自弒神，哼，她是咎由自取！」

御人的眸光驟然深沉，仰起臉勾笑看廣玥：「咎由自取？還是，是你想殺？哼！我看你也沒想救我吧？」

廣玥的神情絲毫不變，冷淡地看著這裡的一切：「嗤霆，殺。」

「魅兒……快走……」鳳麟在嗤霆的手中艱難地說。

「魅兒？」嗤霆轉臉蔑然看鳳麟：「你這個凡人跟魅姬又是什麼關係？」

「鳳麟！」我提起震天錘。忽然，御人一把抱住了我，黑色的神紋瞬間遍布他的全身，將我牢牢鎖住：「快殺！那是她男人！」他一把扣住我的下巴，貼在我的耳邊陰狠而語：「這就是妳羞辱我的下場！我要讓妳看著妳身邊的人，全部在妳眼前灰！飛！煙！滅！」

我的心登時提起，拚命掙扎！

「放開我──」

嗤霆好笑地看我：「居然選了個凡人，真是飢不擇食。」嗤霆蔑然地一手拋起了鳳麟，唇角揚揚：「九嬰，給你做點心了。」

「鳳麟──」天水滿身鮮血地和冰影一起朝鳳麟衝去！

「不──」我嘶喊之時，九嬰張開利齒朝鳳麟咬去，神光從九嬰的嘴中衝出，罩住了空中的鳳麟。鳳麟在神光中深深地看我，他忽的擰起雙眉，揮起手臂，滅殃登時朝我而來，而他，被九嬰一口吞入口中。

「還不快走──」他在九嬰的口中大喊，眼角滑落一行淚水，卻是對我揚起了微笑：「魅兒……對不起……」他哽咽的話音在九嬰咬碎他身體之時戛然而止，瞬間，整個世界靜得只剩下我耳邊的嗡鳴！

嗡──

鳳麟的靈魂在九嬰嘴中的神光裡化作了點點星光，飄出了牠的嘴角，被九嬰吃掉，灰飛……

煙滅……

黑暗漸漸吞沒了我的世界，淚水滾落我的面頰，我漸漸看不到朝九嬰飛去的天水，也看不到那些細碎的星光，感覺不到自己的淚水，只聽見自己撕心裂肺的嘶喊：「啊——————」

整個黑暗的世界震盪起來，神力從體內不斷湧出，滅殃從天而降，劍光掃落，束縛我的御人登時放開了我：「嗤霆！快！她失控……」他的話音，消失在我的手中，因為，我的手已經破開他的身體，抓住了他的神骨，黑暗的世界裡，我只看到他痛苦的臉和驚詫的神情。

我的嘴角開始咧開，咧到最大：「我要讓你——給麟兒陪葬——哈哈哈哈——」

另一隻手，也破入御人的身體！

「噗！」

登時，神血從他的口中噴出，噴吐在我的臉上，熾熱的血流入我的嘴角，帶著鮮甜的滋味。

「哈哈哈哈——哈哈哈哈——」

我雙手毫不猶豫地抽回，神骨和神丹捏在我黑色的手中！

我發狂地大笑！可是眼淚卻源源不斷從眼角湧出，流出我的嘴中，和御人的血混在一起，味道讓人作嘔！

「啊——」御人痛苦地大喊一聲，跪落在我的身前，下一刻，啪！炸成了星光，只剩下神魂。震天錘幽幽地立在他的身後，他僵硬地轉頭，帝琊的神魂在震天錘上浮現：「御人——來陪我吧——哈哈哈——」帝琊朝御人撲去！

「不——」御人朝我身後伸長手臂：「嗤霆救我——」

帝琊一把抱住了他，瞬間收入魂珠之內，消失在我的面前！

我捏著御人的神骨和神丹，幽幽地轉身，邪氣凜然地，獰笑地看向遠處的嗤霆，他正伸手把滿身是血的天水也抓在手中！

他看向我，目光竟是顫了一下：「魅姬！妳要是再上前一步，我就殺了他！」

「殺吧……」我一點一點朝他飛近：「是他……把你帶了進來……所以他該死……是不是？天水？」我陰邪地瞥眸看向天水，天水痛苦地看我一眼，閉上了眼睛，徹底放棄了掙扎：「不錯……是我害死了鳳麟，我該死……」

「哼哼哼哼——哈哈哈哈——哈哈哈哈——」我仰天大笑，黑暗的世界之中，傳來了廣玥的聲音：「嗤霆，快走，她失控了，你不是她對手！」

「想跑——」我低下臉，邪邪而笑：「全都要留下來給我的麟兒陪葬——」我朝嗤霆撲去！

嗤霆驚然扔出了天水，天水飛向我，我抬手一把將他的身體揮開，直撲嗤霆！

我的心裡，再次只有恨，我不會再為任何人停留，更不會再為任何人心軟！

我要拆了他的神骨！

拆了他！

拆了他！

為我的麟兒報仇——

「嗷——」九嬰朝我飛來，我掄起震天錘一錘打在九嬰的身上。

砰！

九嬰直接被我打飛，嗤霆立刻喚出他的魔天魔杵，神力的光翅在他身後炸開，我瘋狂地朝他砸去，他連連抵擋！

噹！噹！噹！

他的魔杵開始出現了裂痕！

噹！我的震天錘再次砸在他的神器魔天身上，他咬牙頂住！

「啊——」我的頭直接化作惡蟒，一口朝他狠狠咬去！他見狀也登時化作魔龍朝我大吼：「嗷——」

我朝他撲面而去，帶著神力的牙齒毫不猶豫地一口咬進了他的脖子！他登時痛苦地大吼一聲：「嗷——」

他扭頭就咬在我的肩膀上，帶著神力的牙齒瞬間破開我同樣用神力遍布的肌膚，留下灼傷的牙印。

我開始跟他在空中撕咬。

九嬰再次朝我而來，咬向我時，天水帶著冰影飛起，他握住冰影張弓，一支支冰箭射向九嬰的嘴。九嬰的嘴中是神光，一口口咬碎冰影的神箭。

我伸出利爪帶著神力抓過嗤霆的胸部，登時皮開肉綻。他也抓過我的身體，留下一道道血痕。

我和他扭打纏繞在一起，從空中重重摔落。我和他在地面上震開，砸出了兩個深坑，登時玉石飛濺！

我化出人形，趔趄地從坑裡站起。噗！一口吐掉了嗤霆堅硬的鱗甲，我陰邪地冷笑，渾身傷痕累累，血跡斑斑。

嗤霆也血跡斑斑地從坑中爬了出來，手握魔天支撐住自己的身體勉強站起，鮮血從他的手臂上不斷流下，染滿魔天碎裂的身體，他的身體似是痛得直打顫。

我憤怒地盯視他，嘴角再次咧開，嘴裡是他和御人的鮮血！

「痛嗎……可是，我一點都不痛——因為——在你們封印我時，我已經痛習慣了——現在我這裡死了——」我指向自己血濕的心口：「就更不會痛了——」

嗤霆看我一眼，眸光顫了顫，猛地轉身用他最後的神力撕裂了空間，我立刻用最後的神力化作黑霧：「別想跑——」

嗤霆飛速躍向沒有完全打開的空間，我伸出利爪直接挖入他的後心。

「啊——」他痛苦地喊了一聲，放開魔天！

破碎的魔天朝我的手直接砍下！

我立刻抽回手，嗤霆消失在裂縫之中，裂縫瞬間閉合，只留下了殘破不堪的魔天和他的九嬰。

我陰邪地笑著，看著手中嗤霆的神丹！

「哼哼哼——哈哈哈哈——」

「嗷——」

九嬰的嗷叫從空中而來，我陰邪地咧開嘴角，直接躍起。伸手之時，震天錘在手中化作了長劍，染上了帝琊和御人的神光！

九嬰朝我撲來，我的長劍直接刺入牠的嘴中，瞬間破開牠嘴內的神光，直接貫穿了牠的身體，從牠身後飛出，面前是被月靈扶住的、滿身鮮血的天水！

我陰沉看它一眼，甩掉劍身上的血轉身，九嬰在我面前直直墜落！

「轟！」牠墜落在地上，化出小小的人形，紅色長髮和紅色鮮血在白玉的地面上綻放出一朵絢麗的玫瑰！

我的眼前，瞬間被黑暗吞沒，開始從空中墜落……墜落……

黑暗漸漸包裹我的世界，只看見結界外廣玥冷漠冷淡的容顏。天空中的玉巢緩緩打開，闕璿朝我伸出了雙臂，將我抱入了懷中，他周身的玉光依然無法逼退我世界裡的黑暗，我在黑暗中開始尋找……

麟兒……

麟兒……

我不斷地向前，不斷地行走，但是，我永遠無法走出無邊無盡的黑暗，我朝黑暗伸出雙手，我需要力量！我需要更多的力量！

我要為麟兒報仇！

我要為他報仇——

我猛地睜開眼睛，卻被人牢牢按住了肩膀，我看見了闕璿，和他身上閃耀的神紋和玉光！

「啊——啊——」我掙扎著，大叫著，他牢牢摁住我：「娘娘！冷靜！娘娘！」

「我無法冷靜！我要報仇！我要報仇——」

「闕璿跟隨娘娘，是因為娘娘對闕璿有恩，闕璿不會讓娘娘入魔的！」他用力摁住我。

「放開我——放開我——」我的雙眸漸漸被黑暗再次覆蓋，闕璿憂急地大喊：「娘娘！娘娘！妳不能入魔！不能！」

「殺了我吧。」忽然，天水平靜的聲音傳來，闕璿拉住了我身體，我緩緩拉開闕璿摁住我的手，坐起身看向一旁。黑暗的世界裡，現出了天水自責痛苦的臉。

「殺了我，可以讓妳冷靜下來……」他走到我身前，我站起身。闕璿躍落玉床扣住天水的肩膀：「天水……」

「你們都出去！」天水痛苦地閉緊雙眸厲喝。

闕璿難過地看他一眼，從他身邊走過。在闕璿走出我黑暗的視野之時，我伸出雙手，掐上了天水的脖子，狠狠地看著他：「我要殺了你——」

他緩緩地睜開眼睛，痛苦和心痛染滿他的雙眸：「答應我……殺了我之後，一定要恢復冷靜，不要入魔……鳳麟不想看到妳這樣……」

「你沒有資格提鳳麟！」

我用力掐他脖子！可是，我卻始終無法使力，我愕然看見自己的雙手根本無法掐住他的脖子，我的雙手是那麼地小！我得站在這張玉床上，才能搆到他的脖子！

「啊——啊——」我痛苦地大喊，雙手顫抖：「我需要力量——我不要這個樣子——我需要力量給麟兒報仇——我要力量——」

「師傅！」他痛苦地搶步到床前緊緊抱住我小小的身體：「師傅！對不起……對不起……」

「你放開我！放開我——我要去殺了廣玥——我要殺了廣玥——我等不及了！我要馬上！馬上去殺了他！」我的腦中猛地電閃雷鳴：「給我力量！給我力量——」我捧住了天水的臉，吻上了他的唇！

他驚然推開我，我再次撲上，他一個趔趄，往後絆倒摔落。我跪在他的胸口，吻住他的唇，他吃驚地捏住我的身體。黑眸之中忽然劃過一抹紫光，他的黑眸瞬間染上了紫色，他捏住我肩膀的手，緩緩將我擁緊！

他抱住我小小的身體，深深吻入我的唇。我開始扯開他的衣領，他緩緩翻身，神力從他的口中而出，流入我的體內，混合著世間陰暗力量之一的情慾。

我的神丹，開始再次旋轉，但是，這遠遠不夠！

我需要更多！更多！

我的小手在他的胸口開始慢慢變大，他緩緩翻身將我壓在身下，長髮垂落地面，我扯開了他胸口的衣領。

他紫色的雙眸中劃過了痛苦的掙扎，他撐住身體痛苦地擰緊了雙眉，黑色與紫色在他的眸中交織掙扎。我撫上他溫熱的身體，他的眸光倏然發緊，黑色漸漸驅逐了那抹紫色，他痛苦地看了我一眼，閉上雙眸，深深吻入我的唇……

我要吸乾他，徹徹底底地吸乾他的元陽！

神力和情慾的蜜液混合流入我口中，他深深汲取我唇內每一絲醉人的瓊漿。

我一手撫上他的後頸，一手撫上他已經衣領鬆開的身體，光潔溫熱的身體在我的手心下隱隱發熱，心臟在胸腔下劇烈地跳動！

已經完好無缺的身體讓每一處傷痕消失無蹤，只剩下緊致絲滑的肌膚。我撫過他的肩膀，衣領隨我的手脫落，露出了圓潤光潔的肩膀。他的吻也順著我的臉龐而下，伴隨著他開始沉重的呼吸聲。

手心下的肌膚開始升溫，我在黑暗中尋求更多的力量。

溫熱的手溫柔地撫過我的臉龐，我環上他的後頸，撫上他緊致的後背，他的呼吸在我的耳邊：「呼……吸……」溫柔的吻在這聲聲呼吸中落下，輕輕吻過我的鬢角，我的耳垂，我的頸項，我的肩膀。

他的手在我的頸項和肩膀上來回地摩挲，像是不敢再擁有更多。衣衫垂落在我的身上，覆蓋了我身體的兩旁，像是用他的氣息包裹了我的身體，又像是用他的衣衫遮擋衣下所有的春光。

我深深呼吸，我感覺到自己的神丹在急速旋轉，它需要力量，但這力量遲遲沒有給它。我的手滑落他的肩膀，撫上他的胸口，他的胸膛登時大幅度地起伏。他深深埋入我的頸項，粗重地喘息。

他捏在我肩膀的手終於緩緩而下，撫過我的肩胛、手臂。他放落身體貼近我，手捏緊了我的手臂，我曲起右腿，碰觸到他緊繃的腿。

「師傅……」

他哽咽地緊緊抱住我，輕柔地吻落在我的心口。當我的腿蹭上他的腿時，他的腰倏然繃緊，身體自然而然挺直，那熾熱的硬挺壓在我們下身之間。

他的臉深深埋入我胸口，長髮散落在我身上，細滑冰涼的髮絲帶來絲絲涼意和輕癢。一隻手滑落我的身體，輕撫我胸前的柔軟。黑暗的世界中，只有他深重而壓抑的呼吸聲。

他緩緩地圈緊我的腰，臉貼上了我胸前的柔軟，深深含入。我的指尖瞬間深深嵌入他的腰際。他發出了一聲悶哼：「唔！」

但他沒有離開，他用唇舌溫柔吮吸。我抓緊了他後背的長髮，尖利的指甲也隨之劃過他光滑的肌膚，一絲血腥味開始在空氣中蔓延。

他的身體越發緗緊，登時，粗壯熾熱的硬挺劃過我大腿的內側，抵在我的下身。他緩緩地、一點一點試探般的進入，後背的肌理也開始在我的手心下顯現，後背之間現出深深的溝壑，和他凹陷的後腰形成完美性感的曲線。

「嗯……」他的臉再次埋入我的頸項，輕輕悶哼，盡量緩慢地進入我的身體，我瞬間感覺到力量開始源源不斷地流入神丹。我咧開嘴，邪邪地笑了。

很好……就這樣吧……我要吸乾他……讓他在我的身上……灰飛煙滅！

直到抵達最深處後，他再次溫柔地啜吻我的頸項，然後緩緩退出，緩慢而溫柔的動作讓情慾更加高漲，也讓他的神力在這過程中漸漸消失。

「呼……呼……」

他在我頸邊沉重呼吸，後腰緩緩挺進，再緩緩離開。他的臉始終深埋我的頸邊，宛如無法面對我，也不想讓我看見他的容顏。

隨著彼此的體溫逐漸攀升，他的呼吸開始變得大口大口：「呵……呵……」他吃力地緩緩仰起臉，痛苦地呼吸著，呼吸聲中帶出了乾啞，像是他全身的水分正在被快速蒸發，讓他越來越虛脫。

我的指甲一點一點刮過他緊繃的後背，他的後背已經完全濕透，窄細結實的腰在我的手間律動，他猛地一挺，瞬間進入到最深處，第一次嘗到禁果的甘甜，也讓他的身體微微輕顫。他悶哼出口，再緩緩抽離，擦過每一處敏感，瞬間帶出了男人低啞的呻吟：「呃……」

我緩緩再次撫上他的後背、頸項和他埋在我頸邊的臉，邪邪而語：「給我……天水……把自己給我……為我而死吧……」

他汗濕的手緊緊握住了我的手，帶出他低哽的呼喚：「師傅……師傅……」

他開始不斷用力挺進，撞擊我的身體，如同飛蛾撲火一般，明明知道我會燒盡他的身體，他依然不斷地撲向我，黑髮開始在律動中漸漸褪去鮮麗的顏色，慢慢化作雪髮，握住我的手也開始漸漸瘦削。

「呃！呃！呃！呃！」他不斷地進入我的身體，將自己推送到最深之處，卻依然盡量讓自己的動作溫柔，不傷我半分。他要在燈枯油盡之前，將自己的生命全部灌入我的體中！

「啊！」

他輕輕呻吟了一聲，熱液隨即而出，全身的元陽也在那一刻深深吸入我的神丹之中，神紋瞬間布滿我的全身，閃耀出格外耀眼的暗紫光芒。我的皮膚再次恢復神光，體內再次充盈力量。他緩緩地墜落在我的身上，白髮枯竭，身體枯乾。

我瞇緊了眸光，這就是你想要我的代價！

我不會讓你再活在我的面前，這個世上！

黑暗之中，我看到了天水和紫垣模糊的身影。

「你在做什麼？」天水憤怒地質問紫垣。

那是他的潛意識，在我吸收他元陽時，產生了交合。

紫垣沉穩看他：「讓娘娘恢復神力。你現在是半神之身，你的元陽對娘娘有用。我要用你的身體讓娘娘康復，她現在虛脫，非常危險。」

天水怔立在紫垣的面前。

紫垣的神情裡，多了一分冷酷：「而且，你該死。」

簡潔而有力的三個字，讓天水的神情徹底陷入痛苦的自責，他和紫垣的身影，在黑暗中漸漸化作灰燼消失……

暖暖的玉光開始從黑暗世界的周圍慢慢浮現，終於吞噬了我眼中的黑暗，我漸漸看到晶瑩剔透、鏤刻雕花的玉巢。

『答應我……不要殺他……』

我深吸一口氣，神丹不再旋轉，也切斷了神力的源頭。

我緩緩坐起，身上的身體已經輕薄如紙，雪髮遮蓋了他枯竭的身體。我抱起他放落玉床，他的全身已經毫無血色，形如枯骨，無法再見他溫溫容貌。

我坐在床邊，久久看他，為了復仇，我真的，做錯了很多事……

我俯身給他合攏衣衫，陽光淡淡地從鏤空的玉巢頂端灑落，一束又一束落在他枯乾的身上，瑩瑩的暖光漸漸在他的身上浮現，我的手微微一頓，看著他的身體，在陽光中開始一點一點地復原。

我開始出神……

天地生陰陽，其實是錯的。真正的，是陰陽生天地。我是陰，他們是陽，一陰六陽，孰重孰輕，一眼便知。

我沉睡於世界陰暗的縫隙之中，一個陰巢之內，我沒有甦醒，是因為他們六人剛剛降臨，創造萬物，欣欣向榮，不生陰暗。

但是漸漸的，人多了。

憤怒、嫉妒、哀傷、怨恨、邪淫、情慾等等的陰暗人性因而越來越多，它們不斷湧入我的陰巢，我開始蘇醒，開始成長，開始擁有了可以破殼而出的力量。

陰生陽，陽生陰，陰陽互補，我自然可以採陽補陰，而且，這個方法比吸取怨氣讓我恢復得更快，讓力量成倍地增長。

然而凡人的元陽太渺小了，如同一粒飯粒、一滴水滴，不足以充盈我的神丹，只有神族的神陽可以。

我沒有想到，我心入魔的第一件事，竟是為了渴望力量給自己和麟兒報仇，而吸盡了天水的神魂中的元陽。

如果不是麟兒的聲音，他此刻應該已經徹底灰飛煙滅了。

我側開臉，起身離開。

第九章

做錯了

做錯了，不能再錯……我不能再留他在身邊了。
我該讓自己好好地冷靜下來。

第十章　因果有報

玉巢門口傳來嘩嘩水聲。我走出玉巢時，看到了一個布滿鐘乳石的開闊洞穴，瀑布形成水簾，掛在洞口。

「娘娘！」小竹、焜翃和闕璿一起站到我面前，我看向他們，他們都鬆了口氣。小竹和焜翃的身上還帶著傷痕，身上的衣服也是血跡斑斑。

闕璿高興地到我面前：「娘娘，妳冷靜了。」

「嗯。」

「那天水……」大家看向玉巢內。當眾人的眼中映入白色的枯髮時，他們的臉上出現了同樣的繃緊神情。

焜翃的紅瞳登時顫動起來，驚詫看我：「妳、妳吸了他！」

「要你多什麼話！」小竹生氣地拍了焜翃一下：「這是他應該為娘娘做的！娘娘，還需要嗎？但我和焜翃是妖……」他憂急得心煩意亂。忽的，他看向闕璿：「對了，闕璿大人可以！他是神！」

闕璿一怔，白玉的臉瞬間浮上迷人的粉紅色，呆呆看我。

焜翃也眸光閃爍地小心看我。

我看向他們，沒有說話，轉開目光兀自走向洞口，站在水簾之內。透過水簾，我看到了萬丈瀑布，下面深不見底。

「這裡是哪兒？」我問。

「娘娘放心。」小竹跑回我身邊：「是闕璿大人把我們救入玉巢，逃了出來。這裡很安全，但還在蜀山附近。」

「我本是玉石，所以我可匿入任何山石，廣玥是找不到我們的。」闕璿也走到我的身邊，依然沒有穿衣服，讓自己的神紋暴露在空氣之中，宛如那是他最喜愛的裝飾。

我看向他：「你走了，蜀山呢？」

闕璿一怔，沉默地低下臉。

「蜀山還在。」焜翃站在小竹身旁：「只是仙玉城沒了，就只剩中心城。」

闕璿微露淡笑：「幸好昨天仙法會，大家都在中心城，所以我送走了他們，沒有造成傷亡。」

「是嗎？」我轉臉再次凝望遠處的高空：「蜀山還是傾覆了，沒關係，這也是他們霸占你數千年所招致的劫難，與你無關，你不必自責。」我淡淡地說，蜀山的存在也不過兩千年，之前，闕璿是自由的，直到人類發現了他。

如果不是人性的這些缺陷，我也不會存在於天地，也不會從陰暗之中破殼而出了。我應該還在沉睡，並且一直沉睡下去。

「娘娘，妳現在還好嗎？」身邊傳來闕璿擔憂關切的聲音：「如果……妳覺得……」

「我不需要。」我打斷了他的話音，轉臉看他，他匆匆低下臉，耳根帶起淡淡的粉紅色，連同他赤裸的身體，也浮出了粉玉一般的顏色。

我淡淡而笑：「娘娘知道做錯了，不會再錯了，謝謝你，闕璿。」

他的身體微微一怔，如玉的髮絲隨之輕顫，焜翃尷尬地側開臉，臉也微微發紅。

小竹眨眨眼，低下臉嘟囔：「怎麼能算做錯呢……除了凡間，就算在神界也很正常……」

我從小竹身上移開目光，心裡空蕩蕩的，什麼話都不想說。

麟兒的感應徹底消失地無影無蹤，但是，我不會讓麟兒就這樣消失在這個世界上。我要救他，即使得花上千萬年，我也要重新找回他所有的碎片，讓他重生。就算那時他不再記得我，不再愛我……

所以，我要先占有這個世界，才能找回麟兒！

我陰沉地再次凝望高空，還剩兩個半！

嗤霆的神丹被我奪走，他已經重傷，失去了神器和神獸，還有神丹，又被我打到殘廢，他只能算是苟延殘喘而已。縱使留有神骨，要恢復力量，也不是朝夕的事。

最厲害的，還是天上那個——廣玥！

我的心登時被怒火燃燒，廣玥，你殺我心愛之人，我必讓你體無完膚，身心為我俱碎！

「娘娘。」闕璿輕輕喚我，我看向他，他遞上了一把殘破的摺扇。

是君子……

他輕輕地遞到我的面前，神情凝重。

我伸出手，神力纏繞指尖，輕輕地，點落君子的殘身。神力在扇面上暈開，破開了君子的封印。登時，墨色從扇骨間緩緩流出，他飄浮起來，闕璿後退一步，墨色如同雲霧般傾瀉在地上，人形漸漸浮現，黑色的長衫、長髮像是被人勾畫出來，墨色的雲煙散盡，君子溫潤地站在我面前。

他靜靜地注視著我，我看落從他頸項到胸口長長的裂開傷口，裡面神光閃爍，深重的撕裂傷讓他一時無法癒合。

我抬起手，指尖落在他裂開的傷口上，他微微蹙眉，帶出一聲抽氣：「嘶！」

我體內御人的神骨發出了感應，我收回手指，抬手之時，御人的神骨已經浮現掌心。

「娘娘，我沒事。」君子對著我說，反而有些擔憂地看我：「娘娘，妳還好吧。」

我看著手中的神骨：「這是御人的神骨，得他，可從世人的信仰中獲得真神之力，君子。」

我看向君子。

他撫住傷口落眸擔憂看我。

「他選擇了你。」

君子一怔。

我走上前，拿下他捂住傷口的手，那深深的裂痕像是被撕裂的扇子。我拿起神骨看了看，緩緩放入他的傷口之內，登時，神骨徹底沒入他的傷口；隨即，刺目的神光從他傷口中射出。神光消失之後，是他完好無損的，溫潤的皮膚。

御人的神骨讓他越發神光煥發，俊美無瑕，君子翩翩，儒雅之中，帶出了真神的威嚴。

他怔怔看著自己，衣領恰到好處地散開，露出一抹性感迷人的胸膛，讓人迷醉。

「恭喜你！君子！」闕璿高興地看他。

「恭喜君子大人！」小竹和焜翃向他恭敬行禮。

我取出御人的神丹，抬手按在君子裸露在領口的胸膛，鑲嵌在他胸口。登時，神紋從那裡開始遍布他的皮膚，深入衣衫下我們無法窺視的身體。

「你本是神器，這枚神丹，你慢慢融合，不可急躁。」

「謝娘娘！」他激動地跪落我的面前，擰了擰眉，臉上浮出一絲薄紅：「請娘娘授印！」

闕璿看看他，像是想到了什麼，也跪落在他的身旁，俯首沉語：「請娘娘授印！」

我看著跪在身前的他們，君子一身墨黑，闕璿一身玉白，他們一黑一白，同樣俊美無雙，黑色的髮絲和白玉般的髮絲一樣直垂在臉邊，惹人喜愛。

小竹目露緊張地看我，焜翃也是目不轉睛。

我久久看他們，還是轉了身：「算了。」

身後，沒有起身的聲音，小竹和焜翃還是看著他們。

小竹的眼中帶出了一絲疼惜，大著膽子到我面前：「娘娘……他們……還跪著呢……」

我微微擰眉，轉回身：「你們已是真神，不需要主人了。」

君子抬起臉，黑色的劉海從他的面頰滑落，他眸光認真地看著我：「那君子要留在娘娘身邊！」

闕璿轉臉看看他，立刻也說：「闕璿也要留在妳身邊！」

我看看他們，細細思索：「君子，你現在剛剛成神，用的是御人的神骨，一時也不能回神界，就跟在我身邊吧。」

「是！」他鬆了口氣，提袍起身，面露安心。

「那我呢，娘娘？」闕璿玉色的眸子裡，帶出了一絲擔憂：「娘娘，闕璿身上是娘娘的神紋，闕璿無處可去，請娘娘收留！」

我俯身再次撫上他頸項上的神紋：「不，是我需要你。你可以保護我，但你真的要穿上衣服了。」

登時，粉色再次浮上他的全身，讓他如同一塊美麗的粉玉，連他的髮絲也染上了淡淡而迷人的桃粉之色。

「闕璿大人，早跟你說了，在娘娘面前要穿衣服。」小竹在一旁嘟囔。

闕璿紅著臉起身，原本只在腰間的裙褲開始慢慢遍布他的身體，遮住了他滿身的神紋和那玉潔無瑕的粉玉身體。

忽的，光影劃過水簾之外，冰影和滅殃破水簾而入，冰影現出了月靈的人形，驚喜看我：「娘娘！你醒了！」

我微微點頭，心中空蕩地看懸浮在空中的滅殃，淚水從眼眶中而出，我伸手抱住了滅殃的身體，淚水滴落在他的身上，他的身上，還帶著麟兒的味道。

整個石洞，變得安靜……

連仙劍中滅殃的劍魂，也不敢在我的懷中呼吸出聲。

「娘娘！真的救不回鳳麟師兄了嗎？」月靈哽咽地問。

「月靈妳別問了！」小竹趕緊打斷她。

「九嬰是神獸，被牠吃……」焜翃頓住了話音：「吃掉的人會灰飛煙滅……」

「雖然灰飛煙滅，但未必不能重生。」君子沉穩的話音在洞穴內響起，大家驚訝地看他。

「君子大人您說什麼？」小竹驚訝地問。

「天地六神是上古真神，御人更是造人之神，人是他造的，魂是殷剎大人造的，只要在這個世界存在過，就不會完全地消失，娘娘，是嗎？」君子問我。

我陷入沉默。的確，萬物是陰陽所生，六神所造，自萬靈而來，歸萬靈而去。要想找到他，只需要時間……

灰飛煙滅之後，麟兒的碎片會入萬靈，化作萬物，或是成為一粒花粉，或是一顆塵埃，或是一滴雨滴，或是一片雪花……

但是，無論他化作萬物是何，我會一點一點把他找回，讓他在我的暗光中重生。

我淡淡地開了口：「是，只是時間問題。」

「那要多久時間？」月靈著急地問。

君子凝重地擰眉沉默，闕璿輕嘆一聲：「至少一萬年。」

闕璿的回答，讓月靈徹底目瞪口呆：「一萬年……那時……我還活著嗎……」

一萬年，對我來說，不長，但是現在眼下最重要的，是如何得到這個世界。只有得到她，我才能專心致志地尋找鳳麟。

「大師兄呢？」月靈疑惑地看向眾人，眾人臉色微變，紛紛側開目光。

我懷抱滅殃轉身走入玉巢：「跟我來。」

「娘娘！」小竹急急跑到我的面前，擠眉弄眼看我，小聲細語：「天水現在不能見人！」

我淡淡看他一眼：「沒事，他應該恢復得差不多了。」我推開小竹，帶領疑惑看著小竹的月靈入內，小竹愣愣地眨眼，趕緊跟了上來。

進入玉巢之時，一束束陽光打落在天水的身上，他的面容已經完全恢復如初，唇色甚至比之前還要紅潤。

「恢復得好快！」焜翃不可思議地看天水：「怎麼可能？」

「這是怎麼回事？」小竹驚訝地到天水身旁：「半神能恢復那麼快？」他困惑地撓頭，看向君子和闕璿。

君子和闕璿一怔，闕璿再次微微泛紅：「這個……我不清楚。」

君子看他一眼，目露尷尬：「按道理，應該沒有那麼快。」

「你知道？」闕璿驚訝看君子，君子擰眉：「不要亂想，我沒試過，但也知理應沒有那麼快，尤其還是個半神，除非是雙修。」

「那不可能。」小竹立刻反駁：「雙修不會枯竭……」

「咳！」我重重一咳，小竹察覺失言匆匆低下臉，闕璿和君子的臉上浮出薄紅，各自窘迫地側開臉。

焜翃看著他們直搖頭。

「大師兄沒事了！」月靈還不知其然地欣喜著：「太好了！之前他渾身是血，把我真是嚇壞了……他的腰間也被九嬰咬掉了一大塊……好可怕……」月靈哽咽地低下臉，抹了抹眼淚，深吸一口氣再次仰起臉：「看到他現在沒事我就安心了！」

「妳帶他走吧。」我淡淡開了口。

「哦。」月靈下意識點點頭，忽的，她似是覺得不對勁，急急看我：「娘娘何意？」

我看落床上呼吸平穩的天水：「我不能再讓他在身邊。等他醒來，妳告訴他，不用再來找我。」

「娘娘！」月靈登時驚呼，焦急地看我：「這怎麼行？您知道大師兄他只想跟在您身邊！他想要守護您！現在鳳麟師兄……他更要替他繼續守護下去！」

「帶他走！告訴他，他活著，是鳳麟生前的希望，所以！別再給我找死了！」我憤怒地側開臉，整個玉巢瞬間再次陷入寧靜，眾人紛紛垂下臉，陷入靜謐。

月靈難過地轉身：「我……知道了。」她伸出手，去抱天水。

「等等。」我轉回臉，月靈立刻停下手，緊張又期待地看我，似是等我改變主意。

我瞇眸凝視天水在陽光中溫柔安詳的臉片刻，走到他身旁俯身吻落他的眉間。登時，神印浮現，在我的唇下徹底消散，隨即，一顆白色的棋子從他眉心浮出，我握在手中。這樣，他與我便徹底沒了聯繫。

「娘娘！妳怎麼把神印撤了？」小竹驚訝看我：「妳、妳真的不要天水了？」

焜翃、闕璿和君子的神色在小竹的話音中微變。

我拂袖轉身：「帶他走！」

「娘娘……」撲通一聲，月靈突然跪在我的身後，拉住了我的裙襬：「您別不要大師兄好不好……他一定會傷心死的……求您了……不要棄他……下次我一定好好看住他……不讓他再亂來……娘娘……求您留下大師兄吧……大師兄他是真的喜歡您……」

「閉嘴！我沒工夫也沒精力再去讓另一個人重生。」我大步向前，扯走了月靈手中我的裙襬，轉身冷冷看她：「走！」

月靈抽泣地起身，緩緩化作冰影，輕輕插入天水身下，托起他，從我面前緩緩向前。天水的黑髮滑落冰影的邊緣，落在我的手背上，一點一點劃過我的手背，像是一隻無力的手，想拉住我的手，卻始終無法握住我的手指。

一行淚從他的眼角滑落，在陽光中閃耀，他的手滑落身體，無力地垂掛在空中。指尖觸及我的衣裙，他的手指動了動，一點一點劃過我的衣衫。

我側開臉，不看他的臉，也不看他眼角的淚水。天水，我和你的緣分，今天就此盡了！以後，望你能好好活著，不要再念我，這也是麟兒的心願。

安靜在玉巢內繼續停留，直到天水的離開，依然沒有人說話。

「娘娘……」小竹低著頭難過地嘟囔：「是不是被妳吸過的男人，妳就會這樣扔掉啊……」

我的心扯出一抹痛，坐回玉床：「如果你們是這樣想的，就算是吧。所以，以後誰也別再提！」

「是。」君子立刻說。

闕璿看看他，也趕緊點頭。

小竹難過地始終低臉，焜翃再次嘆氣搖頭。

我看向焜翃：「焜翃，你也走吧。」

焜翃登時一愣，小竹像是不知受了什麼刺激般地驚訝看我，君子和闕璿也面露困惑與不解。

焜翃在長時間發愣後猛地回神：「我沒跟妳！」

「你閉嘴！」我懷抱滅殃，認真看他：「我答應了白熹，讓你離開我的身邊，你留在這裡，白熹只會擔心，而且，你也是一直不願留在我身邊，回去陪你娘吧。」

焜翃在我的話音中漸漸失神，紅瞳之中，帶出一絲淡淡的空洞。

「呼……嚇死我了。」小竹撫上胸口鬆了口氣：「好怕娘娘都不要我們。」他擔憂地看看我，急急坐到我的身邊，緊緊挽住我的手臂靠著：「娘娘，妳最怕孤獨了，小竹會一直陪著妳。」

我抬手輕撫他的短髮，他微微安心。

焜翃緩緩回神，神情複雜而糾葛，他拎仙袍下跪：「娘娘，焜翃回去盡孝了。但救母之恩，焜翃必報，只要娘娘需要，喚我即來！兩位大人，你們一定要替我好好保護娘娘！」焜翃說罷朝闕璿和君子一拜，起身，捂住額頭看我：「我是不會讓妳收回神印的！」他執拗地看我一眼，轉身離去。

我看著他的背影，想起他最初被我強行授印時的不甘願，而現在卻不願被我收回神印。神自認為可以掌控一切，卻只有一樣總是脫離他的掌控，甚至可以說，它從未被神控制過，那就是——情。

情，連我們神也無法琢磨透徹。

我看看大家：「走吧。我想去蜀山看看。」

「是。」玉巢的入口開始慢慢閉合，闞璿揮起手，登時玉巢破山而出，飛入高空，隱去外形。

然後，它停了下來，闞璿抬手撫過地面上的空氣，眾人腳下的玉石化作透明，可見下方一切。

只見雲天之下，蜀山一片狼藉。

蜀山的山頂，只剩下玉城的中心，其他仙府的弟子正紛紛離開，而蜀山弟子也正在忙碌。

渺小的人類，在我們的眼中如同螞蟻。

他們最終為自己的貪婪而付出了代價。

玉巢漸漸下降，拉近了與地面之間的距離，人聲也隨即而來。

「太可怕了，簡直是天劫！」

「到底發生了什麼事？怎麼一眨眼整座蜀山就剩那麼點了？」

「聽說就崑崙的潛龍知道發生了什麼，他整個人都傻了，到現在都沒說話。」

「整座鎮妖閣都沒了！會不會是因為那萬年的妖怪？」

「什麼萬年的妖怪，你們誰見過？」

「到底發生了什麼啊！真是急死人了！」

「我們不知道才更可怕！」

「哎！不知道人間又要發生什麼可怕的事了，我們還是快走吧，別在這裡逗留了。」

玉巢再次飛起，人聲漸漸消失，我們懸浮在高闊的天際，腳下是連綿不絕的雲海。

我看了一會兒：「魔天呢。」

「在囚室中。」闞璿說罷，平伸右手，手心向下，緩緩拉起，立刻，一塊四四方方的玉從地面緩緩浮起，裡面，是殘破的魔天！

我坐起身體，看著魔天的身體，邪邪地勾起嘴角。

玉石緩緩推落魔天的身體，化作鎖鏈將他牢牢捆住。

「你想幹什麼？」魔天在鎖鏈中掙扎，帶起鎖鏈叮噹作響。

我冷冷淡淡看他：「沒什麼，想把你拆了。」

「不要！不要——娘娘饒命——」他在鎖鏈中掙扎跳動，我揚起手，月輪已在魔天上方，巨大的月輪纏繞著絲絲邪氣，如同地獄裡的魔器讓人恐懼！

月輪上的魂珠開始飛轉，一束暗紫的光打落在魔天身上，黑色神魂開始慢慢從魔天裡剝離。

「啊——啊——不要——不要——」

「你的主人拿我的麟兒餵了九嬰，我就拿你餵我的震天錘！」我睇眸之時，魔天的神魂瞬間被吸入了震天錘，為我所用！

魔天的殘身裡，還殘留他的神力。我懷抱滅殃到魔天殘身的身前：「滅殃，這個身體歸你了。」我舉起滅殃，緩緩放開，滅殃懸浮在魔天的上方，我撫過魔天的身體，拭去他身上屬於蚩霆的神印，滅殃緩緩下落，如同冰錐融化一般，融入魔天的殘身。

鎖鏈緩緩退開他的身體，滅殃完全融入魔天的身體，得到他的神力，屬於滅殃金晶般的神光開始閃耀，瞬間修復了魔天的殘身，漸漸拉長，水藍色的長髮在金晶般的神光中飛揚，一把長戟握在他的手中。

「娘娘，危險！」小竹著急地拉住我的手臂：「滅殃是帝琊的神器！」

我並沒有聽小竹的警告，而是朝滅殃一步一步走去。滅殃睜開眼睛時，手中的長戟立刻朝我揮來！

「我要替主人報仇！」他憤怒地瞪視我，渾身殺氣燃燒。

君子和闕璿立刻上前，我揚起手擋住了滅殃手中的長戟。他金晶的瞳仁顫動了一下，我伸出手抱住他，靠在他的胸前，他全身登時僵硬，心跳如狂。

他的身上，有麟兒的味道……

君子和闕璿頓住了腳步，不再靠近。

「娘娘……」小竹輕輕地喚我，我的淚水流在滅殃繃緊的胸口上：「我知道，我知道……沒事的……讓我一個人靜一靜……」

輕輕的，所有人消失在玉巢中，玉巢緩緩飛離了蜀山。

只剩下滅殃僵硬地站在我的懷抱中，一直不動……

我一直抱著他，他的心跳一直沒有平靜。

不知抱了多久，感覺玉巢再次停下，淡淡的月光從鏤空的頂端射入，我緩緩放開了滅殃：「謝謝……」

他怔怔看我，手裡還拿著想要殺我的長戟。

我轉身背對他走回玉床，揚起臉看著上方的月光開始久久出神。

他呆滯地看我許久，緩緩回神，靜靜得化作長戟靠在白玉的牆邊。

「小竹。」我凝望月光輕喚，漸漸的，小竹從玉巢中浮現，看看左右，看到化作長戟的滅殃稍稍安心，再次恢復面無表情，安靜站立：「娘娘，妳沒事吧？」

我放落目光看他，手中白棋浮現：「我要把白棋埋入你的體內，好與紫垣聯繫，你可願意？」

小竹的綠瞳中浮出驚訝，立刻下跪：「小竹願意！」

我點點頭，起身下床，右手放落白棋在小竹頭頂上方，白棋漸漸落入小竹的天頂，漸漸消逝。

我微微瞇起眸光，冷冷呼喚：「紫垣。」

小竹的身體漸漸站起，揚起臉時，他的綠瞳已是紫色，欣喜地看我：「娘娘沒事了。」

我揚起手，直接打在他的臉上。

啪！他側開了臉，綠髮凌亂地遮蓋在被我所打的半側臉頰。

我冷冷瞥眸看他：「知道我為什麼打你嗎？」

他眨眨眼，低下臉：「知道。」

「沒有下次了！」

「是！」

我單手負於背後：「廣玥回去了嗎？」

「回稟娘娘，廣玥已經回到神宮，並下了六界通緝令。」紫垣沉穩的聲音裡，帶出一絲擔憂：「這樣的話，娘娘無法去別處了。」

我瞇起眸光……六界通緝令嗎？也就是界門上會有廣玥的神印，只要我穿過六界結界，他會立刻知曉，前來抓我！

人殺得差不多了，他是該抓我了。現在，我的神力尚未完全恢復，正是抓我的好機會。他不能再讓我強大下去，那樣，他將不會是我的對手。

廣玥神器諸多，即使神力再強大，有時也會進入他設置的陷阱。想殺廣玥，在沒有一定的力量前，只會是自投羅網。

「六界通緝令應該不止通緝我一人吧？」廣玥能利用天水，他也會利用別人。

「是，君子、闕瓊，還有妳身邊的人，都在通緝令上。」

我微微擰眉，細細深思：「看來要找別人了。」

「娘娘，我！」

「你繼續留在神界。」我打斷了他的話，他雙眸收緊，紫眸中劃過一抹陰鬱：「娘娘不留我在身邊，是因為那件事嗎？」

我沒有看他，靜了片刻，才再次開口：「不是，我要去冥界，你以什麼理由去冥界？」

「娘娘要去找殷剎大人？」他變得有些驚訝。

我緩緩點頭：「該去找他了。」

「娘娘，神界天神眾多，廣玥會發起對娘娘的征討。」紫垣的話音透著深深的憂慮。

「哼。」我輕笑：「讓他來，娘娘我不怕！」

紫垣靜靜看我片刻，垂落紫眸：「娘娘，你怪我，是不是因為心裡，對天水有情……」

我登時拂袖轉身，沉沉看他：「小紫，你知道自己在說什麼嗎？」

他後退了一步：「對不起，紫垣衝撞了娘娘，紫垣知錯。」

「你真的知道錯了嗎？」我反問他，他陷入沉默。

我搖搖頭：「你不知道。我沒有想到，你會和廣玥一樣變得這樣陰沉。」

「娘娘！」他驚呼跪下，神色瞬間變得慌張：「紫垣真的知錯了！」

我深吸一口氣，微微閉眸，緩緩睜開：「你控制人間帝王，掌控人間歷史，你的心思自然深沉叵測。但我沒想到你會對天水說他該死。他該不該死，是由娘娘我來定！不是你！」

他低垂臉龐，雙拳微微擰緊。

「若要玩陰險狡詐，廣玥他們早死了！娘娘我為何這樣正面與他們對戰？為的就是一個爽字！我要揍他們！我要讓他們死在我的手裡！就像，聖陽的神骨只能我來拆，我不允許別人比我先拆了！」我頓住了話音，紫垣驚然揚臉：「聖陽大人真的死了？」

我轉身背對他，平穩了一下氣息，沉沉而語：「不要再在我身後多事，打亂娘娘我的計畫，你去吧。」

紫垣再次安靜，月光中傳來他起身的窸窣聲音。他輕輕地走到我的身後，靜靜地久久站立，與我只有一層空氣之隔，我能清晰地感覺到他胸膛的起伏。

「娘娘……」他低低的話音在我頸邊響起，夾帶著小竹的低哽：「紫垣真的知錯了，對不起……可是……我當時沒有選擇，我不想看妳入魔。如果不是天水帶進了嗤霆，鳳麟也不會死，也不會讓娘娘妳那麼痛苦，失控入魔……當時，我真的覺得，他該死。」

我深深呼吸。我知道，紫垣這麼做是為了我。

「娘娘妳若怪我，紫垣也心甘情願，紫垣走了，娘娘小心。」他抽離了身體，撲通一聲，小竹的身體墜落在地上。

我坐回床，緩緩斜躺而下，單手支臉。

小竹從地上爬起來，摸摸自己的臉，有點委屈：「娘娘，神君不乖，你打他我也會疼的。」

我擰眉深思：「要給冥界的人帶個信。」

「冥界還有娘娘的人？」小竹微露驚訝。

我抬頭看向玉巢上方，月光進入鏤空、美麗的花紋，可以看見點點星空：「清虛應該還在冥界……」我眯了眯眸，落眸看他：「回崑崙。」

「回崑崙！」小竹微微一怔。

「有個人快死了，讓他去給清虛捎信。」

邪氣掠過我的雙眸，我閉上了眼睛，已入夢境，夢境深處，帝琊鎖在半空，他正在御人身後緊緊抱住御人的神魂。

「御人——我們終於在一起了——」

「滾開！不要噁心我！」

御人用力掙扎，身上的鎖鏈也緊緊鎖住他布滿神紋的赤裸上身，下身的黑衣破破爛爛，露出他精壯的長腿。

「你對我怎麼那麼冷淡？」帝琊抱緊御人的身體，淫邪地笑著：「好歹我們也用過同一個女人，又一起喜歡魅兒。現在，我們還要為魅兒繼續肅清別人——」

「你是個瘋子！」御人憤然拉開帝琊環住他腰的手：「我是不會陪你一起瘋的！」

我漸漸浮現他們的下方，拂袖側身：「你們還沒看明白嗎？」

御人和帝琊一起朝我看來，帝琊放開了御人，到他的身側，單手支臉靠在御人的肩膀上，眸光眯起：「魅兒，妳這麼快就恢復了？吸了誰？妳到底吸了誰——」帝琊的聲音凶狠起來。

御人眯眸冷冷俯看我。

我側開臉，淡然瞥眸：「一個老熟人而已。」

「真是便宜他了！」帝琊渾身殺氣地眯起了眸光。

我瞥眸看向他們：「難道你們還沒看明白？」

「妳到底想說什麼？」御人怒然沉語。

「哼！」我冷冷一笑：「御人，我覺得你說廣玥不想救你，沒準是真的。」

我話音落下時，御人的神情登時緊繃，眸光閃爍，黑眸之中是深沉地深思。

「妳別想離間我們。」御人眯緊眸光沉語。帝琊邪眸看他：「我倒是覺得，魅兒說的沒準兒是真的呢。你有見過大哥嗎？」

御人登時收緊雙眉，再次沉思。

「魅兒都把我們打成這樣了，大哥還不出現，這不正常。」

帝琊難得正常下來，正色深思。

御人也面容下沉：「難道大哥真的為了魅兒自殺了？」

「哈！」我仰天大聲笑出：「怎麼可能？我比你們更瞭解聖陽，他愛我，但還不至於為我放棄眾生！他若為我殉情，豈非是拋棄了眾生？而且，我被封印在崑崙山下，他必不放心，會繼續守護我。他若尋死，你們豈不又要為奪我神丹不和？」

瞬間，帝琊和御人都驚然抽氣，久久怔愣！

靜謐的世界裡，是我冷沉的聲音：「我殺你們，聖陽沒有出現；為我殉情，他又不會。所以，只有一個可能……」

我陰沉地瞥向帝琊和御人。

「大哥難道……？」帝琊看向御人，眸光驟然陰冷：「說！是不是你？」

御人的臉登時沉下，橫白帝琊：「怎麼可能是我？我現在和你一起，你大可看我記憶！」

帝琊和御人對視片刻，兩個的人眸光同時深沉起來。

帝琊慢慢地揚唇邪邪地笑了：「那只有可能是別人了，魅兒～～妳提醒的真是時候～～御人，現在你還想幫廣玥嗎？有人正在借魅兒的手把我們一一剷除。最後……這個世界將會是他的，而魅兒……也是他的。」

御人的臉瞬間陰沉，渾身被黑氣纏繞，喉嚨中發出憤怒的沉吟：「嗯——」

「魅兒～～」帝琊勾唇邪笑看我：「有人幫妳把大哥殺了，妳開心嗎？」

「我不開心！」我憤然拂袖，抬起神力纏繞的右手：「我一點都不爽！我出來就為拆掉聖陽的神骨！聖陽應該是我殺的！現在，卻被別人殺了！讓我很不爽！沒關係……」我瞇起了眸光：「等我拆光你們的神骨，我再讓聖陽重生，重新再拆他一遍！」

「哈哈哈——我就喜歡看魅兒妳發瘋的樣子——」帝琊在空中興奮地嘶吼：「好——哥哥們一定幫妳，讓妳拆到爽——哈哈哈——」

「帝琊，你真是讓我噁心！」御人噁心地看他。

帝琊邪邪勾唇，雙手環過御人的身體：「御人，如果魅兒只殺了我們，卻殺不了嗤霆、殷剎，還有那個悶騷的廣玥，那樣……我們豈不是很沒面子？」

御人的眸光緊了緊，轉開臉，一臉陰鬱，陰鬱之中浮出了絲絲的憤怒與不甘！

我側身甩袖：「不拆光你們六個人的神骨，我是不會罷手的！」

「那之後呢？妳放不放我們自由？」御人沉沉俯視我，即使成為我的階下囚，他也不會放下他真神的尊嚴。

我瞥眸看他，邪邪地笑了：「那要看我的心情——哼，哈哈哈——」

真神不死不滅，即使將他們靈魂撕碎，他們也能在世界中迅速恢復，從萬靈中獲得力量再造自己的神骨、神丹，慢慢恢復力量。

現在，聖陽重生的傳說，變成了事實。御人、帝琊他們如此後知後覺，也是因為他們對聖陽的疏離與不念。

聖陽，你最後到底得了誰的愛？

你以為當初為了他們封印我，他們就滿意了？你看見了嗎？看見了嗎？他們根本沒有滿意！不管當初廣玥給你看的未來是真是假，但現在真的發生了！

而且，如果不是你們封印我，豈會促成？

你應該感謝那個殺了你的人，是他！又讓你得以逃避眼前的這一切，可以不用親眼看著我與你的兄弟廝殺，不用像曾經那樣對著我痛苦哀傷！

聖陽，你放心，你的仇我會替你報，然後再向你討回我的一切！

✣

當我再次睜眼時，闞璿、君子和小竹已經候在床邊。

小竹面無表情地說道：「娘娘，到崑崙了。」

我瞇起了眸光，雖然闞璿可入萬石，也能直接入我崑崙的玉宇，但是，我不能回那裡。因為廣玥現在必會在崑崙安插眼線，我要格外小心。

玉巢停在遠處，我站在玉巢門前，下方是萬丈的暗沉天際。

我本不想回崑崙，沒想到還是回到了這個所有的一切開始的地方，麟兒的家……

我的心登時撕痛，這裡……到處都有麟兒的味道……

闞璿、君子和小竹站在我的身後，我朝他們看一眼，轉身一躍而下，化作黑色的烏鴉沒入夜色之中。

遠遠的，已見崑崙在雲間的浮島，點點燈光，夜風凜冽，呼呼地吹起我翅膀上的羽翼。

呱——呱——忽的，不遠處傳來烏鴉的喊聲，我揚唇一笑，只見小竹的烏鴉朝我正急速飛來，牠們飛出了結界，高興地圍繞在我的身邊。

「哇——哇——」

「乖，我們走。」我和牠們一起飛入黑夜，雲中，在無極殿上盤旋了一會兒，牠們落在無極殿的屋簷上，我飛入無極殿，立於橫梁之上。

無極殿內燈火明亮，清平正憂急地給清華輸入真氣：「這到底是怎麼回事？清華師兄，你挺一下，我去找些丹藥來。」清平匆匆起身離去。

清華深深呼吸，像是努力壓住自己體內亂竄的真氣。

我從橫梁上飛落，化作一團黑霧掠過他的面前，他驚然拜伏在地上：「上神！是上神嗎？」

我在他身前落下，裙襬現出黑霧，我冷冷俯視他：「你大限到了。」

「上神！上神！」他急急爬向我：「這、這到底是怎麼回事？我、我不是吃了仙丹嗎？」

「哼哼哼哼……哈哈哈——」我揚天冷笑：「凡人的身體，怎能承受仙丹的仙力？我不過是替清虛懲戒你罷了！」

他怔然跌坐地上，臉上因為真氣的亂竄已經紅到發紫！

我不看他一眼，抬起右手，神力纏繞指間：「清虛那傢伙悶是悶了點，但偶爾也會給我講講冷笑話解解悶，我還挺喜歡他的，但你居然把他殺了，只不過是為了崑崙仙尊之位！」殺氣登時浮現我的全身：「現在，你就下去見他，好好贖罪！」

噗！一口血從清虛口中噴出，他直挺挺地倒落在地上，眼睛直直瞪著前方。

我在他身前緩緩蹲下，指尖點落他直直瞪我的眼睛，一縷神識埋入他靈魂的深處，我揚唇邪邪而笑：「有本娘娘給你送行，可是你幾萬年的福氣～」

他的眸光開始暗淡，我伸手緩緩撫落他的眼瞼，合上了他的眼睛，起身張開黑色的衣袖，揚天而笑：「哈哈哈——哈哈哈——」我在笑聲中化作烏鴉，撲棱棱飛出了無極殿。

小竹的烏鴉們和我一起飛入夜空，下面是清平匆匆回轉的身影，然後，耳邊便傳來崑崙喪鐘的聲音……

噹——噹——

崑崙弟子紛紛從我們身下掠過，急速地飛向無極殿，在那裡集合。無極殿之外的崑崙瞬間變得安靜，不見人影。

寧靜的崑崙讓我想起在崑崙，每一個麟兒陪伴的夜晚。不知不覺間，我已經落在麟兒的房前，同樣的安靜，只有燈光在無人的房內搖曳。

烏鴉停落房檐，我立在窗框上，環視安靜的房內——房間依然乾乾淨淨，但麟兒的床上放著一件折疊整齊的衣衫。

淚水從我眼中落下，吧嗒滴落在窗台上。我側開臉，不去看房內他的衣衫，不去聞他殘留在房內的氣息，我咬了咬牙，轉身再次飛起，讓風吹乾我的淚水。我現在不能沉溺在悲傷之中，只有繼續向前，才能與麟兒再次相聚。

在此之前，我不能有任何的停留，更不能有任何的失敗！

我飛出了崑崙，直飛而下，崑崙山腳下的樹林在陰暗中搖曳。我還記得我重獲自由時想吃肉，但麟兒不讓我殺生。

一片湖光在夜色中閃耀，我飛落，在半空中現出人形，雙腳站立在湖邊。粼粼湖光映在我黑色的裙衫上，清澈的湖面倒映出我黑色的身影。

呱！呱！兩隻烏鴉停落在一旁的樹上，戒備地看著四周。

「師傅。」身後傳來一聲低落的輕聲呼喚。

我微微側臉，淡淡而語：「我已經不是你師傅了，你不用再叫我師傅。」

「師傅……」他的聲音開始變得哽咽，夜風颳過周圍的樹林，傳來沙——沙——的聲音。沙沙的聲音中是他一步一步走向我的腳步聲。撲通！他低臉跪在我身旁、我的裙下：「師傅，我是不會走的。」

我淡然地凝望夜空：「你怎知我來了？」

「我看到了小竹的烏鴉。」他低低地答。

我緩緩收回目光：「大家都去了無極殿，你追我作何？」

「因為……妳才是我的師傅……」清澈的湖面映出了他痛苦到無神的臉，他緩緩伸出手，輕輕抓住了我的裙襬：「師傅棄我，是因為那件事嗎？」

「哼。」我側開臉，想笑，心裡卻是滿滿的苦澀：「若是，你還會活著嗎？」我心痛地閉緊雙眸，擰緊了雙眉，真是冤孽！

我深吸一口氣，讓自己的心緩緩平靜，再次睜開眼睛：「我讓月靈給你帶的話，你收到了嗎？」

「收到了……」他無神地看落地面，可是抓緊我裙襬的手，卻是越來越緊：「但我是不會走的！我要繼續留在妳身邊，妳難道不恨我嗎？」他的聲音開始輕顫，放開我的裙襬緩緩站起身：「是我帶進了嗤霆！是我害死了鳳麟！是我成事不足敗事有餘！是我貪圖妳的美色！是我想要妳！沒錯……我是故意！我是故意的！」他朝我撲來，鎖緊我的肩膀，吻向我的唇！

我狠狠推開他，一把揪住他的衣領，看著他渙散的雙眼和失魂落魄的臉：「別再作踐自己，想留在我的身邊讓我折磨了嗎？」

他的瞳仁收縮了一下，痛苦地盯視我的眼睛：「師傅，妳該恨我的，妳該恨我的！讓我留在妳身邊，繼續做妳的護盾！無論妳讓我做什麼，我都願意！」

「你閉嘴——」我揚起手狠狠打在他的臉上，他被我打偏了臉，蒼白的臉上瞬間浮現五道深深的紅痕，在黑色的長髮下若隱若現。

我伸手輕輕推開了他，他往後趔趄地後退。

「天水，你現在是在自己折磨自己，你想讓我折磨你，好讓你心安！你這是在噁心我！」蒼白的月光落在他的身上，他在淒冷的月光中像是快要消失的蒼白孤魂，我搖了搖頭，摸上自己的心口：「我魅姬，天地之陰神，第一個男人，是天地之陽神聖陽；第二個則是愛徒鳳麟。天水，你不要讓我覺得自己睡了你很噁心！」

他的身體在月光中一怔，眸光在側落的長髮中顫抖不已。

我看向他：「我不再留你，不是因為那件事，是因為我知道你對我的愛是真的！」

他的身體在月光中一顫，怔怔朝我看來，遮蓋側臉的長髮漸漸滑落他的臉龐，月光一點一點修復他臉上的紅痕，讓他的臉再次溫潤無瑕。

我看著他漸漸消失的傷痕，漸漸陷入失神：「只是……因為你太像聖陽，我不想承認……聖陽為陽，我為陰，我們陰陽相吸，注定生生世世會在一起，即使他和我轉世重生，我們依然會找到彼此……」

天水恢復冷靜地哀傷看我，眸中為我深深心痛。

「但是，我愛過了，我真的，真的很愛他，可是，他真的，真的，傷我太深，我不想再愛他，我明明知道他那樣做，是對的……但是，我無法原諒他，我真的沒有辦法原諒，他怎麼可以不相信我！所以我愛得很累，我不想再去愛和聖陽一樣的男人！」我撫上自己揪痛的心口，深深看天水痛苦的臉，和他眼中的淚水：「天水，我不愛你，你怪我嗎？」

他的眸光在月光中顫動著，淚水緩緩滾落他的眼角，他對我搖了搖頭，什麼話也沒說，唇角顫顫地揚起一個淺淺而溫暖的微笑。

我揚起淡淡的笑，喉嚨卻因為強忍淚水而哽咽到痛：「很好，記住你今天的話，不要再折磨自己，因為麟兒的死不是你的錯。我也知道你是真心愛我，所以，好好替麟兒活下去，這是他的心願，不要再讓我分心，好嗎？」

他含淚在粼粼波光中閉眸，慢慢點了點頭，顫抖的睫毛沾上了他的淚珠，淚水滑落他的臉龐。我向他走近一步，伸手緩緩撫上他淚濕的臉龐，他被夜風吹涼的淚水潤濕了我的指尖。

他緩緩睜開雙眸，淚眼婆娑地深深凝視我的臉，我撫過他的眉眼：「我會救麟兒回來的，在那之前，我們還會再見……」指尖撫過他輕顫的唇，他俯下臉，顫顫地吻落我的唇，淚水流入我們的唇間，他抵住我的額頭強忍淚水：「師傅……對不起……」他伸手抱住了我的身體，緊緊地抱住，還是失聲哽咽：「對不起……對不起……」

他抱住我緩緩跪落，伏在我的腿上痛苦地失聲哭泣，粼粼波光在他的身上顫動，像是他在這個世界裡變得支離破碎。

漸漸的，他在哭泣中睡著了，眼角依然濕潤，雙眉依然緊蹙，淚水在他的睡夢中依然不斷地流出。我輕撫他的長髮凝視前方，漸漸的，晨光落下，兩隻烏鴉落在我的身邊，我溫柔注視他們：

「替我好好看著他……」

呱——

我俯臉看落天水的臉，撫上他因為淚水而冰涼的臉龐：「本不想再見你，沒想到還是和你見了最後一面，也是你我切不斷的孽緣。天水，我走了，我會救回麟兒，你不要再自責……」

一滴淚落入我的掌心，我化作烏鴉飛去。他蜷縮在湖邊草地上的身影越來越小，最後化作晨光中的一點，沒入太陽金黃色的暖光之中。

天水……我們很快會再見的……

陽，我借你今生，和你的前世說分手……

我們結束了，下次再見，便是我讓你重生，拆你神骨之時！

只有我們徹底了結，我的心裡才能徹底放下你，放下這段愛與恨、恩與怨……

那時……我才能原諒你……

定價
NT$250
HK$75

小說家久遠×插畫家AKRU
聯手獻上瑰麗絢爛的
古裝奇幻系列

墨方簿 1~3待續

久遠◎著　AKRU◎插畫

抉擇於理想、分歧於現實。
墨方終將踏上這條被螢火點亮的夜行之道——

岐桂與宓一行人介入了柴縷院家的內亂，卻也導致逢蟬下落不明。同時為躲避接踵而至的追捕，岐桂切斷了宓的長髮，連帶使她喪失鑄門弟子獨有的聽慧。就在如此紛亂雜沓的時局裡，隨機殺人魔突然現身晶畿。乍看毫無關聯的案件，卻似乎悄悄瞄準了「墨方」而來——

Kadokawa Fantastic Novels DX
台灣角川華文新視野

定價
NT$240
HK$75

台灣角川輕小說
秋季新人王得獎作品！
瑰麗且懸疑的
異色奇譚！

魂草

葛葉◎著　kinono◎插畫

絢爛卻又殘酷的異色奇譚，
即將伴隨著神祕而詭譎的植物，一一揭幕……

魂草——依附著情緒而生的詭異植物，卻蘊藏著所有人夢寐以求的力量。自小受盡厭惡排擠的少女，夏夢言，遇見神祕的白髮蘿莉，瑤姬，從此踏入了異能者的世界。原本這是個美好的相遇，如果不是毀滅太快到來……

定價
NT$250
HK$75

角川華文輕小說大賞「銀賞」得主最新作品！

王子收藏守則 1~2 待續

Killer◎著　麻先みち◎插畫

王子養成非一朝一夕，
須重視肌膚與體溫的交流！

　　養「後宮」是一條不歸路，玟墨與她的「同居人」開始了在「記憶之城」被壓榨的打工生活。然而似乎有怪東西跑進書城，導致書城裡的卷靈躁動不安，連續發生幾起逃脫未遂案，還有書本慘遭分屍……一場卷靈之間的衝突，不僅玟墨受到波及，她還成為頭號嫌疑犯!?

Kadokawa Fantastic Novels DX
台灣角川華文新視野

定價
NT$240
HK$75

人生中的第二次機會
得來不易，
要是遇上，
可千萬別再錯失了！

二次緣古物雜貨店

夜透紫◎著　Chiya◎插畫

陳年收音機、海洋女神畫……
隱藏在這些雜貨背後的，又是些什麼樣的故事？

有別於庸庸碌碌的香港都市印象，「二次緣古物雜貨店」的步調始終緩慢而古樸。這間小店的櫥窗裡，堆滿各式各樣等待被發掘的雜貨。踏上這片陌生土地就讀大學的台灣少女何葦琪，因緣際會下成為這裡的工讀生，也因此邂逅了充滿各種故事的客人們……

Kadokawa Fantastic Novels DX
台灣角川華文新視野

國家圖書館出版品預行編目資料

六界妖后 / 張廉作. -- 初版. -- 臺北市 : 臺灣角川, 2017.04-
冊 ; 公分. -- (Kadokawa fantastic novels DX)
ISBN 978-986-473-596-9(第2冊 : 平裝). --
ISBN 978-986-473-714-7(第3冊 : 平裝)

857.7 106002337

Kadokawa Fantastic Novels DX

六界妖后3

２０１７年６月28日　初版第１刷發行

作　　者：張廉
插　　畫：Izumi

發 行 人：成田聖
總 監：黃珮君
總 編 輯：蔡佩芬
編　　輯：邱瓈萱
美術設計：李思穎
印　　務：李明修（主任）、黎宇凡、潘尚琪

發 行 所：台灣角川股份有限公司
地　　址：１０５台北市光復北路11巷44號５樓
電　　話：（02）2747-2433
傳　　真：（02）2747-2558
網　　址：http://www.kadokawa.com.tw
劃撥帳戶：台灣角川股份有限公司
劃撥帳號：19487412
法律顧問：寰瀛法律事務所
製　　版：尚騰印刷事業有限公司
ＩＳＢＮ：978-986-473-714-7

香港代理：香港角川有限公司
地　　址：香港新界葵涌興芳路223號新都會廣場第2座17樓 1701-02A室
電　　話：（852）3653-2888